寻找朗萨雯波

◆ 吉米平阶 著

西藏人民出版社

图书在版编目（CIP）数据

寻找朗萨雯波 / 吉米平阶著 .
—拉萨：西藏人民出版社，2014. 10
ISBN 978-7-223-04458-5

Ⅰ. ①寻… Ⅱ. ①吉… Ⅲ. ①散文集—中国—当代 Ⅳ. ①I267

中国版本图书馆 CIP 数据核字（2014）第 155308 号

寻找朗萨雯波

作　　者	吉米平阶
责任编辑	袁勇芳
策　　划	天利文化
封面设计	梅　杨
出版发行	西藏人民出版社（拉萨市林廓北路 23 号） **邮政编码** 850000 北京编辑发行部：100013　北京市东土城路 8 号 林达大厦 A 座 13 层　电话：010-64466526 打击盗版：0891-6930339　13801174584
印　　刷	北京彩虹伟业印刷有限公司
经　　销	全国新华书店
开　　本	16 开（710×1 000）
印　　张	12　　**字　　数** 200 千
版　　次	2014 年 10 月第 1 版第 1 次印刷
标准书号	ISBN 978-7-223-04458-5
定　　价	36.00 元

前 言

西藏是什么，一个地名？一种文化？是远方？是他乡？抑或是一个梦想？一种愿望？有的人说：见与不见，我都在那里，不离不弃……有的人说：我要去西藏，我要去西藏，仰望雪域两茫茫……有的人说：坐着那火车去拉萨，去看神奇的布达拉……有的人说：回到拉萨，回到布达拉宫……

有一个叫詹姆斯·希尔顿的外国人，多年前写过一本叫《消失的地平线》的小册子，把他经历过的西藏描绘成一个人间天堂——香格里拉，那里有雪山、冰川、峡谷、森林、草甸、湖泊，那里汇集了丰富的矿藏和纯净空气，那里是美丽、明朗、安然、闲逸、悠远、知足、宁静、和谐等一切人类美好理想的归宿。香格里拉这个词汇，由于好莱坞制片公司将《失去的地平线》搬上银幕，立刻风靡全球，成为西方世界“世外桃源”的代名词，成为“伊甸园”“乌托邦”这样想象中的人间乐土，西藏，在许多西方人士的眼里，也就成为了某种心灵寄托的理想之地。后来，“香格里拉”一词被香港郭氏家族买断，成为世界酒店品牌的至高象征之一，人们似乎只要裤兜里揣上嘎巴响的钞票或者银行卡，跨进香格里拉酒店的大门，就可以立刻进入理想的天堂。再后来，云南省的中甸县改名为香格里拉，人们更可以利用各类交通工具立刻前往。

其实，“香格里拉”一词，源于藏族传说中的香巴拉王国，香巴拉隐藏在青藏高原某个风雪弥漫的隐秘地方，整个王国被双层雪山环抱，由八个成莲花瓣状的区域组成，那里没有贫穷，没有困苦，没有疾病，没有仇恨与死亡，只有花常开水常绿，庄稼总在等待收割，甜蜜的果子总挂在枝头。传说中香格里拉的居民都是具有最高智慧的圣人，他们身材高大，拥有自然力量，通过一种名为“地之肚脐”的隐秘通道与几个世界进行沟通和联系，这条“地之肚脐”的神秘通道，就是到达香巴拉王国的唯一途径。西藏人说，香巴拉的“地之肚脐”在冈底斯山脉的某个地方，现在有一些人误打误撞，还能够进去。今年是马年，是转冈底斯山脉主峰冈仁波齐的年份，据说今年转一圈等于平常转十三圈，不小的功德哟，想必来转山的人不会少。

西藏，对于许多人，其实只是一种想象。虽然现在火车已经通到拉萨，虽然你可以马上做决定，带上银联卡前往你就近的机场，最多三四个小时，你就可以在拉萨的贡嘎机场降落，但还是遥远。这种遥远是心理上的。海拔的高度，高山反应，还有对另一种文化的陌生。

而那些来过西藏的人，大致可以分成两种，一种是，离开之后绝不会再度光顾，原因很多，强烈的身体不适，饭食不合口味，太荒凉、“鸟不拉屎”，以及其他。剩下的就是另一种人，来过之后，念念不忘，再三再四前往，乃至留下来不走了。好像没有第三种情况。

西藏就是这样一个地方。

内地的 $PM_{2.5}$，钢筋水泥丛林里的“生存法则”，“房奴”“车奴”的压力，夏天的热，都驱使着越来越多的人去西藏！

现在，西藏的气候相比过去暖和了许多。许多年前拉萨冬天屋檐常常见到的冰挂子，已经没有了。拉萨周围的山上，每到夏天，已经有了浓厚的绿意，来拉萨的人们，也越来越少有高山反应。常常是，有朋友前来，先十分关心地告诫：要好好休息，晚上吃清淡一些。于是带去粥铺喝粥，喝完粥，时间尚早，再去转转。转哪里呢，朗玛厅或者八廓街附近的酒吧，很有特色哦。朗玛厅是一种藏式歌舞厅，是拉萨等地极热闹的场所，也是吸引外地游客的一大招牌。朗玛厅区别于内地歌舞厅的一大特点是不收门票，靠顾客的啤酒消费盈利，所以朗玛厅里的女招待会十分殷勤地给客人们开酒，并候在旁边端上你的杯子给你敬酒，内地的朋友不知就里，以为是必须的礼节，也就十分殷勤地灌得自己肚儿圆。拉萨人打趣：那些女招待恨不能拎着你的脖领子往里灌啤酒呢。再一大特点是表演者和客人不分彼此，轮番上台，到了最后舞作一团，尽兴而散。而酒吧，也有酒，你懂的。客人往往头一天就被灌得五迷三道，第二天一早照样或布达拉宫或纳木错，没有落下的。

有医学权威认为，高山反应，60% 是心理作用，吓的。确实有许多描写西藏的文字，为了表现自己的英雄气概，把高反渲染得十分恐怖，基本等于垂死，还有上世纪的许多文字，也把西藏描绘成虚无缥缈间的神秘世界，你所面对的一切都将于常理不合，有了这样的文字垫底，一般的人不高反才怪。有一次几个人相约好恶作剧，对一个感觉本来十分良好的队友开展心理攻势，一早起来，甲见到他说：哦哟，昨晚没睡好？眼皮都是黑的。那位说：是吗？睡得挺好啊。去镜子前打量。乙在饭桌上又说：今天怎么啦，嘴唇发乌？哪里不舒服？那位就真有点不舒服了。电梯里，丙说：哎呀，怎么脸都肿了，要不要吸点氧？还没等丁说什么呢，那位医院打上点滴了。

这也是西藏。

到西藏晒太阳，喝甜茶，发呆。骑行 318 国道。在拉萨开酒吧。嫁个康巴人。写点游记。到西藏的人形形色色，可能更多的是，跟着旅行社，下车看庙，上车睡觉，那些心灵深处的感觉，要等回去之后清理照片，或者看某人的游记散记之类，找回一些。不管怎么说，每个人到西藏，都有自己不同于内地其他地方的独特感受。就说晒太阳吧，有的人在八廓街的墙根下，边晒太阳边与周围天南地北的人神聊；有的人在小旅馆的阳台上，边晒边打盹；有的人在甜茶馆的门口，看着来来往往的人流发呆；更有甚者，在旷野无人之处脱光自己在阳光下大喊大叫，其实，他们共同经历的，都是心头的一种沐浴，晒掉内地积攒的阴霾与尘埃，晒掉心头的压力和障碍，在蓝天白云下，清爽自己。

无论你在西藏有什么样的感受和经历，希望你把它看成你生活中真实的一部分，因为，西藏在这里，有神性也有世俗，它真实的存在，等候你的探访。

这就是西藏。

目　录

第一辑 文化之旅

寻找朗萨雯波

朗萨雯波是一个人，也是一出戏的名字。《朗萨雯波》是藏戏的八大剧目之一，朗萨雯波就是这出戏的女主角。“朗萨”是姑娘的名字，“雯”是光芒，“波”是十万之意，“朗萨雯波”的意思即闪耀十万霞光的朗萨姑娘。

《朗萨雯波》的故事发生在现在日喀则的康马地区，当时叫日朗邦。故事的情节是这样的：日朗邦的江派库村有一对老夫妇，终身劳苦，虔心佛法却没有子嗣。这天，老妇人做了个奇怪的梦，梦见万道金光射入怀中，十个月后老两口得了一个女儿，起名朗萨雯波。朗萨雯波不仅美丽漂亮，性情和顺，还是劳动能手，“脸庞犹如十五的月亮，头发就像马兰青又长，身材翠竹一样细窈窕，如同迷人天仙没两样”。朗萨姑娘十五岁那年，去乃宁寺每年举办的“乃宁仁珠”庙会卖自家织的氆氇，“比海涛还要凶猛，比烈火还要炽烈，比豌豆还要圆滑，比花椒还要麻辣”的山官（地方头人）查巴查钦看中了朗萨姑娘，将象征订婚的五彩箭插在朗萨姑娘的后颈，“不准说飞到天上去了，不准说钻到地下去了，不准说有权的抢走了，不准说无权的偷走了”，把她强娶回家做儿媳妇。山官的儿子查巴桑珠却认为“摘来的花香不长，抢来的姑娘好不长”，疏远朗萨姑娘，朗萨姑娘被迫在山官家作佣人。朗萨雯波勤劳善良，查巴桑珠对她日久生情，七年后，两人生下了儿子拉乌达布。查巴桑珠的姐姐阿尼聂莫是在家修行的尼姑，一心想要掌管家业，“针尖大的事情也不想放手”，看见朗萨雯波和查巴桑珠恩爱圆满，深恐自己大权旁落，便挑唆离间、造谣诽谤，给朗萨雯波吃粗粮，穿破烂衣服，诬陷朗萨雯波和云游僧私通，唆使山官父子折磨毒打她，朗萨雯波最后被毒打致死。朗萨雯波死后，一缕清魂悠悠来到轮回之所，主司官见朗萨姑娘一生白石子多，黑石子少，平生无恶，便对她说，这里不是你呆的地方，你还是还阳去吧。朗萨姑娘还阳之后，见自己独自在东山顶上，她把裹身的白氆氇作上衣，黑氆氇作下裙，盘膝打坐唱道：“东方金刚仙女，全身洁白像海螺，右手拿小鼓咚咚响，左手执法铃叮叮铛。”心中生出出家之意。山官父子得知后百般忏悔，请朗萨姑娘回去，朗萨雯波也不忍儿子幼小无母，随山官父子返回。朗萨雯波回到山官官寨之后，一切依旧，山官父子的向善心肠和诺言又被时光冲淡，朗萨雯波此时万念俱灰，带着儿子回到江派库村父母家中。在那里，她看见生养自己的父母风烛残年，故乡树叶一片枯黄，儿时的女伴拖儿带女失去了风采，自己曾朝夕相伴的织机布满污垢。朗萨雯波触景伤情，感慨韶华易逝，人生无常，毅然去附近的结布雅砻寺出家了。山官得知此事大怒，派出壮丁百名，手持刀枪棍棒，高挑灯笼火把，连夜将结布雅砻寺围个水泄不通，寺中主持释迦降村见山官一伙执迷不悟，施展法力现出本相，身披宝光袈裟，端坐于莲花宝座之上，从大火中冉冉升上天空，山官等人一个个吓得目瞪口呆，他们五体投地，表示心悦诚服。朗萨雯波自此潜心修行，终成正果，飞升天界，据说，在她修行过的山洞里，至今还留着她修行时的脚印。

这个故事还有一个结尾，是西藏自治区歌舞团 1980 年由胡金安等改编的版本，说朗萨雯波不堪山官父子的毒打逃回父母家中，山官查钦和阿尼聂莫带人追去，把朗萨雯波困在屋子里放火焚烧。火光中，朗萨雯波被一朵莲花托上天空，她高声唱道：“养蛇反招毒蛇咬，喂狼却被恶狼吞，怜惜蛇狼是罪过，邪恶不除民不宁。”唱完一挥手，变出一团烈火烧死山官查钦和阿尼聂莫。

汤东杰布形象

藏戏起源于600多年前，传说是当年一位云游高僧汤东杰布为了不让大众受渡江涉水之苦，发愿修建铁索桥，四处化缘筹款，七位仙女化为艺人前来相助，所以藏戏在藏文中叫“阿佳拉姆”，阿佳是姐姐，拉姆是仙女，最初的藏戏大约是女性戏。汤东杰布又叫珠多加桑巴，珠多指下山云游修得瑜伽功法者，加桑巴即铁桥活佛，他后来成了藏族建筑和戏剧的鼻祖。藏戏历史上受藏传佛教无所不在的影响，内容都是有关因果报应、宣扬佛法，《朗萨雯波》也不例外，但《朗萨雯波》的主角是一个普通的劳动妇女，内容也是普通人的生活，这在藏戏的题材中绝无仅有，十分难得。这部作品据说是11世纪文人定甲·永巴创作，也有说是18世纪日喀则俗官定钦·次仁旺堆所著，但不管它的创作者是谁，可以肯定它是取材于民间。作为藏戏的八大剧目之一，它的故事在藏区家喻户晓，听朋友说，他们过去看演出的时候，台上台下常常是随着剧情的发展的唏嘘一片，我很想有机会看看这场演出，可是到西藏好几年，却没能有幸一睹。听朋友说，《朗萨雯波》是一个真实的悲惨故事，故事中的女主角没有戏中的神通，而是被山官父子活活打死的，故事中相关的场景现在仍然可以找到。利用一次下乡的机会，我们几个人便去做了一番实地考察。

汤东杰布铁桥

先来到举办“乃宁仁珠”庙会的乃宁寺，乃宁寺是一座宁玛派改宗格鲁派的寺庙，有悠久的历史，它因为在1904年第二次抗英斗争中英勇抗击英国侵略者而闻名天下，现在是西藏的爱国主义教育基地之一。有一首民歌唱道："阿达贡布（民兵首领）兵到了，英军倒下去了，乃宁寺院里面，成了血的海洋。"在那次战斗中，乃宁寺的僧人和当地民兵一道抗击侵略者，留下许多可歌可泣的事迹，至今，乃宁寺的大门上仍然保留着英国人子弹的弹痕。在此之前，乃宁寺名扬藏区，有一多半是因为藏戏《朗萨雯波》。每年藏历四月十五，乃宁寺要举办几天的庙会，除了跳神，更多的是附近的老百姓前来集会贸易，15 岁的朗萨雯波就是在这里卖氆氇是被山官查巴查钦看中的。乃宁寺门口有一个大大的池塘，池塘中央有一座小山，山上有一棵大树，传说每年庙会期间，周边村子都要派一位得力的人骑马到康如普曲河汲一桶水，快马赶回，涉水到池塘中央给树浇水，谁先到谁就拔得头筹，是庙会的高潮。从朗萨雯波居住的江派库村到乃宁寺，至少得走上大半天，可以想见当年朗萨姑娘赶庙会出售自己编织的氆氇，是一件很不容易的事情，也可以想见霸道的山官把五彩箭插到朗萨姑娘身上时她的那种无助和悲伤。

传说中山官查巴查钦当年官寨所在地

我们来到江孜县江热乡培贵村，传说中山官查巴查钦当年官寨所在地，并且找到了据说就是当年官寨的地方，当然，建筑已不是过去的官寨，连这里居住的人，也跟当年的山官没有什么关系了。采访了一个老太太，她说她们家是在两三辈以前从康区迁徙过来，对之前的事情一无所知。

采访从康区迁徙过来的老太太，没有收获

山官查巴查钦当年的官寨所在地，现在已经建起了新房

带着一些遗憾，我们前往朗萨雯波的家乡江派库村，一路询问，过了几条山沟，终于找到了位于大山深处的江派库村，也找到了据说是朗萨雯波家的房子（当然不是当年那一座了）。一路感慨当年朗萨姑娘的艰辛，一路诅咒狗山官之可恨，从培贵村到这里，我们的越野车也行驶了将近两个小时。在那里我们打听到了据说是朗萨雯波家后代的一家人，老两口带着女儿和孙女，儿子（抑或女婿）出门打工去了，同行的平措扎西与老人交谈，也没问出个所以然，只是感觉眼下的老人、姑娘、孩子，与故事中的朗萨雯波一家似有某种联系，而她们的神情却是开朗的。我怅然四望，老人说东边山上白色的地方就是当年朗萨雯波死而复生之所，天公似乎也要为我们的此行增添一些气氛，此时也阴郁起来，回程的路上，大家都沉默不语，觉得不应该是这样一个结果。

从江派库村山脚远望江孜，当年朗萨雯波就是从那里带着儿子逃回来的

这就是传说中朗萨雯波家的房子，当然不是当年的那一座了

山上白色的地方据说是当年朗萨雯波死而复生之所

此行算是什么样的结果呢？不管《朗萨雯波》的故事是否源自于真实的生活，时代已经不同了，西藏已经从当年的封建农奴制社会跨入了社会主义社会，生产生活水平有了极大的提高，培贵村和江派库村的许多家庭都在备料建新房，朗萨姑娘承受的苦难，再也不可能在这片土地上发生了。但是，作为藏戏的一出著名剧目，作为文化的一种格式，《朗萨雯波》，

这样一出珍贵的饱含人文精神的戏剧，包括与之有关的地理和人文，却在我们的生活中逐渐消失，这是我们一行不愿意看到的。

作为一种古老的戏剧形式，藏戏的历史比京剧还早300多年，在每年雪顿节这样的盛大节庆上，依然有许多戏迷随着剧情的发展如痴如醉。然而，那种动辄演出三五天，观众在下面吃喝不误，演员和观众有时可以融为一团、难解难分的形式，恐怕已不再能够适应现代生活的节奏，藏戏所反映的内容，除了惩恶扬善，恐怕也还应该增添新鲜的内容，藏戏的唱腔唱段，是否也应该吸纳更多的现代生活中形式和语言。美国文化人类学家格尔茨说："文化是一种通过符号在历史上代代相传的意义模式，它将传承的观念表现于象征的形式当中。通过文化的符号体系，人与人得以相互沟通、绵延传承，并发展成对人生的认知和对生命的态度。"（《文化的诠释》）他说的是一种文化现象，比如西藏春耕的仪式，比如内地的过年，然而，任何一种文化的格式，或者说形态，如果不在生活的延续之中活动起来，不跟着生活之流运动起来，它的生命终究会有完结的一天。我们希望《朗萨雯波》和它承载的内涵不会走向这样的境地，我们寻找的《朗萨雯波》，终有一天，会以一种更让人惊喜的形式出现在我们面前。

如今演出藏戏的演员们

古典诗人米拉日巴

米拉日巴是藏传佛教噶举派的代表人物，1040 年生于贡唐（今天日喀则吉隆的北边），俗名叫米拉日巴·脱噶巴，藏族人一般叫他得道者米拉日巴。

米拉日巴的祖辈，祖父多杰僧格跟着父亲从琼波地方来到现在日喀则吉隆，他一边给人诵经，制作贡品，一边从事经商活动，后来和当地一个富家女子结婚，生了一个儿子起名米拉慧幢。他们从倭尔马的一家人那里买下了最好的一块三角地和旁边的一处地基，建起了华丽宽敞的住宅，他们家成了当地有名的米拉家族。

吉隆风光

不久，多杰僧格的侄儿侄女都投奔到了吉隆，多杰僧格不仅为他们提供住处和生活用品，还教给他们经商的本领。后来，长大成人的米拉慧幢和当地的一个叫作白庄严的美丽贤慧的姑娘结了婚。1052 年的秋天，怀胎十月的白庄严分娩了，当时，米拉慧幢正在外地经商，白庄严托人带信给他说：家里有喜事，我们得到了一个儿子，要给他起名字，还要举行命名宴会，请你赶紧回来。米拉慧幢听到这个消息，高兴得不得了，他说：我一听到这个消息，内心就充满欢喜，我的儿子就叫闻喜吧。

这个叫闻喜的孩子，就是后来成为藏传佛教噶举派第二代祖师、西藏历史上著名高僧、诗人的米拉日巴。

米拉日巴诞生的地方在今天日喀则吉隆县宗嘎乡的哲隆村，村边的公路旁，有一座由片石垒成的古塔，叫申久格西东杰塔，据说这座塔已经有800多年的历史，是后来的人为了纪念米拉日巴而修建的。在哲隆村的西北角有一块呈三角形的青稞地，当地人说这就是著名的“倭尔马三角田”。

米拉日巴7岁时，父亲米拉慧幢得了重病，他自知危在旦夕，便当着众位亲友的面，立下了子承父业的遗嘱，并将全部家产托付给米拉日巴的叔父和姑母。谁知道，叔父和姑母的心肠歹毒，不仅强行霸占了本来属于米拉日巴和他的母亲、年仅3岁的妹妹的全部财产，还把他们像牲口一样的役使。一家三口夏天给叔父家耕田，冬天到姑母家理羊毛，吃狗吃的东西，穿破烂不堪的衣服，拿茅草绳作腰带。后来，他们干脆把母子三人赶出了家门。

米拉日巴一家受到了极大的伤害。怀着刻骨的仇恨，米拉日巴的母亲四处筹钱，亲自送米拉日巴出门拜师去学习咒术。米拉日巴发誓要报仇雪恨，他刻苦学习，很快掌握了施咒的本领，在叔父为他的儿子举行婚礼时，米拉日巴施放咒术，使叔父家的房屋倒塌，三十多个参加婚礼的人都被压死了。米拉日巴还应受尽村人凌辱的母亲的请求，在村里施咒降雹，使那些村人的庄稼都颗粒无收。

吉隆米拉日巴旧居

血海深仇报了，但米拉日巴并没感到快乐，看见房屋坍塌后的惨状和面临饥荒的村人，米拉日巴追悔莫及，他不敢再回家乡，走上了一条自我放逐、弃恶从善的艰辛之路。他四处寻访，38 岁那年终于投奔到了噶举派的创始人玛尔巴大师门下。

但是，玛尔巴大师开始并不教米拉日巴修法，只是命令他在周围的山坡上修建碉楼和做许多苦不堪言的差事。米拉日巴经受了种种难以忍受的考验而求法之心不变，终于感动了玛尔巴。玛尔巴对米拉日巴说：并不是我不传授教法给你，我知道你是一个有缘弟子，只是你的罪孽过于深重，只有经过这种苦行才能得以洁净。从那以后，玛尔巴将平生所学毫无保留地传授给了米拉日巴。

米拉日巴在玛尔巴大师那里修行了7年，在45岁那年回到了故乡吉隆。这个时候，展现在他眼前的是一片衰败景象：他原来的家，外面已经杂草丛生，曾经金碧辉煌的房舍早已腐败，满地粪便，成了鸟雀和老鼠的巢穴，厨房里，一团破布和灰土搀杂在一起，上面生着许多青草，拉起来一看，一根根白骨从上面落下。这时米拉日巴才知道，母亲已经去世多年，妹妹乞讨不知去向，这一切都让米拉日巴体会到了什么是人生无常。他遵照玛尔巴大师的教命，在深山中潜心修行。

在一个潮湿的岩洞里，坐在一个又小又薄的垫子上，米拉日巴发出了不再进村的誓愿：“我如果没有证到无上殊胜，在此期间，就是在山上饿死，也不会为了找吃的进村子里。哪怕是冻死，也不会为了寻找穿的进村子里。或者就是愁死，也不会让思想散乱动摇。又或者是病死，也不去寻医问药。为了让这一生能够有所成就，我身体不动摇，思想不散乱，一心一意修习成就，一定要达到目的。”

米拉日巴苦苦修行，留下来许多故事。有一次，预定一年用一斗的糌粑吃完了，一点维持生命的食物也没有了，这个生命眼见着就要走向尽头……是进村里找吃的呢，还是继续修行？这两样哪个好呢？想过来、想过去，米拉日巴既不想违背誓言，到村子里去求食，又不愿饿死在修行的地方。怎么办呢？最后，米拉日巴想到应该去求苦行之食，就是那些在大自然中生长的野菜之类。他来到洞口的白岩前面，那个地方日光温暖，水色清洌，有许多麻草，茂密繁盛，一见即生愉悦之感。于是米拉日巴迁移到那里，只吃麻草，继续修行。由于外面没有衣服，身体又缺乏营养，米拉日巴的身体消瘦，骨瘦如柴，颜色就像麻草一般，毛发也变成了一丝丝绿色。

米拉日巴修行图

又有一次，米拉日巴所有的衣服都坏了，他就想把亲戚给的一件如同尸骸一样的破衣服，和空的糌粑口袋、一些破布片缝合起来，做一个坐垫，但是又想，假如今天晚上就死去，缝了坐垫也没用，还不如继续观修的好，于是就放到了一边。他把那件尸骸一样的破衣服铺开像垫子的形状，遮盖住身体的下部，用另外一片空口袋缠在身体的上部，再把那些破布片盖到其他该盖住的地方。到那件衣服不堪一用的时候，米拉日巴心里又很费踌躇，想缝一缝，但找不到针线，于是拿茅草捆上三条布袋，搭在身上围住腰部和下身，把茅草绳接长了拴在腰上，勉强将就着过日子。

上面两段故事是米拉日巴给他的修行派弟子日琼巴亲口讲述的，从这两段故事我们可以看到杰出的人物在成长的过程中怎样不断地战胜自我，最后取得成功。米拉日巴反对空谈，主张实修苦行，形成了噶举派的修行派。米拉日巴在苦修 9 年之后，终于成为德行高深的一代大师，并开始了他以诗歌传道的辉煌历程。

米拉日巴从小喜欢唱歌，又生就一副好嗓子，大家都喜欢听他唱歌，到后来成为一代高僧之后，他便用诗歌的形式，向众弟子和信徒们宣传佛法，从而创作了许多证道性质的诗歌，后人将它们集结成集，称为《米拉日巴诗歌集》，又译作《米拉日巴道歌集》，是西藏文学史上较早的一部作家诗集。

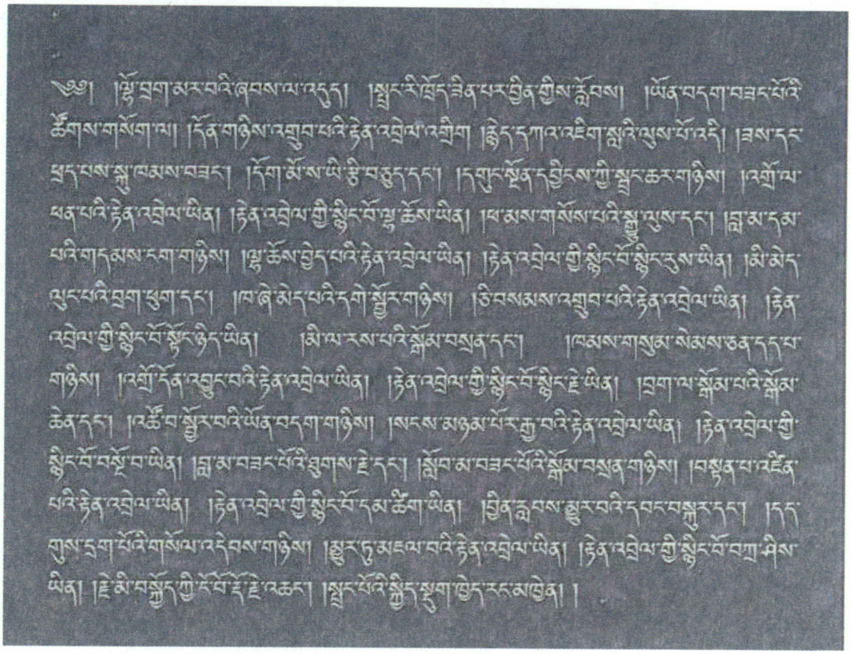

《米拉日巴道歌集》

《米拉日巴诗歌集》共 58 节，将近 400 首诗歌。但是，《诗歌集》中也不完全是诗歌，而是在记录诗歌的同时，还把唱这首歌时的前因后果、来龙去脉也加以讲述，与其中的诗歌交织在一起，成为有故事情节的叙事文体。比如《诗歌集》第 35 节讲到，米拉日巴的弟子日琼巴第二次从印度留学回来，产生了自得傲慢之心，米拉日巴知道后，便去迎接他。师徒相见时，日琼巴心想：我去印度学习了这么多新的知识回来，老师定然十分重视，再说，老师除了慈悲和加持力比我大之外，在经文和知识方面不比我现在更为精通啊，因此，在接我的时候或许会还我的礼吧？但是，当日琼巴见到老师并施礼时，米拉日巴却连回礼的意思都没有。日琼巴因此心里很不高兴，连脸色都变了。师徒二人走在回去的路上，看见一只牦牛角，米拉日巴让日琼巴捡起来拿着，日琼巴心想：我的老师说世间的东西什么都可以不要，但现在贪欲却这么大，连一只牦牛角都不放过，这东西有什么用呢？于是他说：“这个又不能吃，又不能喝，还是扔了吧。”米拉日巴说：“有需要它的时候。”说完自己捡起来拿着走。走到一个平坝时，突然下起雹子来了，日琼巴赶紧双手抱着头蹲在那里，过了一会，冰雹稍停，日琼巴起来找老师，却看不见人影。正在这时，日琼巴听见地上那只牦牛角里老师在说话，便想捡起来看，不料牦牛角像粘在地上一样。日琼巴趴在地上往牦牛角里看时，只见米拉日巴安坐在牛角中，并叫日琼巴也进去。牦牛角并没有变大，老师也没有变小，就像镜子里面的影像一样，日琼巴要进去时，不要说人，就是拳头也放不进去……后来，米拉日巴又通过“向牧民老奶奶化缘”“日琼巴看百匹野母马生马驹”等事件，对日琼巴进行了引导教育，使日琼巴消除了骄傲情绪。

《米拉日巴诗歌集》在散文的叙述中加入诗歌，从某种意义上，它实际上也是米拉日巴故事集，这跟我国古代其他民族的诗歌相比，是一个鲜明的特色。

米拉日巴幼年时代遭受豪强的叔父、姑母的欺辱与奴役，倍尝人间辛酸，他又是一个彻底的出世主义者，对世间光怪陆离的人和事洞若观火，入木三分。所以在他的笔下，所谓的权贵和高僧大德常常受到讥讽。比如一次外出化缘，米拉日巴看见一个盛大的宗教集会，他应主持人的邀请，对参加大会的信众们唱到：

……
这个人世间是大海吗？
不管怎么舀也舀不干！
佛法僧三宝是须弥山吗？
无论谁也不肯负担！
说的誓言是风中的鸟毛吗？
无论谁也不能坚守！
坐垫之下有针刺吗？
高僧大德不肯安坐！
山林静处有盗贼吗？
修行者们常游村镇！
……
上方极乐世界有痛苦吗？
前往之人多么稀少！
下界十八地狱有幸福吗？
权贵争相拥挤奔跑！

按照佛教的规矩，既然是高僧大德，自当稳坐在法座之上，宣讲佛教圣法，为众生指出解脱之道，但是，他们却抛却了自己应尽的责任而混迹于市井，跻身于官场，追名逐利，蝇营狗苟。这样的诗歌充分揭露了一些上层喇嘛假借佛家之名，实际上不安心奉佛的欺世盗名的虚伪面目。

米拉日巴从小受人凌辱，深感社会的不平等，所以，他对受苦人极为同情。比如有一次他去化缘，碰到一位老妇人。这位老奶奶对化缘的僧人似乎没什么好感，她一看见化缘的米拉日巴，便指着他骂起来："你这个瑜伽乞丐，夏天时来讨要白的（指奶制品），冬天时来讨要酸的（指青稞酒），……你还要瞅着空讨要我女儿和媳妇的首饰吗？"说着还要往米拉日巴身上撒灰，于是米拉日巴给她唱了一首歌，歌中说到：

……
清晨起来要最早，
夜晚睡下要最迟，
没完没了家务事，
条条都要你操持，
你是没有工钱的女奴役。
一家之长最尊贵，
无钱也要收的税，
不可缺的子孙辈，
这些都要好供奉，
只有你是没有份的女佣人。
要向儿媳献殷勤，
得听子女恶语声，
孙子争吵耳朵鸣，
所有都要你承担，
你要假装耳聋修忍性。
干活费力有如拔马桩，
走路弯腰好像鸡一样，
坐时无力身倒体踉跄，
力不从心衰老临身上，
你是弯腰驼背的伤心妇。
吃的喝的冷又脏，
身穿褴褛破衣裳，
睡的破皮毛全光，
种种滋味你要尝，
你是忍气吞声的老女仆。
……

在旧西藏，劳动妇女的地位最卑下，负担最沉重。在家里，妇女要背水、熬茶、做饭、织氆氇、打扫清洁、洗衣服。在家外，拔草、割青稞、打场、捡牛粪等，那一样不是妇女艰辛地担负起来，默默无言地操劳。但她们却总是被人歧视，受尽欺辱，遭受到及其不公平的对待。这一切，米拉日巴都看得细致准确生动，又那么真实，充满了对受苦女性的同情和怜悯之心。

米拉日巴之所以同情这些被旧社会歧视、凌辱、抛弃的受苦人，和他本身的生活遭遇是密不可分的。米拉日巴在《诗歌集》中，也讲述了自己所遭受的不幸：

……

家中所有财产和牲畜，
全被叔父姑母抢夺走，
母子三人成了他奴仆。
吃的都是猪狗食，
穿的全是褴褛衣，
浑身颤抖寒风里。
常遭叔父打不停，
须看姑母脸阴晴。
当牛作马为奴仆，
母子三人受苦楚，
悲惨凄凉日难度。

……

诗中控诉了恶人的罪行，倾诉了母子三人的不幸，展示了一幅旧社会以强凌弱、弱肉强食的可怕图景。这种遭遇和感受，正是米拉日巴同情弱者的一个重要原因。

由于米拉日巴长年独居在山野丛林之中，对自然万物有深切的感受，对西藏的山林景色有细腻的观察和独特的体会，反映在他的诗歌中，就是语言极其优美新颖。比如他在白巴尔山上修行时，几个弟子来看他，请他宣讲在山上修法时的感受，米拉日巴借用山林的景色向他们讲述了所谓“人生无常”的道理：

白巴尔这个安静地方，
雪山高耸在山谷之上，
山谷口的居民信念强。
这里后山就像白幔帐，
前面有九条欲望丛林，

青青的草地宽阔敞亮。
馨香的莲花赏心悦目，
六条腿的蜜蜂采花忙。
叮咚山泉水涓涓流淌，
喝水的青鸟四处张望。
林中果树已枝繁叶茂，
美丽的小鸟啾啾飞鸣。
和煦的山风轻轻吹拂，
树枝婀娜随风舞不停。
高高的果子挂满枝头，
采摘的猿猴灵巧嬉戏。
平展的草坪茵绿如碧，
觅食的牛羊四散而行。
放牧牲畜的小小牧童，
婉转的歌声伴着牧笛。

这虽然是一首道歌，讲的是出世的道理，但其优美的语言、生动的形象、写生的手法，描绘出了一幅高原雪山峡谷中，林密泉涌，鸟鸣枝头，蜂飞蝶舞，牛羊散落，牧笛悠悠的恬静而美妙的自然风光，使人读后无限神往。

雪山是藏族人民生活中重要的组成，也是藏族文人们竞相描绘的形象。下面是米拉日巴一首赞美雪山的诗。

雪　山

雪　山

这座山你们知不知？
它是吉祥长寿仙女峰。
山峰高耸蓝天空，
恰似三角美螺供。
山腰银溪如宝珞，
旭日照耀光闪烁。
山顶有如水晶髻，
亭亭玉立白云际。
山腰以下山峦起，
常罩漫雾与轻烟。
霏霏细雨密密降，
艳艳红霞常常升。
这是家畜吉祥兆，
驯兽成群绕山林。
鲜花丛生耀眼明，
入药百草此间生。

诗歌描绘雪峰，但通篇不着一个“雪”字。诗中用“美螺”形容雪山的洁白，用水晶发髻比喻山顶的玲珑剔透，真是形神兼具。如果不是久居山林，长期观察，哪有这样的传神妙笔！米拉日巴还有一首著名的《暴风雪之歌》：

是天和地商量好的吗，
派出这狂风的使者。
掀起地水风火四种狂浪，
浓云迷雾笼罩四野。
太阳月亮被关进牢笼，
二十八星宿也遭吞没。
八大星曜黯然无光，
天上银河拴在木橛上。
满天的繁星冻得瑟瑟颤抖，
墨风黑云把万物遮挡，
这场雪下了九天九夜。
大雪好像搅成团的羊毛，
如飞鸟一般盘旋而下。

中雪有如纺线的纱锭，
如蜜蜂一样飞舞降落。
小雪恰似细细的介子，
如面粉糌粑洒洒飘临。
纷飞的大雪怎样形容？
雪山长成了擎天之柱，
参天森林弯下了腰身，
翠绿的山谷银装素裹，
翻腾的湖面冻结成冰，
滔滔的河水只能冰下奔流，
地面平展展洁白一片。
天上降下这样的大风雪，
黑头藏人们被禁锢在家里。
四条腿的家畜都遭饥荒，
山间的驯兽也无处觅食。
天上的飞禽踪影皆无，
洞里的土拨鼠全被埋没，
猛兽的洞口也都被封住。
……

好一场高原的暴风雪啊，诗歌声势磅礴，酣畅淋漓。虽然说米拉日巴是一个彻底的出世者，但面对高原雪山迷人的风光、绮丽的景致，诗人还是情不自禁的唱出这么多迷人的妙曲，从而透露出他对家乡的热爱，对人生的眷恋。米拉日巴的诗歌给后世以极大影响，形成了作家诗歌中的一个流派，在整个藏区广泛流传，受到人们的重视和喜爱。有一首民歌这样唱道:

你是想要赛马吗？
去把枣红烈马牵来。
你是想要驮东西吗？
去把宽背牦牛牵来。
你是想要对歌吗，
请把《米拉诗歌》带来。

后藏民间的瑰宝

拉孜藏刀

藏族几乎人人都佩戴腰刀，藏刀兼有生活、生产、自卫、装饰几种效用，据说已有1000多年的生产历史。藏刀的做工讲究，刀身用钢材锻造，刀柄用牛角或硬质木料加工而成。藏刀分长刀、短刀和小刀三种。长刀最长的有1米左右，藏语称“巴当末”，短刀约40厘米，小刀则仅有十几厘米，藏语叫“结刺”。藏刀的刀鞘，有木质、铜质的，也有铁质或银皮镶包的，刀鞘上常刻有龙、凤、虎、狮和花卉等图案，有的图案上还点缀着宝石、玛瑙等贵重物品。

藏刀

拉孜藏刀是藏刀九大系列中的一个重要分支，拉孜藏刀刀质优良，工艺考究、刀刃坚韧、刻工精细、造型简洁，具有打火、磨刀、耐用、强磁性等11种功效。拉孜藏刀工艺流程复杂，每道工序的细腻程度和要求之高，难以用文字表述。这些手工业技艺是劳动人民长期智慧的结晶，很难被现代技术所替代，具有很高的保护价值。它里面蕴涵的丰富的科学技术因素，是一份极其宝贵的历史遗产。

拉孜藏刀从开始的选材到冶炼、打制加工以及成刀，繁多的工序全由手工完成。虽然历来许多人对它赞不绝口，但有关拉孜藏刀加工工艺的记载却很少，由于藏族传统上对铁匠一类的行业有不少偏见，使拉孜藏刀的生产技艺长期以来全靠师徒传承、子孙相传。如今虽然有关藏刀的工艺流程已见不少著作，但真正的拉孜藏刀加工绝技，是要凭悟性和长期实践的体会及感觉才能掌握的。

旧时拉孜有许多人以打制藏刀为生，世代相传到今天，延续了许多代传承人，十世班禅大师生前来这里视察，对拉孜藏刀的生产寄予很高的期望。人们常说日喀则拉孜和南木林的藏刀是西藏藏刀的代表。拉孜和南木林都地处日喀则境内的西南部，雅鲁藏布江上游，这里高海拔、多矿藏，匠人们打制的藏刀注重刀刃的钢火，讲究刀的实用性，从鞘到柄几乎全部使用金属。经过千百年的实践和经验积累，在刀的打制程序上，形成了一整套独特的定式，比如在淬火时用日喀则特有的酥油、羚羊血和藏青果等。拉孜藏刀经反复锻打而成，在全藏有锋利美名。刀的鞘、把一般不镶珠宝，要么用铁，要么用银，有的也会在上面镂刻一些吉祥图案。拉孜生产的藏力，历史悠久，样式美观，淬火适中，再配上精致、贵重的刀鞘，雕着龙、凤、虎、狮和锦花图案，异常美观、抢眼，令人爱不释手。

几种藏刀

拉孜藏刀传人

在拉孜有许多制作藏刀的人家，其中以普达瓦制作的藏刀最为有名。普达瓦师傅家住拉孜镇拉孜村，这个村子的东北边贡达布自然村，这儿有传说中的“罗布岗寺”，据说西藏加工藏刀第一人、藏刀之神汤木确多拉巴就居住在这里，当年，他加工的藏刀非常锋利，做完之后要用牛皮缠三道，否则担心刀气伤人。100 多年前，江孜抗英时由于武器紧缺，曾从拉孜调运战刀和兵器，普达瓦的先人就是其中一位制作人。

藏刀制作者普达瓦和妻子

做藏刀

普达瓦今年52岁，四口之家，他家以民族手工业加工为主，制作金银铜器、农具，但主要做藏刀。他家的制作工艺，至少传了五六代，他加工的藏刀刀身都是用上等钢材打制，要经过淬火、锻炼、打磨、上光等十几道工序。日喀则有一个说法，上好的藏刀是汤东杰布建桥的铁链打造的。普达瓦说：一把藏刀刀刃锋利与否，关键是看淬火的技术到不到家，火大了刀容易断，火小了刀口软，同样的工序，出来的刀可大不一样。普达瓦还开创了雕花工艺，此后他的藏刀销量大增，雕花工艺也迅速传到了相邻县，成为新的藏刀工艺风格。

普达瓦的妻子在家里编织氆氇，一个女儿因眼盲在拉萨的盲童村，曾经参加过北京市盲人按摩阳光工程扶贫班的开班典礼，家里挂着她在天安门的留影，另一个女儿现在上初中，因为制作手工艺品和编织氆氇，普达瓦一家的生活水平比周围的邻居好得多。

藏刀不仅具有很强的实用性，同时还具有很高的艺术欣赏价值。现如今，到日喀则和临近的阿里旅游观光的人日益增多，藏刀作为民族风格和地方特色的旅游商品和馈赠礼品，深受大家的喜爱。但目前，拉孜藏刀的生产依然处于手工作坊阶段，远远不能满足市场的需求，引进先进的生产设备，抢救传统的锻造技艺，吸引更多的年轻人加入这个行业，不断扩大生产量，形成规模，是拉孜藏刀亟待解决的问题。

世界名毯江孜卡垫

卡垫是藏族家庭中不可缺少的生活用品。藏族通常把小于18平方尺的地毯称为卡垫。江孜卡垫的生产历史悠久，它主要由藏系绵羊毛为原料，有纤维长、软硬度适中、弹性强的优点，卡垫的图样设计别致，色彩鲜艳，美观大方，属于仿古地毯，与波斯地毯、土耳其地毯合称为世界三大名毯。

卡垫在藏语中的意思是“覆盖在上面的垫子”，卡垫的规格一般是长方形的，生产和销售时，都以一对为单位，很少按条生产和销售，消费者也多成对购买。卡垫的种类很多，以编织工艺不同，分为仲丝、尺不戒、汪丹仲丝等种类；以用途不同，又分为卡垫、地毯、靠背、方垫、座垫、马鞍垫等。

卡垫是在藏族传统编织工艺“汪丹仲丝”的基础上衍变发展起来的，它的穿杆结扣法，在全国乃至世界地毯织造技术中都是一个独特的创举，至今仍未失其独树一帜的地位，其织法、色彩以及纹样等方面，也鲜明地体现了民族和地区特点。

由于气候关系，日喀则历史上很少种植棉麻，而是以本地区盛产的羊毛来制作各种衣料及部分生活用品。仲丝的编制技术，正是在这种环境下应运而生的。公元11世纪初前后，西藏的年楚河中游地区就已经生产仲丝，并在集市上与其他地区进行产品交换或交易。在后来相当长一段时期内，“中娘”这个地方，也就是现在的白朗县汪丹乡，一直都是西藏生产仲丝的中心，这里生产的仲丝就叫“汪丹仲丝”。在仲丝出现以前，就已经有了一种直扣无结、形如藏被的“尺不戒”。“尺不戒”之前又有一种叫“溜”的毛纱平织物，这种织物很早就已经有了。

到了近代，仲丝生产中心由原来的白朗汪丹转移到了江孜。据说当时江孜县城半数以上的人，都从事仲丝生产，西藏地方政府在江孜还开办了仲丝作坊，最好的仲丝艺人也都出在江孜。著名编织大师索朗多杰就是其中的一个，他曾被封为五品官，掌管全藏的仲丝行业。据说，现在仍陈列在罗布林卡的新宫里的十三世达赖土登加措腰间挂的盛圣水瓶的小口袋和他床上的双龙靠垫，都是索朗多杰亲手织造的仲丝。从这个时期起，江孜的仲丝织造有了很大的发展。

在日喀则，一般的藏族家庭在客房内都有沿墙一圈或者沿两三面墙摆成直角的木制藏床，上面垫上用各种毛或草絮装成的基垫，卡垫就铺陈在基垫上，垫子的前面安放一张方桌，供家人或客人围坐吃饭、喝茶用，晚上大家可以各自选择适当的垫子睡觉。所以，基垫也可以看作床，垫上的卡垫也可以认为是床单。如果垫上有靠背，靠背上一般也有一条与床上卡垫规格一致的靠背毯，藏语称为“娘郭”。夏天过林卡或外出时，卡垫就直接铺在地上当坐垫。

藏床卡垫

马鞍垫和马鞍盖是卡垫的另一个重要用途。日喀则山川河流纵横交错，高原行路难，马就成了人们的主要交通工具，即使在目前各县、乡都已有公路的情况下，用马做交通工具，仍然是很普遍的。所以，日喀则群众一向注重对马匹的装饰，如辔头、缨铃、镫、鞍等都镶铜嵌宝，一匹价值不到千元的马，有时可以用几千元去做马具饰品，所以马鞍垫和马鞍盖就很讲究了。

传统的卡垫织机

卡垫过去用传统的织机编织，传统卡垫织机是一种斜靠在墙上操作的小型木制机台，它的结构比较简单，是由两根方型立身柱、上下梁形成一个基本框架，另有木楔、高度固定喙、固定喙上的支撑木等组成，上下梁和立身柱也都是活的，上经线时根据活面宽窄的需要，把两个立身柱平行地摆在地上，把它们的两端分别用两根枕木垫起，校正好宽度，然后再把上下梁放在定好宽度的立身柱上，这时就可以在平机上上经线了。这种卡垫织机是属传统的最简便的织机，目前几乎没有使用这种织机的了，基本换成了钢制的织机，松紧经线及调整高低的也不再用木楔，代之以钢制螺旋式或油液压升降器。

现代卡垫织机

传统仲丝没有撩边这道工序，边上的经线是靠纬线连接的，藏毯顺着经线方向折叠，绒面上没有明显的道数间隔行，横折时则有非常明显的道数层。纬线粗的时候，后背显现清楚的纬线痕迹，纬线细时，后背的纬线不清楚，这些都形成了卡垫的部分外观特征。

卡垫的色彩有深蓝、浅蓝、黄、浅黄、浅桔黄、金黄、红、绿、黄绿、黑绿、紫红、深粉红、浅粉红、深棕、浅棕、黑、白等十几种颜色。过去染色原料主要来源于西藏当地野生植物、矿石、色土，可配制成各种不同颜色。天然颜料的坚牢度比较好，不易褪色，又能就地取材，成本低廉，加之又是传统的工艺，操作熟悉，质量可靠。独具特色的天然染料，是江孜卡垫的一大特色。

坐落在江孜宗山脚下的江孜地毯厂，总结了日喀则传统的卡垫生产技艺，集合现代科学技术的发展和审美观念的变化，在卡垫图案、纺线、染色、编织、剪花等方面做了全面合理的改善，形成了织法独特、色泽鲜艳和谐、毯面柔软细腻、洗涤不褪色、不掉毛、经久耐用的特点，加上浓郁民族色彩的图案花纹，堪称工艺精湛、美观大方，具有很高的欣赏价值和收藏价值，畅销国内外市场。

江孜地毯厂的产品除了传统的图案，还编织了“草原新貌”、珠穆朗玛峰、布达拉宫、万里长城等，既有传统的壁画，又有广泛流行的现代艺术图案，处处显现出对祖国山河的热爱，也显示了高超的技术水准。在染色上，他们保留了色泽鲜艳、永不褪色且没有污染的传统矿植物染料，同时又根据客户要求使用质量上乘的“山德兰”颜料，为了增加防蛀作用，在染色过程中添加了防蛀剂。在原料上，江孜地毯的栽绒毛都采用毛质粗硬、弹性强、光泽度好的优质羊毛或牦牛绒、山羊毛，使用特别的江孜地毯穿杆结扣法，使产品具有鲜明的民族和地方特色。

藏毯传统图案 a

藏毯传统图案 b

藏毯传统图案 c

藏毯传统图案 d

布达拉宫卡垫

卡垫作为传统的民族手工业产品，对发展地方经济具有相当大的带动作用。江孜地毯的独特品质，已使它不仅作为一种手工业产品，而且作为高档消费品和艺术收藏品进入人们的视野，一些具有一定年代的古旧卡垫，更是成了中外收藏家争相追逐的珍品。除了江孜地毯厂以外，日喀则还有许多大小不一的卡垫生产企业，据悉，仅在江孜县，就有3000多人拥有编织卡垫的技艺。相信，随着江孜地毯生产的日渐成熟，随着市场需求的日益膨胀，通过将物质的实用价值与非物质的文化内涵进行有机结合，日喀则的卡垫事业，一定会逐步发展成为新兴的民族特色产业和新的经济增长点。

扎西吉彩的新亮点

在日喀则市城南，有一个既不种地也不放牧，专事金银加工的村落，叫扎西吉彩。18世纪末，驻锡日喀则的七世班禅丹白尼玛，为了扩建札什伦布寺，特意从尼泊尔请来了一些金银匠，在鲁定，也就是现在扎西吉彩的南边，建立了加工场地，专门组织制作寺庙用品。这些匠人在这里劳作，天长日久，慢慢结婚生子，招收徒弟，形成了著名的扎西吉彩金银铜加工地，日喀则悠久的金银铜器加工历史，由此而来。

寺庙金顶

早在上世纪60年代初，扎西吉彩的工匠们就以互助组的形式，入股建立了这家企业，当时叫合作社，是日喀则建厂历史最早、技术力量比较雄厚的一家加工金银铜器的小型企业，这个企业建立之后，曾参加西藏和其他藏区著名寺庙的维修工程和重要宗教用品的制作，包括札什伦布寺班禅东陵工程，桑耶寺、甘丹寺、白居寺还有青海塔尔寺等古

扎西吉彩加工厂

建筑维修的金顶制作，他们高度责任感和高超的技艺，深受大家的好评。现在，他们以生产群众生活所需用品及宗教用品为主，如酒壶、酒杯、勺、筷、盘以及净水壶、油灯、转经筒、金佛像等，还生产旅游纪念品、工艺美术品，产品品种多达一百多种。

扎西吉彩的作品 1

扎西吉彩金银铜器加工厂不大，现在只有 18 名工人，4 名管理人员。但它的名气很大，生产的吉彩牌产品银雕茶盘、茶架于 1984 年荣获中国工艺美术品百花奖、优秀创作设计二等奖。1985 年，工厂生产的银包木碗被国家轻工部评为全国少数民族用品优质产品，1995 年被评为亚太国际博览会银质奖，同时被国家五部委认定为少数民族用品定点生产厂家。

扎西吉彩的作品 2

几十年里，从这里走出去的工匠徒弟，可以说是遍布了西藏各地。扎西吉彩，成了日喀则金银铜器加工的培训学校。现在，这里的职工基本是周边的农民和城南办事处里的贫困家庭成员，他们进入企业后，由老师傅按传统的工艺传帮带，教习手艺，但3年内不能离开。那些出了门的学徒现在大多从事这个行当，有的还当起了小老板，由于经营灵活，这些小老板的收入大都高于他们的师傅，在市场竞争上已经给老师们造成了不小的压力。不过，扎西吉彩的经营者对此并没有丝毫怨言，他们有他们的底气，那就是他们的品牌，这是徒弟们带不走的。最近，扎西吉彩加工厂开发了一种新产品，用铜加工制作3磅、5磅、8磅的暖瓶外壳，这种外壳纯手工打制，錾上吉祥图案的花纹，推入市场后大受欢迎。日喀则的居民家家都有许多暖瓶，用来盛装他们喜欢喝的酥油茶、奶茶，如今生活水平提高了，这种让普通的暖瓶也成为工艺品的构思，正好迎合了日喀则人追求高品质的需求，一套1600多元的暖瓶，现在加班加点依然供不应求，成了日喀则消费市场的一个亮点。

扎西吉彩的特色暖瓶

普及与提高的辩证法，就这样在日喀则的金银铜器加工行业演绎着。

《格萨尔》的魂

作为藏族著名的英雄史诗和古老的说唱艺术，《格萨尔》现在仍然流行于整个藏区，特别是人烟稀少、生活节奏缓慢单调的草原牧区，在那里，《格萨尔》的说唱艺人们能够在格萨尔的英雄故事里纵情驰骋，而听众们也会随着故事情节的展开如痴如醉，不分昼夜。在漫长寒冷的冬夜，格萨尔的故事就是一支照亮牧民心田的火炬，为草原单调的精神生活涂抹上一层亮色。

《格萨尔》的传唱者，藏语称之为仲肯，“仲”是故事的意思，而且单指格萨尔的故事，“肯”是人、说唱者的意思。这些仲肯，或带着说唱的帽子“仲厦”，或背着绘有格萨尔故事的唐卡，云游四方，无论是在辽阔的牧场，还是在田间地头，无论是在华堂大厦，还是在低矮小屋，只要有听众，他们就可以表演。往往是话匣子一打开，就有如滚滚江河，滔滔不绝。他们的脑子里，究竟装了多少格萨尔的故事，这些故事他们是怎么学会的，这成了格萨尔研究中一个很奇特的现象，也是倍受外界关注的神秘话题。

格萨尔唐卡局部

那些出口成章而又目不识丁的说唱艺人，藏族人称他们是“包仲”，意思是“天意神授的说书人”，说他们的说唱技艺和内容都是由一种神力传授给他们的。比如著名的艺人桑珠、扎巴、玉梅。

桑珠老人的故事是这样的。他的老家在藏北丁青县一个叫“如”的村庄。当时，这是一个交通方便、商贾往返的地方。桑珠的外祖父是一个格萨尔说唱艺人，桑珠小时候经常跟在外祖父身边听格萨尔的故事。在桑珠还小的时候，外祖父突然辞世了，外祖父去世之后，有两个人找上门来，说桑珠的外祖父生前曾经欠他们的钱。不明不白地，桑珠家仅有的两头牦牛被牵走了。从此，幼年的桑珠只得替别人放羊糊口度日。11岁那年，有一天桑珠在山上放牧时遇到暴雨，他就躲进了山洞。雨下个不停，不知不觉中桑珠进入了梦乡。梦中两个讨债人又找上门来，拉起桑珠家的牦牛就往外走。桑珠抢上前去，抓住牛尾巴不放，讨债人松开绳子，回头打桑珠。就在这时，格萨尔大王从天而降，把两个讨债人制伏在地。桑珠激动万分……梦醒之后，桑珠回到家中。父亲见他精神恍惚，就把他送到寺院请活佛治疗。在寺院的日子里，桑珠频繁做梦，每次梦中都会翻看《格萨尔》的书。梦醒之后尝试着回忆，内容都能回想起来。再尝试着开口说唱，他发现自己不但能流利说唱格萨尔，而且唱完之后会特别开心。

扎巴老人的故乡属于康巴地区，那里有许多格萨尔说唱艺人，老人从小爱听他们讲《格萨尔》故事，到了十一二岁时，自己也会讲一点有关格萨尔的故事，并经常讲给小伙伴们听，后来连一些大人也愿意听他讲。扎巴老人说，也就在那个时候，他做了一个梦，梦见一个骑青色战马的青面勇士，猛然间来到他身边，不由分说，将他的肚子剖开，把五脏六腑都掏干净，再往肚子里装了很多经书一样的书本，扎巴感到很害怕，他对勇士说:“你装书也没用，我不认字。”那位青面勇士说:“不识字没有关系。这些不是一般的书，里面讲的全是英雄格萨尔大王的故事。你醒来之后就会讲了，因为你有这个缘分。从今以后，你要不辞辛苦，到处传唱，让雪域高原的同胞兄弟都知道格萨尔大王的英雄业绩。”后来他才知道，那位青面勇士是格萨尔手下的大将查香丹玛。据说托梦之后，扎巴就像变了一个人似的，会讲更多的故事，讲得也更流畅、更生动了。女艺人玉梅的故事更加带有传奇色彩，玉梅是藏北那曲县的牧民，她的父亲也是一位说唱艺人。她说，自己从小听父亲讲《格萨尔》，也很喜欢听，但父亲并没有专门传授过他。16岁时，她同一个女社员一起去放牧，中午在草地上睡着后做了一个梦，梦见独自一人到一个空旷的野地，那里有两个湖，一个是黑水湖，一个是白水湖。突然，狂风大作，黄尘蔽日，飞沙走石，湖水掀起滔天波浪。从黑水湖中跳出了一个妖魔，一把拉住她，往湖里拖。她非常害怕，大声呼救，这时从白水湖里出来一位仙女。仙女轻轻一挥手，立即风息浪静，妖魔也逃回黑水湖里去了。仙女救了玉梅，要带她到白水湖去。她告诉仙女:“感谢您救了我的命，可是我的阿爸有病，我要回去服侍他，请让我回家去吧。”仙女点了点头说:“好吧，你回去以后，要好好服侍你阿爸，还要把格萨尔大王降伏妖魔、造福百姓的英雄业绩告诉乡亲们。”回来后，她就得了一场大病，七天七夜不省人事，家里人甚至以为她要死去，十分焦虑。第八天玉梅才醒过来，但嗓子哑了，一句话也说不出来。一个多月后，才能说话。病好以后，玉梅的嗓子不但不哑，反而比以前更好了，嗓音清脆圆润，悦耳动听。据她介绍，那时她觉得自己忽然懂了好多格萨尔的故事，老想对别人讲，不讲心里不舒服，憋得难受。有一次，她给乡亲们讲《格萨尔》，累得嘴里都流出了血，但仍然抑制不住，想继续讲下去。一年多后，她的阿爸去世了，那时她刚满18岁。从此，玉梅就开始说唱《格萨尔》了。

说唱艺人玉梅

这三位艺人都在《格萨尔》的抢救工作中做出了巨大贡献，桑珠老人说自己可以说唱出76部《格萨尔》，不只会18大宗，还会18中宗、18小宗。小片断多得像牦牛毛。专家认为，桑珠老人的说唱多而全，并且在语言方面特别注意学习吸收卫藏方言，这一优势是以康巴、安多方言说唱的艺人无法比拟的。扎巴老人从1979年参加格萨尔的演唱录制，到1986年去世，共说唱格萨尔25部，由西藏大学《格萨尔》研究所录音整理，由民族出版社陆续出版。扎巴说唱本总计近40万行诗，600多万字。而玉梅现在仍在西藏社科院进行着格萨尔的抢救整理工作，她说唱的格萨尔故事目录，现在已经有70余部，包含有18大宗、48小宗，以及史诗的首篇数部及结尾部。然而，在世人的眼睛里，这些杰出的成就与他们的奇异身世相比显得微不足道。包括艺人们自己，也不断为自己非凡的能力找出种种说辞，扎巴老人说，他原是与格萨尔不同时期的生命，是格萨尔的战马踩死的一只青蛙；而玉梅说她是格萨尔的人，是继承和传播格萨尔业绩的火种；桑珠则说格萨尔的一员大将时常保护着他，有的还声称自己能通神，说自己能说《格萨尔》是某个神附在身上，借自己的嘴说唱的，这些现象都是因何产生呢？

在格萨尔说唱艺人中，流传着这样一个故事：说雄狮大王格萨尔在一次闭关修行期间，他的爱妃梅萨被黑魔王鲁赞抢走，为了救回爱妃，降伏妖魔，格萨尔出征魔国。途中，他的战马不慎踩死了一只青蛙。格萨尔感到十分痛心，他立即跳下马，将青蛙的尸体托在掌上，虔诚地祝它早日超生，并发出宏愿：让这只青蛙来世投生人间，把格萨尔降妖伏魔、造福百姓的英雄业绩告诉所有的黑发藏民。格萨尔说完扬手将青蛙抛起，青蛙在空中化为点点星雨，这些星雨后来都转世成了一个个《格萨尔》说唱艺人。《格萨尔》的故事诱人，有关《格萨尔》说唱艺人的传说，更是让人充满向往。

关于格萨尔说唱艺人的惊人记忆力和演唱能力，著名格萨尔学专家降边嘉措先生有一系列完整而令人信服的论述，他从格萨尔说唱艺人生长生活的环境因素、遗传学和集体无意识影响、演唱者非凡的艺术天赋和聪明才智、人的潜能开发、《格萨尔》本身的艺术结构、《格萨尔》吟诵形式上的重复等方面深入揭示了格萨尔说唱艺人的记忆之谜。上面提到的三位艺人在说唱《格萨尔》之前，都是经常置身于《格萨尔》的故事氛围里，先期已经有了许多资料储备，使得格萨尔的故事成为了他们深入血脉的意识，加上他们全身心的投入，使他们的想象力得以充分的发挥，从而渲染出了一个个人间传奇。

出藏北那曲镇东行230公里，在临近索县的地方，可以看到一座巍峨的大山屹立于索水之滨。山巅上卧着一块巨大的马鞍形岩石，它被当地群众称为格萨尔的马鞍子。马鞍石旁另有一圆形大石、一块高耸的长石，传为格萨尔征战时用过的战鼓和鼓槌。在山脚的岩石上还有一个硕大的马蹄印，深深地陷入石板中，轮廓清晰逼真，人们说它是格萨尔坐骑的蹄印。绕过马鞍石山嘴，只见对面山上有两座岩石形似两尊石像并立，前者仿佛是一位武士在昂首远眺，后者似一位妇女紧紧相随，它们被作为格萨尔和珠牡的化身，传说这里就是当年格萨尔远征魔国之前与珠牡依依惜别的地方。再往前，在亚拉山脚下索水河畔，依山傍水矗立着一片巨大的石群，传说珠牡曾在这里起锅煮茶造饭，而“放锅的地方”“珠牡的脚印”仍依稀可辨。

在这片土地上有热、嘎、索三条河流，它们跋山过岭最后汇入滔滔怒江。三水流域即是古代索宗的所在地。当地人自称他们是以水命名的藏族三部落。格萨尔善良、美丽、聪颖的爱妃珠牡就出生在索宗的亚拉乡。当地的一道民歌这样唱道：“珠牡的美名四处传扬，是她诞生时天龙吼响；珠牡的嗓音动听悠扬，是她落地时杜鹃欢唱。”

三水流域地区关于格萨尔的风物和传说比比皆是。在自索县赴热都的途中，路过乌钦地方，公路旁的山上有两个马耳朵状的山石耸立其巅，群众称它达那山（马耳朵山），传为格萨尔坐骑的耳朵幻化而成，此地也就以“乌钦达”那而远近闻名。此外，热都乡有格萨尔与七个魔女下棋的棋盘石、格萨尔施巧计转移魔女视线的两只石鸟，军巴乡的石崖上有格萨尔用过的弓和箭等，都依然存在。可以说，这里的山山水水都被人们格萨尔化了。

在我游历藏北草原的旅程中，常常能看见许多以格萨尔故事中的场景、人物、器物命名的自然山水，常常能听见普通牧民随口而出的《格萨尔》片断，那产生于广袤雪域高原的英雄史诗，在时间的流转中口耳相传，保留了最精髓的部分并不断丰富，至今仍然流行于民间，成为了藏族文化乃至人类文化不可多得的瑰宝。只有在雪域高原这样的特定环境中，有这样活态的生活场景，格萨尔说唱艺人才能发挥最大的才能。

我们知道，非物质文化依赖于一定的生态环境和特定人群与历史文化的生态文化，离开了这些条件，它的生存就没有源头活水。扎巴老人在刚刚开始录制《格萨尔》故事时就遇到过这种情况。过去，扎巴老人都是在自己熟悉的环境里给农牧民说唱，大家听得有趣，他也讲得起劲，从听众的神态、发自内心的感叹、热烈的反应，扎巴老人可以忘记自己的存在，和大家一起回到遥远的古代，生活在史诗世界之中。每次讲完之后，听众久久不愿离去，他自己也为故事内容所感染，常常有欲罢不能的感觉。现在不同了，老人抱病待在一间小房子里，身边只有几个态度严肃、埋头写字、从不说一句话，连咳嗽都要用手绢捂着嘴的工作人员，一台毫无反应、只知不停转动的录音机，他的情绪怎么也上不来。开始还有个责任感和新鲜感支撑着，时间一长，老人讲得唇焦口燥、精疲力竭，而且一部接一部，要完整地从头讲到尾，而不能专讲几段精彩的或自己特别喜欢的，老人自己也感到枯燥、沉闷。著名的女艺人玉梅，1980 年开始就被西藏《格萨尔》抢救办公室吸收为研究人员，现在已经二十多年，她能记住几千种地名、人名、武器名，但她对拉萨很多商店和街道的名称却记不住，而且往往迷路。很多同她经常接触的同志，尤其是汉族同志的名字，她更记不住，她自己认为在拉萨说唱不如在家乡那么顺口，因为家乡环境已经很熟悉了，而拉萨的一切还得慢慢适应。现在，玉梅常常感到头昏，说唱的情况已经大不如以前。

随着《格萨尔》研究的不断深入，格萨尔学已经成为一门国际性的显学，有论述说它就象一个大宝袋，一座文学艺术和美学的大花园。它植根于当时社会生活的沃土，不仅概括了藏族历史发展的重大阶段和进程，揭示了广阔的社会生活，同时也塑造了数以百计的人物形象。其中无论是正面的英雄还是反面的暴君，无论是男子还是妇女，无论是老人还是青年，都刻画得个性鲜明、形象突出，给人留下不可磨灭的印象，尤其是对以格萨尔为首的众英雄形象描写得最为出色，从而成为藏族文学史上不朽的典型。《格萨尔》是世界上迄今发现的史诗中演唱篇幅最长的，它既是族群文化多样性的熔炉，又是多民族民间文化可持续发展的见证。它代表着古代藏族民间文化与口头叙事艺术的最高成就，同时也是一部形象化的古代藏族历史。关于《格萨尔》说唱艺人的“天意神授”说，相信也会有新的研究成果。然而，随着经济的快速发展，人们传统的生活方式正在发生深刻的变化。贫困的物质生活，缓慢的生活节奏，这些产生《格萨尔》的温床，正在成为历史。那些行吟在民间的艺人身影，也越来越难看见。作为一种文化，《格萨尔》正在失去它所依凭的土壤，被各种媒介保存而存在的《格萨尔》，成为我们的念想和庆幸，但《格萨尔》的魂，那些吟唱的声音，那些活着的声音，是不是真的就离我们越来越远？

在对待艺人的“神授”之说与史诗的传承上，有人觉得不好理解，认为是艺人有意抬高自己的臆造，有人认为是迷信，是唯心主义，甚至将说唱艺人与装神弄鬼的巫师相提并论。而另一个极端又故弄玄虚，越说越玄，用猎奇的视角去探究艺人的记忆之谜，陷入不可知论和神秘主义，贬低了《格萨尔》的思想意义和艺术价值。如果我们以一种宽容的心态，把《格萨尔》视为一种集体的记忆和创造，以敬重之心对待文化之多元，我想，我们是不是可以避免一些不必要的失误。比如玉梅，如果我们不给她灌输太多的无用信息，如果能在她的家乡为她成立一个工作室，如果我们不用我们认为科学的方法去干扰她的说唱，结果会不会好一些。五四运动以后，我们请来了“德先生”和“赛先生”，百多年来，科学给我们带来了巨大的进步，许多人由崇尚科学变成了崇拜科学，当文化艺术领域的科学膜拜、科学至上盛行时，带来的是文化艺术的单一化和抹煞个性。科学和艺术是人们认知世界的两种不同的、不可互相替代又相互影响的方式，它们有相同之处，也有不同的地方，艺术的本质就是要尊重个性，反对程式化，不可替代性也是艺术的独特价值所在。从这个意义上讲，《格萨尔》说唱的保护和研究，一定要破除对科学至上的迷信，让它们回归艺术，遵从自身的规律，那样，《格萨尔》这棵大树，才有可能枝繁叶茂，常绿常青。

硬笔神韵

2010 年秋天，我们几个朋友相约到拉萨北郊的娘热度假村去过林卡，过林卡，是西藏各地都有的历史悠久的休闲节目，过去，在夏天风和日丽的节假日里，几个朋友或要好的几家人相约带上吃喝的东西，到郊区找一处临树有水的宜人之所，铺展开来，喝酒唱歌，开开心心过一天，盛大一点的，可以带上帐篷，备上柴火灶具，在郊外过上好几天。现在，拉萨及西藏各大城市的城郊，雨后春笋般冒出了许许多多民俗村、藏家乐，里面备有帐篷，搭建着各种建筑，提供饮食，也有接待团队的自助餐，想要过林卡，电话里约好时间地点，一行人上车把自己运过去就齐活，比过去简单多了。我和朋友就是这样一踩油门就到了娘热民俗村。还没坐定，早到的一位朋友有点神秘地带我去看一处“让我感兴趣”的地方。跟着他在院子里曲曲折折走到一处建筑前，朋友让人开了门，进去一看，满眼全是唐卡，但这里陈列的唐卡跟别处看到的不一样，全是各色藏文书法，让人十分惊奇，过去从来没有见过藏文有这么多的书写方式。朋友告诉我，这里展示的就是藏文不同时期各种流派的代表。过去曾听人说过，藏文是硬笔书写，没什么书法可言，今天看了这里，方知此言大谬。我国的汉文书法艺术源远流长，是我国传统文化的重要元素，是毛笔书法的经典，而藏文书法在我国书法艺术长廊里是独特的一脉，它承袭上千年的文明，在雪域高原世代相传，成为独树一帜的艺术奇葩。

藏文书法博物馆

藏文是表音文字，就是使用一套字母，每个字母表示一定的读音，而不是直接地、单独地表示词或词素的意义。将字母组合成各式各样的字，代表语言中的词，人们看到字就能读出音。表音文字的字母数量有限，却能记录丰富的语言，便于人们学习、使用。它好学、好认、好记、好写，相比字数繁多、形体复杂的表意文字，更符合文字发展的方向和规律。历史上，藏文共经历了三次大改革，分别是在公元 8 世纪中叶至公元 9 世纪初叶、公元 9 世纪中叶、公元 11 世纪初叶。三次改革后，藏文得以整理规范了藏文字和语法，统一了用词用语，确立藏文字的书写法。

藏族创造了先进的文字，现在的藏文已具有完备的文法理论、发达的造词功能、丰富的修辞手法。3000 多年以前，在现在的阿里地区有一个象雄政权，使用的是一种叫达斯奔益的象雄藏文 . 在古象雄文的基础上，西藏出现了大玛尔文和小玛尔文，也就是我们说的“玛尔钦”和“玛尔琼”字体，还产生了天成文和斯益文。那时就出现了藏文书法艺术，并产生了艺术流派。

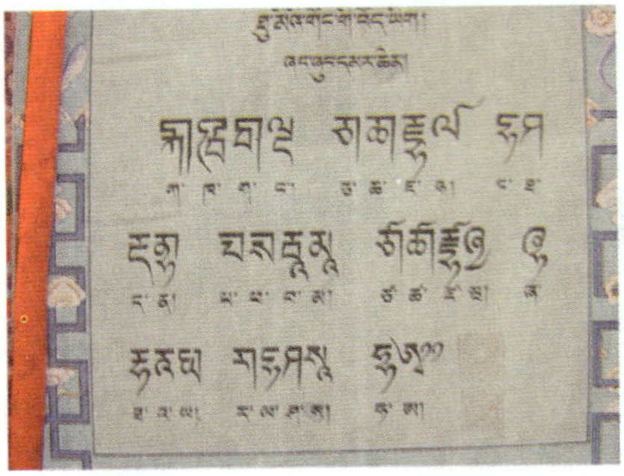

玛尔钦字体

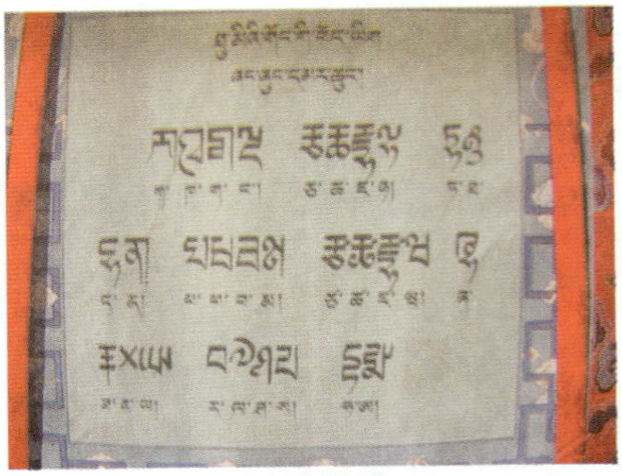

玛尔琼字体

公元7世纪中叶，吐蕃赞普松赞干布时期，为适应吐蕃社会日益发展的需要，吐蕃大臣吞弥·桑布扎从当时的印度学成归来后，对古老的象雄藏文进行全面的改革，以雅砻语为基础，以玛尔文为蓝本，并参照古印度的古巴达文统一规范了藏语文，确定了乌金和乌梅两大书写体系，乌金体是楷书，乌梅体是行书。这就是至今我们所使用的藏文。它已有1300多年的历史。

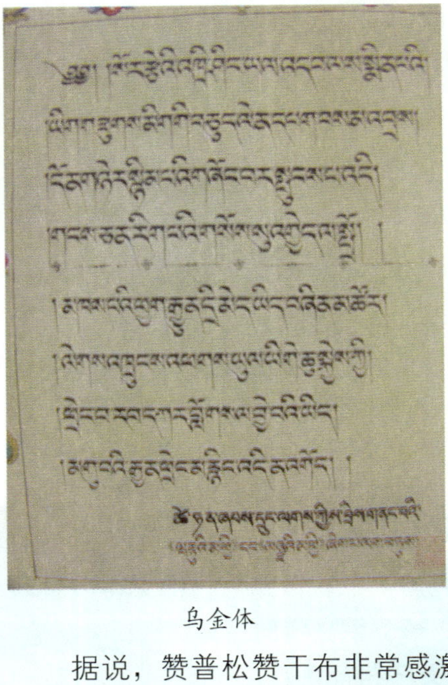

乌金体

吞弥·桑布扎亲笔书写的乌梅体

据说，赞普松赞干布非常感激吞弥·桑布扎为西藏人民规范文字的功劳，决心自己首先学好，他把国事委托给几位大臣处理，自己住进宫堡中跟吞弥·桑布扎学习文字，这一学就是整整4年。在这期间，松赞干布不但精通了藏文，还和桑布扎一起制定了《十善法》，这是用藏族文字写成和颁布的第一部法律条文。在松赞干布和吞弥·桑布扎的共同推动下，藏文很快就传遍了整个藏区，使当时的吐蕃社会发生了划时代的变化，极大地促进了政治、经济、司法、军事、文化、宗教、医药、内外交流等领域的发展。不言而喻，吞弥·桑布扎的历史功绩是巨大的，因此受到了松赞干布和后来藏族人民的一致崇敬，被称为“藏文之父”。

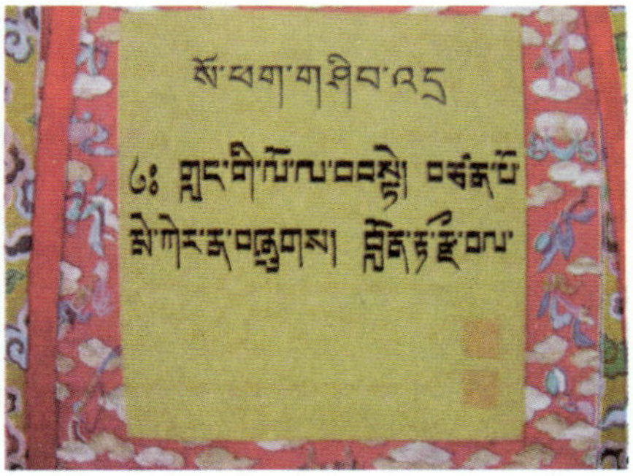

列砖体

不过，吞弥·桑布扎是在象雄藏文的基础上规范了藏语文，而不是创造了藏语文，语言和文字，应该说是劳动人民在社会实践中逐步创立的。规范之后的藏文十分注重书法艺术。如前面所述，吞弥·桑布扎在规范新的藏文时，确定了楷书和行书两种书体，他所确定的楷书叫作蟾蜍体。蟾蜍体之外，吐蕃时期还有列砖体、稞体、串珠体、雄鸡体、鱼跃体、雄狮体和螳螂体八种楷书乌金体。不过，蟾蜍体和串珠体现在只能找到所在地与石刻文。

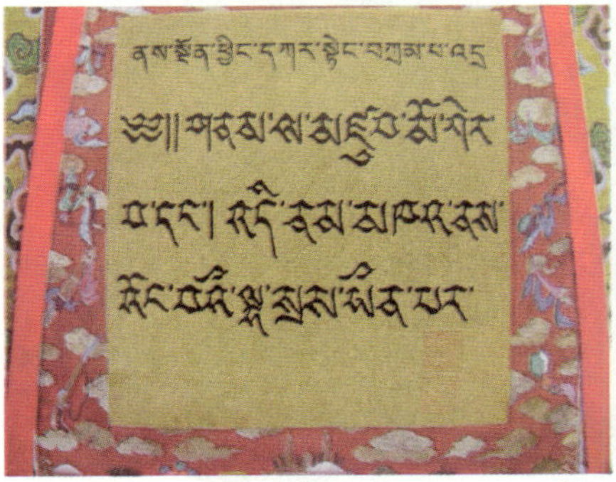

稞体

雄鸡体

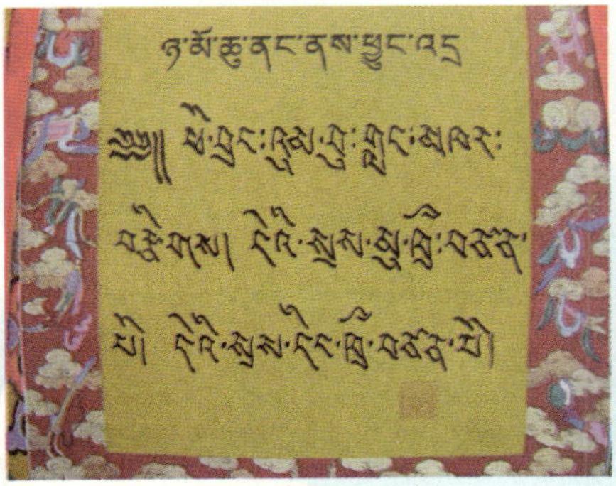

鱼跃体

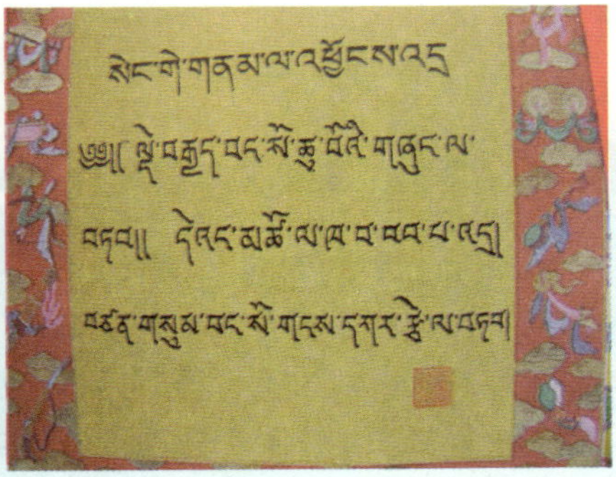

雄狮体

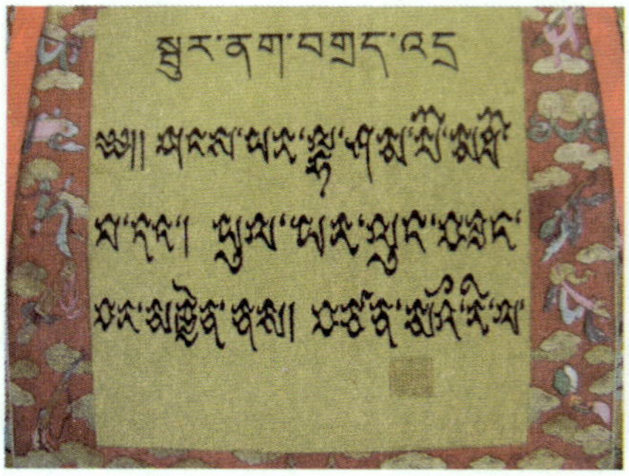

螳螂体

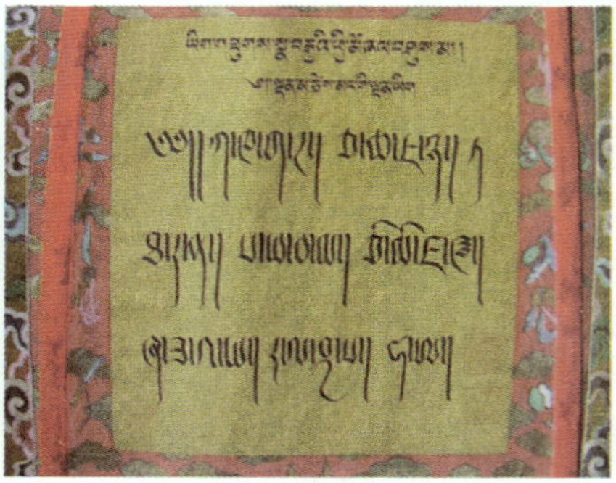

丹体

在吐蕃时期，楷书产生了两大书体，丹体和黎体。丹体是在八世纪由吐蕃大译师丹玛孜芒独创的。后来，丹体成为规范书体流传至今。迄今为止的所有藏文行书都是由丹体派生出来的，而当时的黎体则没有流传下来。

在吐蕃时期，藏文书法还产生了密文体、伏藏体、幻妙体等许多书体。密文体是佛教专门用于记录书写密宗典籍的特殊书体，虽然它的形状与通行的藏文书体有所不同，但拼写、读法、文法、正字法等都和通行的藏文一样。所以，密文体也是藏文的一种特殊的书体。藏文密文体有十几种。伏藏体和妙幻体，也是吐蕃时期藏文的一些特殊书写方法。

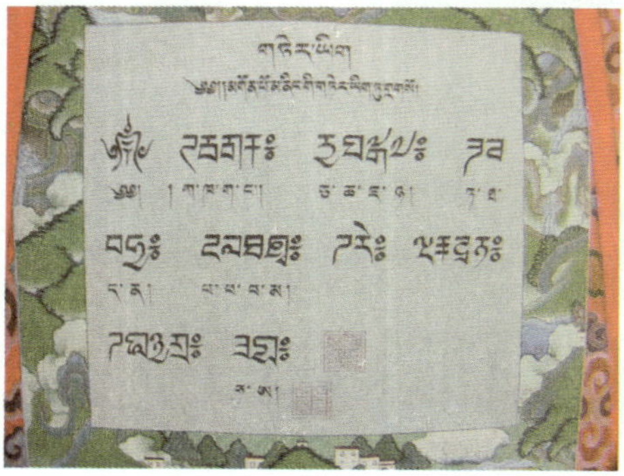

伏藏字

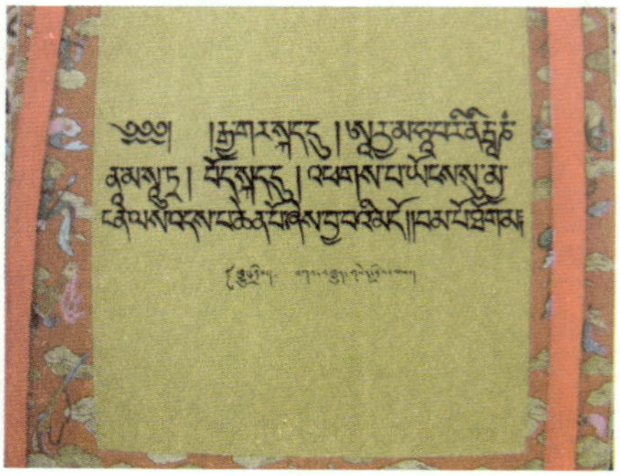

琼体

由于吐蕃时期的藏文书体太多，字体多达40余种，没有一个具有权威性的规范的楷书，藏文书法领域十分混乱，针对这一情况，吐蕃末期，藏族著名学者琼布尤赤依据绘制坛城的坐标法对藏文楷书进行了规范，规定了每个笔画的起止位置、走向、长度和粗细等，这种书体被称为琼体。

在公元13世纪前后，藏文行书的书法艺术有了前所未有的发展，出现了徂仁体、徂同体、白徂体、朱匝体等许多优美的书体。萨迦时期官方的行文普遍采用弯腿朱匝体，这与吐蕃时期有很大的不同。吐蕃时期官方行文、碑刻文几乎清一色的使用楷书。萨迦王朝颁发的政令、文告、碑文等，大多用行书的弯腿朱匝体书写。因此，在萨迦时期，弯腿朱匝体的书法艺术得到了很大的发展。

藏文行书书体徂同体

藏文行书书体白徂体

藏文行书书体弯腿朱匝体

藏文行书书体长腿朱匝体

徂仁体是整个藏文书法行书乌梅体的基础书体。它具有庄重而宏大的气势。在藏文书法中，有了徂仁体的深厚功底，就能写好其他书体。行书中最难写的是徂同体。用于书写各种典籍的白徂体产生于 13 世纪之后，当时，萨迦班智达和八思巴修建萨迦南寺，他们动员全藏区的书法家、誊录师用白徂体来抄写经书，在寺内大殿西墙内修起了由 8 万多部佛教经典组成的经书墙。白徂体又分为分毛足体、净足体和朱徂体。

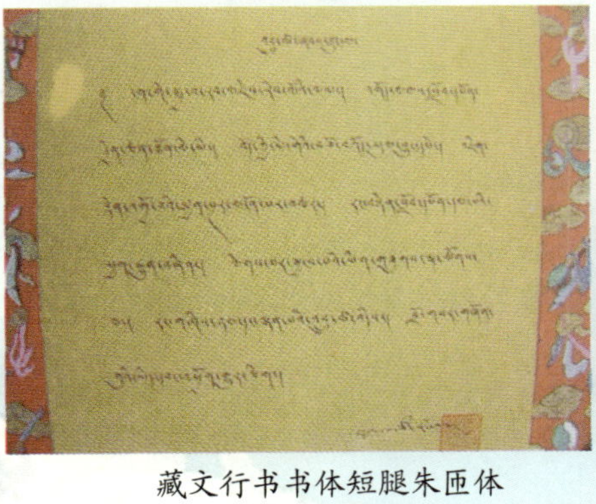

藏文行书书体短腿朱匝体

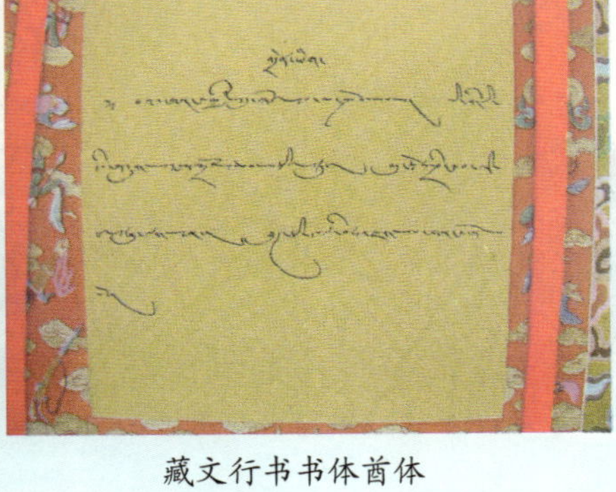

藏文行书书体酋体

到了 17 世纪中叶西藏地方政权噶丹颇章时期，随着行政体制的完善，在行文上更加注重规范，不仅在内容、格式上严格要求，而且还从书体、书写技艺上对上行文、下行文、平行文、民间书信等作了严格的规定。这大大促进了藏文书法艺术的发展。有棱有角的长腿朱匝体成为噶丹颇章地方政府政令书体。上下文多采用徂同体，平行文采用酋琼体。民间书信可采用酋体或徂同体，但不能采用朱匝体。

在 20 世纪初，娟秀的短腿朱匝体成为最流行的书体。短腿朱匝体的书体十分独特，特别是它的草书形式——酋体具有书写迅速、形体优美流畅的特点，是 19 世纪和 20 世纪藏族书法艺术的一大成果。草书酋体和大草酋钦现在已成为最实用、书写最快的书体而被广泛运用。

从藏文产生以来到现在，先后共出现了这样种类繁多的书体。其中常用的有楷书的乌金、徂仁、徂同等书体，行书的朱匝、白徂等书体和草书的酋体等书法形式。

藏族书法艺术繁荣的另一个显著例证是许多书家体的出现。觉罗体、恰罗体、贵罗体、多丹体、央丹体、仁布体、美妙体、八思巴体等，都是藏文创立以来特别是 13 世纪以来的历代大译师、学者和书法家创新的藏文新书体。

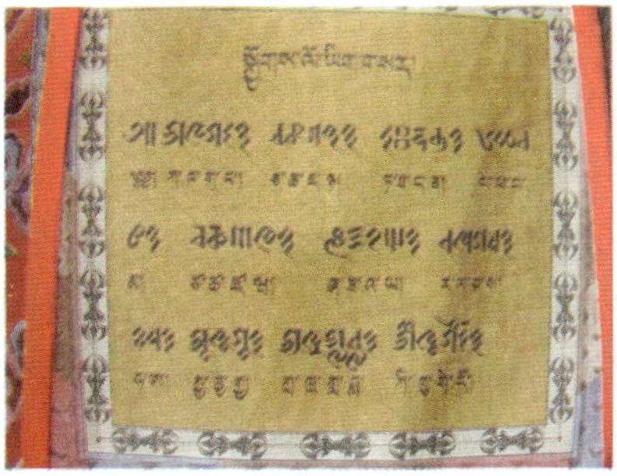

觉罗新体

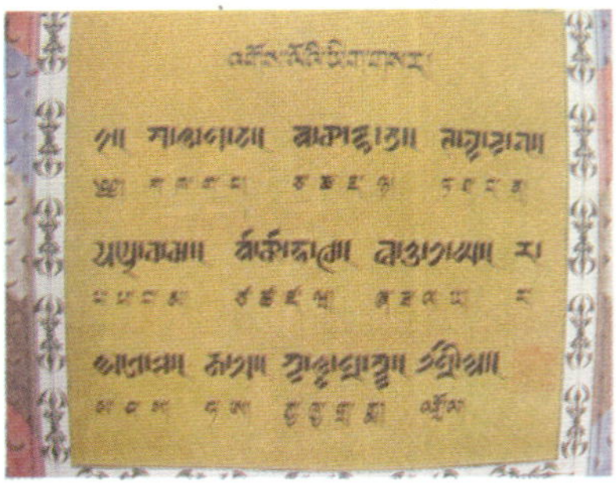

贵罗新体

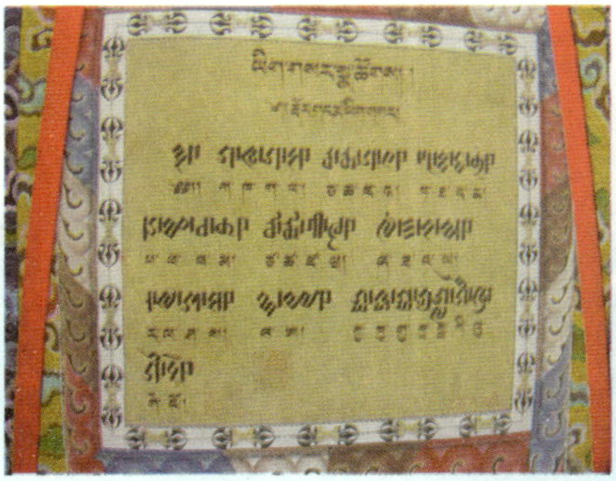

多旦体

仁布体

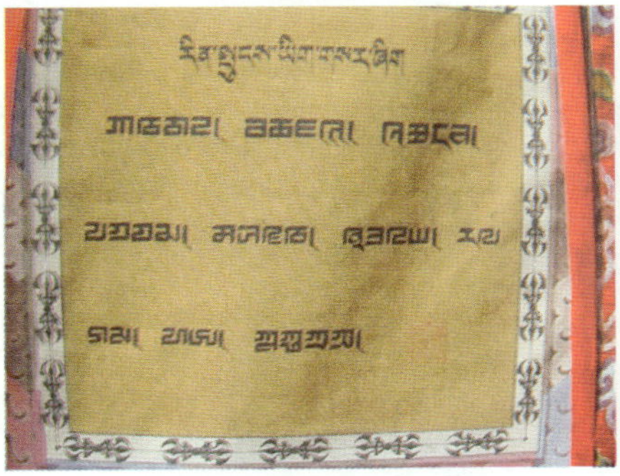

仁布体的另一种

八思巴体

从上面的讲解我们知道，藏文书法以字体种类繁多而闻名。藏族历来十分重视书法艺术、重视书法练习，一般有书法功底的人，都能书写六七种书体，他们能够看文字的内容而书写不同书体。字体或书法是有知识的人的脸面。按照传统的学科分类方法，书法是属于大五明的工巧明中的一个小分支，工巧明是一个非常庞大的学科，几乎包括了除医学、历算之外的自然科学一切领域，因此，以精通大小五明为治学最高目标的藏族学者，自然要把书法作为学识功底加以认真研习。

在西藏，学生入学之初的头几年都要学习书法，打好书法基础，一般是用写字板练习，等达到一定水平之后，才在纸上练习。藏文是用硬笔书写的，书写的笔大多用竹子做成，也有其他材料做成的笔。竹笔分圆竹笔和三棱笔两类，圆竹笔用于书写大字，而三棱笔则用于书写小字。不论是什么材料制作的笔，笔尖都分为左斜、右斜和平口三种，左斜用于书写楷书乌金体，右斜用于书写行书乌梅体，平口用于书写朱匝体。

流畅优美的藏文书法艺术，具有淳厚的高原气息、浓重的乡土特质和明丽的雪域色彩。经过千百年来的沉积，有关藏文书法艺术的论著，有上百种之多，藏文书法已成为祖国艺术宝库中的瑰丽珍品。

西藏和平解放以来，特别是自治区成立以来，藏文书法艺术得到了全面的继承和弘扬。随着西藏基础教育水平的不断提高，随着藏语文的普遍学习和使用，藏文书法普及到了广大农牧区乃至偏远的村落，涌现出的书法新秀比任何一个历史时期都多得多。上个世纪 80 年代成立的西藏书法家协会，会员遍布全区各条战线。几十年来，举办了许多全区性和全国性的书法展览，向全国观众展示了藏文书法的许多古老文体，多彩纷呈的藏文书法、独具民族特色的装裱形式等都给大家留下了深刻的印象。现在，藏文书法这门古老而年轻的艺术，正日益成为我国书法领域的新秀，成为书法爱好者们关注的焦点。

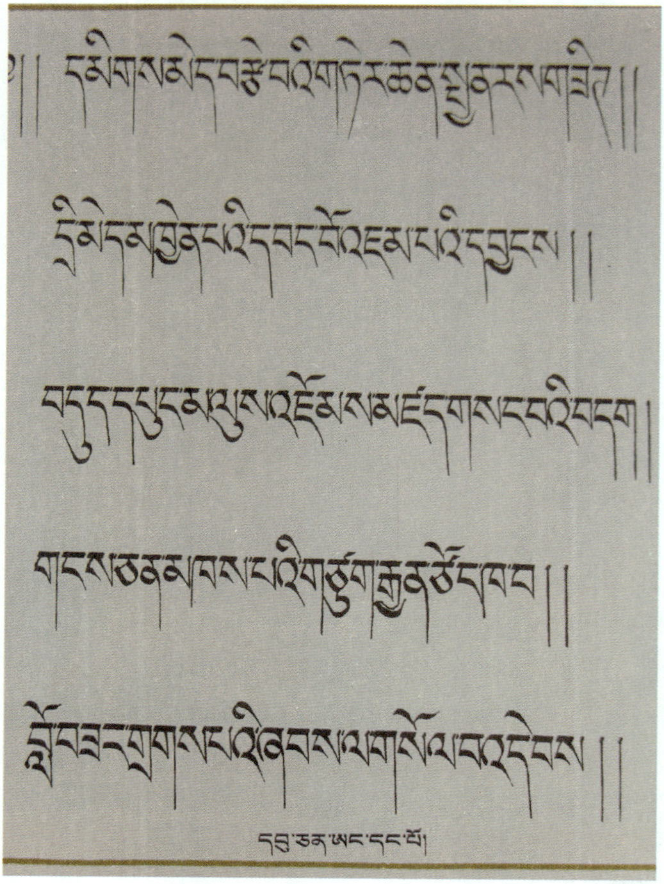

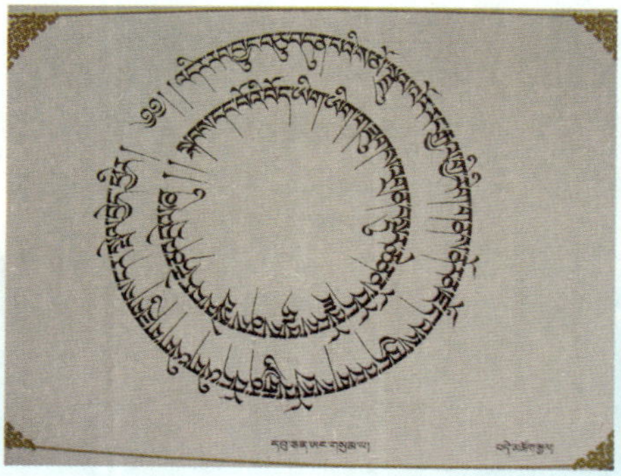

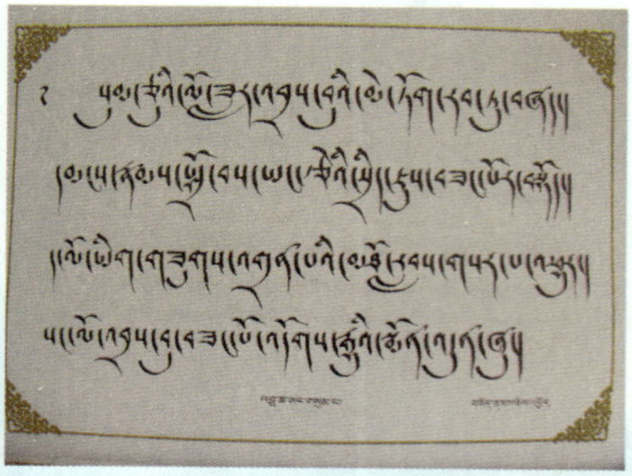

全国藏文书法大赛中的几幅获奖作品

画布上的神奇天地

唐卡，是藏族特有的一种绘画艺术。唐卡是藏文的音译，是一种以锦缎、布面和纸面作为材料，以彩绘、版印、刺绣、织锦、贴花、缂丝等多种工艺表现的卷轴画，是西藏最具代表性的艺术门类之一，具有鲜明的民族特点和独特的艺术风格。

唐卡的起源已无从考证，但就绘画艺术来说，藏族绘画最早可追溯到新石器时代，到唐代吐蕃王朝时期，藏族的绘画艺术已比较完善。随着西藏与内地及周边国家在文化艺术上的学习交流，唐卡在继承自身特色的基础上，努力吸收中原、尼泊尔和印度等地的艺术精华，不断完善成熟，出现了不同风格的流派。如流行于11世纪至13世纪的尼泊尔画派；13世纪流行的由著名画家雅堆·齐乌岗巴创立的齐岗画派；15世纪以后影响最大的勉

宗教主题的唐卡

唐画派；15 世纪中期以后流行于后藏和山南地区的钦则画派以及 16 世纪雅堆地区著名画家南喀扎西创立的噶赤画派等。

唐卡根据制作材料可分为两大类。一类是用丝绢制成的唐卡叫作“国唐”，另一种用颜料绘制的唐卡叫“止唐”。“国唐”根据工艺不同又分绣像“国唐”、丝面“国唐”、丝贴“国唐”、版印“国唐”等几种。“国唐”中尺幅最大的叫作“国固”。“国固”因为太大，不能随便挂出来，实际上只有一些特殊的场合才使用这种唐卡，布达拉宫一幅最大的“国固”唐卡，高 55.80 米，宽 46.81 米，只在重大的节庆时候才挂出来。“止唐”分彩色、金色、朱红色、黑色和版印“止唐”几种，版印“止唐”制作方法与版印“国唐”相似。

唐卡的表现题材广泛，纵括西藏社会政治、经济、历史、文化、民俗、天文历法、藏医藏药和宗教等各方面，所以唐卡又被称作了解藏族文化的“百科全书”。根据历史作画，以绘画反映历史，是唐卡的一个显著特点。有的把西藏各个历史阶段的重大事件，一件件形象地描绘出来，并加以必要的文字说明，连起来便是一部完整的历史。有的描绘某一历史阶段的几个重要片断，说明有关的历史事件。还有一种人物传记唐卡，表

四部医典唐卡

现某个重要历史人物一生中突出的活动。另外，布达拉宫收藏的天体运行图唐卡，每个行星分别画有象征十二天宫的动物图形，均按各自的轨道有规律地运行，它是研究古代天文历算的重要文物。罗布林卡收藏了一整套藏医药唐卡，共六十多幅，包括医学原理、人体结构、经络穴位、医疗器械、各种药物，这在世界古代医药史上也是不多见的。这些无以计数的大小唐卡，为藏学研究提供了珍贵的历史资料。

绘制唐卡有固有的顺序和方法。起稿，藏语称“姜瑞”；着色，藏语称“嘎姐巴”；分色渲染，藏语称“当姐巴”；勾复线，藏语称“姐节巴”；铺金和勾金线，藏语称“塞热”；修整，藏语称“西扎”；最后的工序是镶边。

以绘制一幅普通唐卡为例，首先要根据画面大小来选择尺寸合适的画布，沿画布的四边把它缝在一个细木画框上并绷紧，再用结实的绳子把细木画框牢牢绑在大画架“唐卓”上面，按“之”字形的绳路式样把细木画框的四个边同大画架的四个边绑在一起。画布一般是浅色的，不要太厚太硬，画布太厚太硬容易使颜料剥落和皱裂。把画布固定在“唐卓”上之后，就着手进行下面的工作：首先在画布上涂上薄薄一层胶水作为“底色”，然后晾干，目的是防止画布吸附渗入颜料，使颜料涂在面布上时不会失掉本色。此后，再薄涂一层有石灰的糨糊。等第二层涂料干后把画布铺到木板或者桌面之类的平坦地方上，用一块玻璃或贝壳、圆石头等光滑的东西反复摩擦布面，直到看不见画布的布纹为止。接下来便是画出主要的定位线——边线、中心垂直线、两条对角线和其他所需要标出的轮廓线。用炭笔画出素描草图也就是“白画”之后，再用墨勾成墨线草图，通常称为“黑画”。勾墨之后再根据画面描绘的水泊、河流、岩石、山丘、树木、云雾等景物的不同，在不同的景物上涂上相应的颜色。一次只上一种色，先上浅色，后上深色。一些画面也用金色来勾边装饰，叫“金线”。最后，将所有需要用墨勾的线再勾勒一遍，然后画上眼睛。

唐卡绘好之后，要在画面的四边缝裱丝绢，叫“贡夏”。缝裱后的唐卡画大多为竖长方形。中央画面称为“美龙”，是唐卡画的核心部分。画面四周多用黄红两色彩缎镶嵌，称为彩虹。下方正中镶一块方形的不同颜色的彩缎。画上有天杆，下面有轴。画的下方彩缎略呈梯形，彩缎边沿嵌上红线或者白线，轴的两端装上纯银、象牙、玉石或铜制的轴头，轴上雕有龙纹等图案。画上覆盖着可以揭起来的彩色绫子用来保护画面，面上还压有两条等长的飘带，在展示时把绫子收在画的上方，有很好的装饰效果。

唐卡的构图形式十分丰富独特，如大型系列唐卡《八思巴传》，囊括了历史人物八思巴一生的政治活动，把八思巴两次进京，沿途万里的风物习俗，尽收卷内。画面的景物随故事情节的需要而变化，不受历史、时间、空间的限制，画面的人物不受远近透视关系的影响，安排得生动活泼，但整个画面统一在大的基调上，使构图很完整。

唐卡的人物造型特别注意刻画人物的生理特征和精神面貌，画师在处理画面时，不囿于生活，而是注重实质反映，如有幅禄东赞朝见唐太宗的唐卡，画面上画着求婚者背负沉重的礼品，有锦缎财物，有象牙珠宝。其中一位穿绿袍的官员，由于肩上的纹银分量太重，竟把他压得弯腰缩颈。

唐卡十分讲究线条的应用，把线描功夫看成画师水平高低的一个重要标准。在唐卡中，画师必须把白描勾得十分具体以后才能敷色。勾画人物肉体时，根据人物的动态、结构及肤色进行勾勒，几乎看不出痕迹。而衣纹则随肢体的起伏变化而转折，以虚实确定疏密关系，表现出衣服随人物动作而变化的感觉。著名画师群银嘉措，在扎什伦布寺留下的三幅巨型唐卡，30丈高的释迦牟尼像造型精确，线条疏密得当，勾勒考究，优美流畅，这样巨大的工笔人物肖像唐卡，线条掌握得如此潇洒自如，可称为线描之最，唐卡中的神品。

唐卡还十分讲究用色和颜料。唐卡的颜料是矿物或植物根茎加工制成的，矿物颜料有石青、石绿、中黄、红、黑、黄、白等，这些颜料全是手工加工，加工过程漫长而复杂，但颜料纯度高，质量稳定，覆盖力强，画面效果厚重艳丽，所以唐卡的色彩可以保存长年不变，有的唐卡已流传几百年还鲜艳如新。在用色上面，唐卡十分讲究色调，有的唐卡大面积使用纯度高、对比度强的颜色，使整个画面有富丽堂皇、欣欣向荣之感，有的则以墨线为主，敷以淡彩，形成高雅的格调。在色彩应用上，固有色和夸张色、变形色同时使用，蓝天、白云、雪山、草地、鲜花、树丛采用高原强烈阳光下呈现的固有色的色相，具有浓厚的高原特点。

纯金的应用，是唐卡的又一大特点。具体做法是把金块制成金粉，调胶，再把调好的金粉制成芝麻粒大小、使用十分方便的金点。唐卡的锚金技术堪称一绝，是藏族艺术家智慧的结晶。在唐卡中，无论巨幅宏图或咫尺小品，都用大量的纯金勾勒线条和图案，使画面达到富丽堂皇、高贵典雅的效果。

现在，唐卡已是中外藏学研究者的热门课题之一，也成为颇受国内外收藏者和博物馆青睐的收藏品，国内外的唐卡展览时常引起轰动。由于唐卡的制作程序复杂，成本昂贵，方法考究，技术工艺长期以来又都是师徒相承、口耳相传，维系力量十分微弱，国家非常重视唐卡及其工艺的保护，2006年5月，经国务院批准，唐卡工艺被列入第一批国家级非物质文化遗产名录。

在历史长河中，西藏曾涌现出许多著名的画师和绘制唐卡的民间艺人，他们以高超的技巧绘出了不计其数的唐卡，这些唐卡以它们画风独特、笔调细腻、上色绚丽、做工精巧而名扬中外，成为藏族灿烂文化艺术的重要组成部分、中华民族艺术宝库中的一朵绚丽奇葩。

天籁

对生活在雪域高原的西藏人民来说，民歌就跟阳光、空气和水一样重要，民歌，是藏族人民表达情感的最好方式。藏族的历史有多久，民歌的源头就有多长，在没有文字的远古时代，藏族先民们的歌声就在雅鲁藏布江两岸，在万里羌塘的藏北草原之间回荡。

西藏民歌经过漫长的历史发展和自身的演变，依然具有可以吟诵、演唱并能够伴歌舞的特点。所以，人们往往一谈到民歌，便容易联想到音乐和舞蹈上面。按照民歌的结构和表达形式，西藏民歌可以分为鲁体民歌和谐体民歌两大类。

鲁体民歌又分为山歌和牧歌，这种民歌形式的划分早在公元 8 世纪的时候就有文字记载，可以说是西藏民歌中最早的一种类型。后来，一些藏族诗人也运用这种形式写诗，著名的《米拉日巴道歌》就是 11 世纪的藏族古典诗人米拉日巴用鲁体诗歌的格式创作的。鲁体民歌的结构形式，多采取回环排比，反复咏叹的表现手法，这使民歌所表达的内容深化，感情更加浓厚，给人含义隽永，意味无穷的感受，同时，由于词语的对仗工整，节奏停顿明显，使得民歌抑扬顿挫，铿锵有力，富有音乐美。鲁体民歌一般句数不等，有三句、五句、六句的，多的到十来句，每句的音节相等，一般有六至十一个音节。它的节奏是三二三，段与段、句与句之间相互对应，形成相对稳定的程式。

谐体民歌与鲁体民歌比较，有简洁明快的特点，谐体民歌的类别比较多，从地区划分，“堆谐”流行在雅鲁藏布江上游地区；“康谐”流行于昌都以东的藏区；“巴谐”也就是巴塘弦子。从内容和形式上来分，“甲谐”是集体舞蹈，一般在每年的藏历年和重大节日时表演；“谐青”是颂歌，专在仪式、典礼上演唱；“勒谐”是劳动的歌；“果

堆谐表演

谐”是圆圈舞；“达谐”是箭歌，“热谐”是铃鼓舞中唱的歌，此外还有“酉仓谐”，酒歌；“次加”，对歌；“兑谐”，情歌等，谐体民歌一般每首四句，有时六句，但都是偶句。每句六个音节，分三顿，每顿二音节，所以也被称为“四句六言体”民歌。公元17世纪初叶，藏族作家丁青·次仁旺堆改编的藏戏《诺桑王子》中，引用了不少谐体民歌。17世纪末，著名诗人仓央嘉措完整地继承和发展了传统的四句六言体民歌，形成了今天的风格。

甲谐演出局部

与其他民间文学样式比较起来，民歌更具有劳动人民的特点。了解和学习藏族民歌，可以听到劳动人民发自内心的声音，可以看出他们对西藏社会、政治、经济各方面的思想见解和政治态度，并能了解到他们的生活方式、风俗习惯和基本的愿望和要求。

旧西藏，在农奴制度和宗教特权的统治和压迫下，农奴们外要为官家支差，内要为领主头人生产劳动，繁重的乌拉差役和劳动，以及多如牛毛的各种税收，像一条条锁链，长期套在农奴们的脖子上，使他们祖祖辈辈得不到翻身。但是，残酷的封建农奴制度的桎梏，必定会激起农奴们的愤恨与反抗，于是这种不满情绪便化为了辛辣的讽刺与强烈的控诉。藏族的传统民歌就是这种血泪的凝结。有一首民歌这样唱道：

外有兵差马差，内有人差地差；
为种巴掌大的地，支比头发多的差。

西藏曾经是长期政教合一的封建农奴社会，宗教势力占据统治地位有五六百年之久，西藏人民在长期生产劳动和生活实践中，逐步识破了宗教的伪善与欺诈，看穿了那些披着宗教外衣，道貌岸然的高僧活佛的狰狞面目。于是，他们用歌谣来揭露和批判统治阶级利用宗教对人民的麻醉和毒害。

人说上界天堂，并非极乐世界；

因为尊贵活佛，都已回返尘世！
人说人间地狱，并非苦海无边；
你看有福老爷，个个争先前往！

这首民歌，对那些一方面宣传来世，愚昧百姓，另一方面贪图享乐，剥削人民的活佛与老爷的实质，真是揭露无遗、入木三分。

西藏民歌中，情歌占很大的比重。这些民歌，表现了劳动人民积极健康地恋爱观点，描写了青年男女对纯真爱情的追求和他们的坚贞情操。

紧得挤脚的鞋子，虽是缎鞋也不穿；
心中不喜欢的人，虽是王子也不嫁。

这首民歌表现了青年男女在爱情上不以地位高低为标准，而以具有共同的感情基础为条件的进步观念，闪烁着劳动人民朴素的思想光芒。

1951 年西藏和平解放，尤其是 1959 年平叛改革胜利后，西藏社会发生了翻天覆地的变化。随着时代变革，民歌也产生了一种新颖、热烈的反映新时代的内容和风格，这就是我们通称的西藏新民歌。新民歌与传统民歌无论是题材、思想还是形式等方面都有着迥然不同的特点。新民歌以颂歌为主，它用丰富而生动的语言，热烈而朴实的感情，歌颂共产党、毛主席和中国人民解放军，歌颂新社会和人民的幸福生活，歌颂平叛、民主改革和社会主义建设所取得的伟大成就。它是新时代的宣言、新长征的号角，鼓舞人们前进，推动人民沿着社会主义道路去夺取新的更大的胜利。

西藏新民歌在高原大地平地崛起，产生了像《家乡变换新颜》《北斗星光辉照高原》《犹如甘露滴心窝》《唱不完心中美意》这样的民歌，反映了人民生活发生的巨大变化，赋予了民歌丰富多彩的内容。

山顶上的雪究竟大或小，可以听听山上鹫鹰的鸣叫，
河谷的距离究竟远或近，可以听听谷口流水的声音，
共产党政策究竟好不好，可以看看人民群众的生活。

西藏民歌深邃而丰富的思想内容，是通过优秀卓越的艺术形式表现出来的，在这些艺术手法中，最常见的有比喻，西藏民歌之所以善于比喻，是因为民歌本来就来自民众，人们通过日常的生活和劳动，接触了诸事物，认清了它们的本质特征，在表达自己思想时，往往就联系起自己所熟悉的具体事物，用外来事物表达内在的思想感情。由于采用了生动有力的比喻，西藏民歌与其他民间文学作品相比，更显得吸引人、容易记忆、流传广泛。比如这样一首民歌：

藏戏演员是神仙，神仙的土巴清水般。
不需内地菱花镜，土巴可以照容颜。

过去，藏戏演员一般都是穷困百姓，他们除了和其他农奴一样需要支

应日常的差役，每逢农闲节日期间，还要支应戏差，被召集起来，演出藏戏，给统治者贵族观赏娱乐。演出期间的生活，还要他们自理，是极其清苦的。民歌中把在外人眼里神仙般的演员所喝的稀粥土巴比作清水，比作镜子，具体而形象地把演员生活的困苦呈现在大家眼前，使人们深深体会到他们的辛酸。

西藏民歌发自劳动人民的心田，根植于丰厚的生活，又在民间长期流传中不断加工，因此它的语言十分朴实而又生动，简洁而又准确，比如这首民歌，用拟人的艺术手法，根据想象，把事物当作人来描写。

想和鱼儿一样，水里逍遥自在；
可怜笼中之鸟，想飞不得自由。

这首民歌用“鱼”“鸟”拟人，没有自由的奴隶像笼中鸟渴望自由。这种生动的拟人，把人民的感情淋漓尽致地表达出来，给人以深刻的印象。

双关，是利用民歌中的一些词的意思或整首民歌的含义，构成双重意义，也就是说外面一层意思，内里又是一层意思。

初夏荨麻最好，却是难以找到；
待到夏末叶茂，挡路刺人讨嫌。

这首歌写“荨麻”的表象，蕴蓄着的实际含义，却是在写青春，告诫青年男女，在风华正茂的时候，不要过于傲慢，而要珍惜时光，不然等到了一定年纪，不但没人理会，还招人讨厌。西藏民歌的语言朴素洗炼、清新通俗，绝大部分都绘声绘色，使人如闻其声，如临其境。

肥肉鲜嫩时候，老鸦摩肩擦背；
等到只剩骨头，老鸦目不斜视。

这些通俗浅显的语言，形象地勾画出势利眼小人的一副丑恶嘴脸。

藏族民歌的魅力，远不是这么简单的介绍就能穷尽的，你如果对西藏民歌感兴趣，不妨先迈过学习藏文这一关，再深入西藏民间，在那里，你一定会领悟到民歌真正的内涵和韵味。

琴弦上的世界

2007 年春节，在中央电视台的春节联欢晚会上，一支由 70 位来自西藏日喀则地区拉孜县的农民组成的表演队伍，成为大家关注的焦点。人们为这些没有接受过任何专业训练的纯朴艺术家的精彩表演而震撼和惊奇，他们手中那些陌生的乐器，更是吸引了大家的注意，这种在他们手中自由弹拨出美妙音乐的乐器，就是藏族传统弹拨弦鸣乐器扎木念琴。

“扎木”是声音的意思，“念”是悦耳动听，扎木念琴就是声音悦耳的琴。扎木念最特别的地方，就是琴弦不同于其他弦乐的琴弦，它是由丝线制成的。传统的扎木念琴，有三弦、四弦，更多的是六弦，大多使用桑木、红木、核桃木、檀香木制作。扎木念的大小不一，比较常见的全长 100 厘米到 110 厘米。扎木念的下部是共鸣箱，像切开的半个葫芦，用整块木料制作，上边部分较小，里面掏空，下半部分挖出椭圆形腹腔，表面蒙上山羊皮、獐子皮或者鱼皮。在琴皮上面的琴面上，开有一个弯月形出音孔，这就是“扎木念卡”，意思是“扎木念的嘴”。腹腔里面，背与皮膜之间安一个松木的音柱，琴背表面刻有七条竖向凸条花纹，或者在同一个位置粘上细木条，既外表美观，演奏时又避免了琴身滑动。琴头，藏语意思是马头，先向后、再朝前弯曲，呈半圆形。弦槽通透，六个弦轴分列在两边，弦槽下面有山口。琴杆细而长，中间是空的，正面向下将杆身挖出空槽，上面再粘上红木指板，放一个木制桥空马，张六根羊肠弦或丝弦。有的琴身是由上、下两截木料镶嵌粘接成的，艺人们都称上截为母、下截为父。扎木念的外表多保持木材的本色，也有的漆成棕色或棕红色，拉孜演出队的扎木念琴上都绘制着颜色绚丽的图案，代表吉祥的火焰，把琴翻过来，大大的琴肚子就变成了一只乌龟，而乌龟寓意着长寿。

拉孜演出者所用的艳丽的扎木念琴

除了扎木念琴之外，藏族人使用比较普遍的传统乐器还有根卡。根卡，是一种弓拉弦鸣乐器。在黑暗的封建农奴制社会里，根卡被上层统治者据为己有，只用来演奏宫廷音乐“囊玛”，供少数人享用。西藏和平解放以后，藏汉艺术家把它改革制成高、中、低音系列根卡，使它摆脱了束缚，

根卡

展示出旺盛的青春活力。传统的根卡，琴身由木料制成，琴箱呈坛形，是用整块木料车旋成的，琴箱的前口比较小，上面蒙羊皮或者鱼皮，琴箱后端是一个比较大的圆形出音孔，不设底板，琴箱四周绘上藏族风格的深色图案花纹。琴头、琴杆连成一体，是用一整块木料制成的上粗下细的圆锥体。琴头的顶部旋成葫芦形状，下面开长方形的弦槽，两边有三个木制弦轴，左边一个右边二个，轴的顶端也旋成葫芦形状。琴头、琴杆和琴箱笔直连接，就像一把带柄的宝剑插在西瓜上。琴箱底部安装有一根铁柱支撑琴身，适合席地而坐演奏。演奏的时候，左手持琴按弦，右手执马尾弓在弦外拉奏，琴身可随内外弦拉奏的不同角度左右自由转动。演奏技巧有拨弦、跳弓等，并能奏出和弦。根卡的乐声富有浓厚的高原风味，可以独奏、重奏、合奏或为古典歌舞“囊玛”、民间歌舞“堆谐”和藏戏“堆嘎”伴奏．它在藏族古典歌舞和民间乐队中都占有比较重要的位置。

热巴鼓，藏族叫那额，是槌击膜鸣乐器，内地也叫藏族手鼓。热巴鼓鼓框圆形，是用一块薄木板条煮后弯曲制成的，两面蒙上山羊皮，用金属鼓钉固定，皮面中心和四周绘有色彩鲜艳的图案纹饰，有的还在鼓框上端系一块红绸或者彩色绒球。鼓框下端连接着一根用松木制成的圆柱形鼓柄，鼓槌用细藤条烘烤制成弯弓形，槌头包着布或者皮革，槌柄用木头制作，手握部位有龙头雕饰。热巴鼓表演的时候，艺人左手持鼓柄，右手持鼓槌打击，因鼓槌落点部位的不同，音响也有比较大的变化。表演中，男艺人手执盘铃，女艺人手执热巴鼓，边奏边舞，鼓点千变万化，乐声优美动听，舞姿优美动人。可以说，热巴鼓既是伴奏乐器，又是舞蹈道具。

舞者使用热巴鼓载歌载舞

铁琴是藏族的拉弦乐器，多用于伴奏“囊玛”和“堆谐”，现在也多用于藏戏的伴奏。铁琴又叫“太琴”“特琴”或“铁胡”。它的形制与内地的二胡近似，琴筒是木制圆筒形，前口蒙上蟒皮或蛇皮，后口是敞口。琴杆用竹子制作，杆上端有两个轴，张弦两根。琴杆中上部分开有长圆形的小孔，琴弦通过小孔系在弦轴上。皮面中央支有琴马，琴筒下面装有琴托。琴弓与二胡弓一样。“铁”是藏语“慢”的意思，铁琴的音色醇厚，适于演奏舒缓的曲调。

藏族还有一种独特的乐器，叫阿嘎，它是一种落击体鸣乐器，是在一块扁圆形的石块中，插入一根长木棒做成。阿嘎本来是建筑工人建房时的劳动工具。在西藏，房屋平顶屋面或室内地面制作防水层，都要用一种特殊的粘土——阿嘎土夯砸而成。夯土大多由女工操作，妇女们手持阿嘎，在铺有阿嘎土的地上边砸、边歌、边舞。这时的歌舞称“阿谐”，然后再浇水砸平、砸实，这时的歌舞称“勒姆谐”。把歌舞糅合在劳动之中，这是藏族人民勤劳智慧的生动体现。藏族文艺家们将这种劳动歌舞搬上了文艺舞台，创做出生活气息浓郁的《阿嘎舞》。阿嘎既是演奏的乐器，又是舞蹈的道具。

筒钦，意思是大号，它是藏族音乐中十分重要的低音乐器。筒钦由三节铜管构成，上面两节能收入下面最粗的一节中，吹奏的时候拉长，在固定场合吹奏时放在木制铜架上，临时场合吹奏时则扛在人的肩上。筒钦一般长约3米左右，最大的可达五米以上，它在西藏铜管乐中体形最大，音量最大。筒钦由受过训练的专业人员演奏，演奏时，演奏者双手执乐器上端，常用循环换气法吹奏。筒钦的音色低沉、浑厚，听来很有几分庄重威严之感。

博物馆收藏的筒钦

甲铃与筒钦一起，是藏族乐器中两个主要的旋律性的乐器。大家普遍认为甲铃是内地乐器唢呐传到西藏后的名称，它的形状与内地唢呐基本一致。甲铃管身是木质的，木管上端装一根细的铜管，铜管上套一个哨子，下端连接着铜制喇叭口，有些甲铃则用银制的喇叭口，上面用金子装饰有各种图纹，锥形木管上开了前七后一共八个

甲铃

按孔。甲铃音色明亮、优美，是常用的一种乐器。

此外，藏族乐器还有藏京胡、柄鼓、统嘎、铙和钹等，藏京胡是由内地京胡演变而来，但是演奏的弓法、指法都不同于京胡，它过去是“囊玛”“堆谐”等民间歌舞的主要伴奏乐器。藏京胡形制与京胡近似，琴筒稍大，尖细柔和的音色中略带浑厚。

藏戏各剧种共同使用的一种长把子双面圆形木制鼓，就是柄鼓，柄鼓两面蒙皮，可用坐式和站式两种形式演奏。坐着演奏时，长长的柄鼓放置于地上，左手扶柄，右手操弓形鼓槌击打。柄鼓是西藏最古老的乐器之一，柄鼓和钹也是藏戏的伴奏乐器。藏戏在演出中，自始至终只用柄鼓和钹两种乐器，在古今中外的戏剧中都极为罕见。因剧种的不同，柄鼓的大小厚薄也不一样。柄鼓发音浑厚、响亮，有震撼力，在藏族各种打击乐器中，音色具有突出的特点。

统嘎，也就是海螺号，它只能吹奏一个音，声音洪亮而穿透力强。

铙和钹这两种乐器，形状基本相近，都是两副中间隆起的铜片相击发声。它们的不同点在于钹的中间隆起部分比铙大，铜片比铙稍厚，声音宏大、响亮。而铙的声音脆响，音量比钹小。铙和钹是宗教音乐中的主要乐器，经常与鼓、甲铃、铜钦等配合使用。

“鸟儿不能没有翅膀，藏族人民不能没有歌舞。”藏族民间流传着这样一个神话故事：远古时期，西藏还是一片汪洋大海，波浪有规律地此起彼伏，涛声传向远方，大海中有一位手持扎木念琴的妙音仙女，她一边弹着手中的扎木念琴，一边尽情歌舞，动人的韵律在天地间回荡。妙音仙女是大海的女儿，不仅爱好诗词文学，也精通歌舞艺术，藏族人民十分喜爱她，喜爱她象征的音乐歌舞。在藏族地区，每逢年节、喜庆、丰收或集会，大家都用欢歌曼舞来抒发自己心中的喜悦之情。在这种场合，那些能演奏乐器的人，更是受到人们的尊敬和羡慕。

舞　蹈

西藏被人们称为“歌舞的海洋”，这里的人们能歌善舞，每逢节假日，不论你走到什么地方，都可以看到青年男女、老人小孩，手拉手、肩并肩、翩翩起舞。秋收打场时节，农民们一边劳动，一边唱歌，一边围圈起舞。在牧区，经常举行有趣的篝火晚会，人们跳呀唱呀，通宵达旦。而在城镇，只要天气稍微暖和，人们便举家而出，到公园、郊区的林卡里面休闲娱乐、畅饮欢歌，从早到晚，尽兴而归。在西藏，歌舞不是表演，而是人们生活的一部分。有句形象的比喻说，藏族人会说话就会唱歌，会走路就会跳舞。

由于自然环境和经济生活的不同，西藏形成了多种多样的舞蹈形式。如流行在西藏广大农牧区的弦子和锅庄，室内表演的囊玛，广场表演的果谐，城市流行的堆谐和半职业性民间艺人表演的热巴等，而弦子与锅庄，是藏族歌舞中流行较广泛的两种形式。

日喀则斯马卓舞

萨迦县索舞

宗教舞蹈——德木羌姆

吉隆铜甲舞

弦子藏语称嘎谐，又称为“谐”“叶”“巴叶”等，意思是圆圈舞，在西藏，弦子主要流行于东部的昌都地区。

弦子是一种优美的抒情舞蹈，舞蹈时，由数名男子手拉胡琴在队伍前面演奏领舞，其余的人和他们一起边歌边舞。弦子历史悠久，早在唐朝时期，藏东就有跳弦子舞的历史。“茶马古道”的开发，给弦子注入了创新和发展的生机，使它成为“茶马古道”上的“古道神韵”。在敦煌莫高窟壁画《张议潮统军出行图》描绘的仪仗中，舞者拂起衣袖翩翩起舞的形象，记录了当时“谐”的舞姿，它和今天弦子的动态形象非常相似，印证了汉藏文化交流历史的久远。

弦子是比较典型的农区歌舞，它的曲调动听，歌词秀丽，舞蹈优美，富有高原河谷区农耕文化特色。在西藏东部，每逢节日，在胡琴手的带领下，人们按能歌善舞者和长者在前的习惯排列，按顺时针方向围成圆圈起舞。领舞的胡琴手是控制节奏和整场弦子舞高低潮的主导者，弦子开始时，由他们引着大家进入，所有参加舞蹈的人按照特定的舞步循环往复。跳弦子不大受时间地点的限制，不管人多人少、场地大小，只要是比较平坦的地方，院坝、房顶、房间里都可以成为跳舞的场合，大家围成圆圈，人多时也可以圈中套圈，一会儿聚拢成圆圈，一会儿散开，有时边绕行边舞，边唱边跳。唱词一般是谐体民歌，也可以由跳舞的人即兴创作，男女分成几班一唱一和，歌声此起彼落，抒发大家内心的情感，跳舞时的节奏快慢，都是以拉弦子的音乐节奏为准。弦子的每首歌舞的节奏一般都是先慢后快，在悠扬缓和的旋律中开始，在灵动而欢快的舞蹈中表现，在升腾而热烈的节奏中结束。

跳弦子

弦子的歌词大部分是表达迎宾、相会、赞美、情意、辞别、祝愿的内容，有歌唱劳动生活的，有描绘自然景色的，有倾吐爱慕之情的，弦子不仅给人以音乐的享受，而且是民间语言的精华，它那奔放驰骋的民间自由诗，测试智力的民间游戏，给人以向上的精神力量，富有浓郁的生活气息和深刻的教育意义。

弦子女性的基本动作有点摆步、双扭步、垫步跳、双绕手、单扭步、左右悠腿、前进点步、辗转、前踏后撤步等，突出轻柔舒展之美。而男性则手持胡琴边拉边跳边唱，脚步动作跟女舞伴相似，舞姿柔中带刚，舒展豪放。跳弦子讲究身姿端庄，抬头挺胸，有弯腰的动作时，也保持上半身的挺直。长袖是弦子的一大特点，舞动长袖使舞姿有飘飘欲飞的感觉。舞彩袖是弦子的基本特征，三步一弯是弦子舞步中的基本动作之一。

弦子的曲调旋律细腻，注重柔和多变、优美抒情的特点，它从汉族和其他少数民族音乐中汲取了适合自身需要的元素和方法，形成了自己特有的风格。弦子音域宽广，旋律变化丰富，装饰音用得相对比较多，从节奏速度上看，弦子的旋律大都由慢到快，节奏优扬，充分体现了优美典雅的风格。

弦子歌舞是集诗、琴、歌、舞于一体的综合艺术，是藏族人民智慧的结晶。弦子舞中积淀着厚重的民族文化，折射着浓郁的民族风情，它的学术价值和艺术价值都很高。有着几千首曲目的弦子是藏族民间音乐的宝藏，是保存最完好的藏族音乐的“活化石”，它的音乐和唱词已经渗透到了藏族其他各种文学艺术当中，同时，弦子对中国的现代音乐也产生了一定的影响，从上个世纪初叶到现在，著名舞蹈家戴爱莲，音乐家胡松华、罗念一、刘廷禹等都对弦子歌舞情有独钟。2006 年 5 月，弦子经国务院批准列入了第一批国家级非物质文化遗产名录

和优美的弦子相比，流行在西藏广大地区的锅庄，则舞姿潇洒，气势高扬，充分显示出藏族男子的剽悍雄壮之美。

锅庄又叫“卓舞”，据考证，锅庄的产生与古代西藏奴隶社会的盟誓活动有关，后来逐步演变成为歌舞结合，载歌载舞的圆圈歌舞形式。《清史稿·乐志》中称为“郭庄”，锅庄通常分为寺庙锅庄、牧区锅庄和农区锅庄。农区的锅庄叫“达尔嘎”，牧民的锅庄叫“俄卓”。不论场面大小，锅庄都可分为快板和慢板两部分，舞蹈时男女人数对等，拉成圆圈，边唱边跳，开始为慢拍，舞步低缓雄迈，快拍后舞步灵活多变，气势磅礴，让人眼花缭乱。在藏北草原，每逢新年佳节、结婚喜庆，特别是一年一度的草原赛马盛会，牧人们都要燃起篝火，夜以继日地跳牧区锅庄，牧区锅庄曲调更为深沉，舞步更为粗扩，男子动作激烈奔放，铿锵有力，俯仰翻转，

目不暇接，而女子动作小而含蓄，有时腰肢随着歌的旋律轻轻摆动，达到出神入化的境地。

在西藏，昌都锅庄最为有名。每到节日、庆典、婚嫁喜庆的时候，广场上、庭院里，大家围成一圈欢快起舞。男人们穿着肥大的筒裤，女子则脱下右臂袍袖披在身后，飘逸洒脱。他们各站在一边拉着手，围成圆圈分班唱和，锅庄一般由男性带头，他们的歌声高亢嘹亮，穿透力强，大伙和着歌曲作“甩手颤踏步”沿圈走动，当唱词告一段落后，大家一齐“呀”的一声呼叫，顿时加快速度，撒开双臂侧身拧腰大搓步跳起，挥舞双袖载歌载舞，奔跑跳跃变化动作，特别是男子的动作，幅度较大，伸展双臂，就像雄鹰盘旋奋飞。女性动作幅度则比较小，她们点步转圈，有如凤凰摇翅飞舞，具有健美、明快、活泼的特点。锅庄的形式多样，有反映劳动生活的“羊毛锅庄”，有婚庆场合跳的“吉庆锅庄”，有表现生活情趣、模拟兔子跳跃动作的“兔子锅庄”，还有摹仿醉汉神态、显示身体灵巧的嬉戏动作的“醉酒锅庄”等。锅庄舞姿矫健，动作挺拔，既展示舞姿又注重情绪表现，舞姿顺达自然，优美飘逸，不但体现了藏族人民纯朴善良、勤劳勇敢、热情奔放的民族性格，而且有一定的力度和奔跑跳跃变化，动作幅度大，具有明显的体育舞蹈训练价值和锻炼价值。不论从舞蹈者的装饰上，动作节奏上，还是从跳舞时的舞姿变化上，都能体现出西藏民间体育的风格，锅庄的健身作用是显而易见的。

跳锅庄

奔放的锅庄舞台表演

与弦子相类似，锅庄也是诗、歌、舞三位一体的综合性歌舞，歌词采用对比、比喻、夸张等手法，句式工整，普遍三句为一组，歌词丰富多彩，体现了歌唱者卓越的口头创作技能。舞蹈风格古朴庄重，有许多模拟动物动作如猴子步、孔雀吃水、兔子跳和劳动生产的舞蹈形式，具有原始歌舞的古老特征，是传授劳动生产技能和风情习俗的载体。锅庄的价值就在于以传统歌舞的形式，保留和传承了藏族历史文化和习俗礼仪，折射出藏族的历史渊源和聪明才智。“天上有多少颗星，锅庄就有多少调；山上有多少棵树，锅庄就有多少词；牦牛身上多少毛，锅庄就有多少舞姿”，这便是人们对内容丰富的锅庄舞的赞誉。

现在，弦子和锅庄已经成为藏区群众性的爱好和娱乐形式，成了“人人能跳，家家欢乐”的群众性歌舞，成了藏族人民生活中不可或缺的重要组成部分。在居民小区，在街道广场，甚至在许多内地城市，每当夜幕四合华灯初上的时候，常常就能看到许多人围着圈子，伴着音乐，跳着弦子和锅庄健身娱乐。作为一种文化，一种风情，优美、奔放、节奏明快、洒脱自如，不拘于固定模式的弦子和锅庄，被越来越多的人所喜爱，它们已经悄悄走出高原，走进了全国许多地方的群众娱乐生活。

格言

藏民族是一个喜欢用诗化的语言来讲述道理、评论人和事的民族。在西藏民间，有许多这样的智者，他们会用几句押韵对仗的句子、形象生动的语言给你解释深奥的道理，让你为能在那样的地方听到这样的言谈吃惊不已，其实你完全不必大惊小怪，这些人都是在藏族传统格言的熏陶下长大的，他们的血液里已经渗透了格言的精神。

格言，又叫格言诗，是藏族文化的重要组成部分，是藏族文学园地的一朵奇花。格言诗在藏语里称为“勒谐”，意思就是“善言”“好话”，它们都出自藏族历史上著名学者之手，集中反映了他们的创作才华和渊博学识。格言诗既是脍炙人口的文学作品，又是内容丰富的学术著作，涉及一定历史阶段藏族的哲学思想、道德规范、社会风情、施政方针、文化传统等，是西藏社会生活的缩影，是启迪智慧、教育后代的藏族传统教科书。它在藏族人民中长期广泛流传，同时被译成许多种文字，在国内外产生了深远影响。

藏族格言的开篇之作是《萨迦格言》，《萨迦格言》共 475 首哲理诗，从《萨迦格言》中，我们不但可以学习藏族格言的写作艺术，还可以了解西藏农奴社会的社会思潮、道德标准、风土人情。《萨迦格言》对后来藏族格言诗的创作起了很大的推动作用。比如十六世纪藏族学者索南扎巴写的《甘丹格言》125 首，就相当于《萨迦格言》前三章的论题，列举了上百种不同的特征，讨论智者和愚者的区别；十九世纪藏族学者丹贝卓美写的《水树格言》245 首诗，以水和树的各种形态和特征作比喻，阐述世间的各种道理；20 世纪初藏族学者米庞南杰嘉措写的《国王修身论》共 21 章，针对国王如何对待百姓、如何用人、如何执法、如何制定策略等问题，从正反两方面加以论证。此外，还有《猴鸟格言》《尸语格言》《火喻格言》《铁喻格言》《宝贝格言》《天空格言》《茶酒格言》，等等，也都是广泛流传的作品。这些格言为了陈述主题，采用丰富的比喻、推理，使作品富有哲理性。它所使用的比喻，都是人们日常熟悉的。除了生活中所常见的自然现象等外，还使用了许多民间典故、谚语，所以深受群众的喜爱，不少格言诗常常被群众背诵、引用，也是所有藏族学者必读的著作。

《萨迦格言》的作者是13世纪西藏著名的政治家、学者、诗人萨迦班智达·贡噶坚赞．藏族人称大学者为班智达，贡噶坚赞是萨迦地方出来的大学者，就叫萨迦班智达，又叫萨班·贡噶坚赞。贡噶坚赞幼年开始学习各种经典和梵文，青年时代便成为精通五明之学的学者，他也是西藏获得“班智达”称号的第一人。五明之学，是藏族对世间一切学问的总称，包括大五明和小五明，共十科。大五明有工艺学、医学、声律学、正理学和佛学；小五明有修辞学、词藻学、韵律学、戏剧学和星象学。贡噶坚赞在青年时期就精通了这么多学问，是藏族历史上的一代大师。

萨班·贡噶坚赞生活的时代，西藏社会处于从藏王达玛之后持续了近四百年之久的分裂割据时期，公元1247年，萨班·贡噶坚赞已经63岁高龄，他应蒙古王子阔端的邀请，带着侄子八思巴和恰纳到凉州，也就是现在的甘肃省武威市与阔端见面，商定了在西藏设官职征收赋税等条件，并先后两次给卫藏僧俗首领写信说服他们，为元朝中央对西藏地方行政管理奠定了基础，在他的努力下，结束了西藏动荡不安的政治局面。他为祖国统一做出了具有历史意义的巨大贡献。

《萨迦格言》开创了西藏格言诗的创作，几百年来，藏族学者都以写格言诗作为衡量自己有无真才实学的标志，形成了鲜明的特点。其中最重要的一条，就是特别重视学习，重视知识和尊重学者。

学者要掌握知识宝库，必须汇集珍贵的格言；

大海要成为水的宝库，必须汇集所有的江河。

真正有智慧的人，即便知识非常丰富，仍对各种学问兴趣盎然，广采博纳。我国著名学者季羡林先生，精通多种语言，精通古印度语、吐火罗语、巴利文，仍然孜孜不倦的学习，成为学贯中西的大学者。贡噶坚赞说：“智慧的人汲取知识，不会被时间阻断，哪怕生命明天就要终结，今天，我仍旧不会放弃学习。”贡噶坚赞对知识的崇尚、对智慧的敬仰，曾经激发了许多藏族学者的艺术感觉和创作热情，相信也会给我们很多教益。

人们是不是有学问，在于能否明辨是非；

与尘土混合的铁粉，只有磁石才能分开。

没有学问不一定就愚笨，有学问也不一定是智者。二者的差别关键在于分辨是非的能力。我们现在建设社会主义的新西藏，需要许多有学问的人才，更需要一个平安稳定的环境，所以，明辨是非，坚决反对给我们带来动乱和不安定的分裂行为，才是真正智慧的表现。

贡噶坚赞是藏族历史上尊重知识，尊重人才的典范。他深知如果不能掌握丰富的科学文化知识并加以发展，就不可能提高民族的素质，认识到了知识为造福人类和提高人类素质起着举足轻重的巨大作用。他说：

只要是知识渊博的学者，自然会有人汇集在你周围；

只要是香气四溢的鲜花，自然会有成群的蜜蜂飞来。

如果一个人学识渊博，并且人品端正，大家必定会像众星捧月一样集聚在他的身边，犹如香花绚烂的地方，无论花丛多远，都会引来蜂蝶如云团一般集聚。

唐代刘禹锡在《陋室铭》中说：“山不在高，有仙则名，水不在深，有龙则灵。”说的就是这样的道理，一个具有真才实学的人，无论在什么地方都会受到大家的尊敬，正像足智多谋的诸葛亮，虽然远在深山，却仍然有刘备三顾茅庐奉为军师。

学者无论处于什么困境，也不会去走庸人的道路；

燕子无论渴到什么程度，也不会去喝地上的脏水。

品行高尚有志气的人，碰到再大的困难，也不会丧失自己坚定的信念，患难可以考验一个人的品格，非常的境遇才能显示出非凡的气节。

燕子又叫喜雨雀或等雨雀，它们生性高洁，喝的水都是清净而甘美的。每当降雨之时，它们便会张开嘴仰望天空，直接饮用天上的甘露，雨过天晴之时，地上虽然淤积着雨水，但它们绝不会去喝，因为落地之后的水已经脏了。燕子都有这样高洁的品德，我们作为新时代的学生，在遇到困难时也应该具有燕子那样的坚韧和毅力。

格言诗的作者们，告诉学子要正确看待自己，要谦虚不要骄傲，这种教诲，含义深刻，发人深思。索南扎巴在《甘丹格言》中说：

学者读书攻关时，纵然艰苦仍坚持；

浩翰大海虽难入，拿到珠宝心满足。

愚者懒惰不学习，蒙昧只为贪安逸；

务农经商两不通，十有九家都受穷。

这里，作者把“学习知识”比喻成“下海取宝”，教育我们要想学到知识，就要像下海取宝一样，付出艰辛的劳动。只有克服阻力，知难而进，才能获得成功。这为我们论述了学习之艰难，勉励我们勤学不倦，要有持之以恒的精神，坚持不懈的学习信心；要有刻苦钻研，学而不厌的学习态度和精神。只有这样，才能取得硕果，成为智者。这里十分明了地阐明了“世上无难事，只要肯登攀”“有志者，事竟成”的道理。从另一方面批评了那些在学业上只图安逸，不求上进，虚度年华，不肯吃苦的愚者的懒惰行为。通过恰当的比喻把智者和愚者这两类截然不同的人物形象刻画得栩栩如生。

《水树格言》里说：

如果没有真才实学，装模作样又有何益；
少枝缺叶只是木桩，戴上花冠怎算美丽？
学习如果勤奋努力，最后必然获得知识；
树根若有充足水源，枝头必然果实密集。

现实世界有许多不懂装懂的人，但那些蒙骗只能得逞一时，时间长了自然会出丑，就像那个木桩，花冠掉了就会露出原形。要想真正拥有学问，还得靠勤奋的学习。

格言诗对知识、学习方面的表述很多，被许多人当作自己的行动指南和生活信条，相信对我们也会有许多教益。藏族格言是我们值得骄傲的珍贵文化遗产，它体现了我们藏民族的思想道德境界和优良传统，就是在今天也具有很强的现实意义和教育作用。

“生命禁区”的运动

西藏地处于世界屋脊，这里高寒缺氧，气候恶劣，被常人视为“生命禁区”，然而，就是在这样的“生命禁区”里，以藏族为主体的西藏各族人民，世代繁衍，辛勤劳作，不仅顽强地生存下来，还创造了无愧于世界的灿烂文化，西藏的民族传统体育，就是其中重要的组成部分，它因为独特的自然地理环境和民族生活习俗而独具魅力，与众不同。

西藏的传统体育历史悠久，在拉萨布达拉宫、大昭寺、山南桑耶寺、阿里古格遗址的大量壁画中，都描绘了丰富多彩的体育活动。桑耶寺乌孜大殿的壁画就记录了这样一场田径场上的较量：这是一场三方比赛，十几个运动员们都光着脚，分别穿着红、白、绿三种颜色的短裤，他们你追我赶，争先恐后，有的边跑边喊，有的在回头观望，有两人因为发生争执，引起了场上裁判的注意。

壁画中的体育运动

西藏传统体育的一大特点，就是与娱乐活动及民间传统节气时令紧密相关，许多体育项目，既是比赛，又是表演。看起来好像少了几分紧张激烈，多了几分轻松活泼，西藏的民族传统体育往往与歌舞相生相伴，一场运动会经常最终变成大家一起欢庆的聚会。现在，西藏传统的民间体育，已经有一些项目纳入了现代竞技体育比赛中，并得到规范化。这些传统体育项目主要有藏式拔河、抱石头、射箭、藏式摔跤、吉韧、马上三项和速度赛马等 7 个竞赛项目和藏式围棋、藏式跳远等 21 个表演项目。

藏式拔河，又称“大象”拔河，是在众多节庆活动中，必须进行的一项竞技活动，这种集比赛、娱乐于一体的体育活动，简单易行，深受大家喜爱。即使在平日农牧闲暇时，在田间地头、在牧场上，人们相互把两条背带或腰带连在一起，就可以进行练习和比赛。藏族拔河不同于内地的拔河比赛，分为颈力比赛、腰力比赛和手力比赛等多种形式。“大象”拔河是其中一种，比赛前，先在地上划两条平行线作为河界，在一条长大约 4

米的布带两端打上结，分别套在比赛双方的脖子上，两个人背对背，将绳子经过腹部从档下穿过，然后下膝着地，趴着拔河，形状如同大象。布带中间系一条红布为标志，垂直在河界中央。裁判一声令下，比赛双方用颈部的力量拖动布带奋力向前爬，将红布标志拉过“河界”的人为胜利者。

大象拔河

抱石头，藏语称“多交”，意思是举石头较量臂力，抱石头大多在喜庆日的集会上举行。比赛前在重 100 至 150 公斤的圆形石头上抹酥油，使之滑腻不容易抱住，参赛的人要将石头捧起，从腋下移到背上，然后按规定抱走石头走一圈者为胜。也还有把石头向前或从肩部向后抛的比赛方法，以抛得远者为胜。在旧西藏等级森严的阶级社会，历来只有王公贵族能够被史书记载，一般人不可能青史留名，唯一例外的是，吐蕃时期几名体育运动员的名字和成绩被记入了史册。据藏文史籍《贤者喜宴》记载，在吐蕃赤德松赞时，曾有七名大力士，其中一位名叫桂雅琼，能将装满沙子的鹿皮袋举过头顶耍弄，旋转自如。另一个大力士鄂材康木，能奋力将一头牦牛举起，力大超群。抱石头这种具有民族特色的举重活动一向为藏族群众所喜爱，是男子汉们表现自我的重要手段。

抱石头比赛

藏式摔跤，藏语叫北嘎，早在唐代松赞干布年间就已经在西藏盛行。比赛时，不能用脚绊，传统上比赛双方上身赤裸，有时还涂抹上酥油，下身穿短裤，腰间系上布带，足登藏靴，一对一相搏，或者抓手臂或者抱腰，以被摔倒者为负，一局决输赢。比赛结束后，失败者献给胜利者一条哈达。

现在的比赛，比赛场地一般选择较平坦、松软的草地或田地，比赛时，选手必须双手抓好对方腰带，仅靠腰臂的力量提起对方将他旋转摔倒，比赛一方上身任何一个部位着地就算失败。现代的藏式摔跤比赛采用三局两胜制，胜一局得 1 分，根据得分，确定一场比赛的胜负。平局的处理为先得分者胜、受罚次数少者胜、体重轻者胜，各项条件相同时抛硬币决定胜负。

射箭，藏语称“达潘”，分为两种，一种是远程射箭，一种是响箭比赛。响箭，也叫射碧秀。碧秀长80厘米，箭头是木制椭圆形的装置，四面有小孔，箭射出以后，空气进入小孔，会发出尖锐的声响。

响箭比赛，射程 30 米，靶场中间悬吊 20 厘米见方的靶子，靶心是活动的。参加比赛的选手，每人射两箭，中一箭献哈达一条，中两箭就献哈达两条，两箭都没有射中的，罚酒一杯。如今保留最完整，最有特色的要算工布地区的响箭。工布响箭有 1500 多年的历史，是工布地区在庆祝丰收、迎接新年等重要节庆活动中必不可少的竞技娱乐活动。比赛时，箭手们横向排成一字形，男女歌舞队也在箭手们旁边排成男右女左的一字形。比赛正式开始前，箭手和歌舞队都要齐唱旋律优美、使人振奋的《工布箭歌》，跳独特的《工布箭舞》。

赛马，藏语称“达久”，是藏族人民最为喜爱和流传最广的体育运动项目。每逢赛马会，青年们便身着盛装，骑着用哈达、羽花和铜铃打扮起来的骏马，喜气洋洋地参加比赛。赛后发给不同的物质奖励，对最后到达终点者也献给哈达，以示鼓励。赛马会上，表演者身背火枪、弓箭、长矛，在 50 至 100 米的距离内，在马上表演射击、射箭等动作。技艺高超的受到重奖，获奖者很受大家的尊敬。此外，还有少年骑光背马的比赛和跑马中拣哈达的表演。

藏北赛马会上，选手们在比赛骑马拾哈达

吉韧是藏语的音译，类似现在的康乐球，在一光滑的方形木盘上，四个角上设有 4 个小洞，洞下面有编织的网子，黑白两色的扁圆形木球各 9 个，将一枚红色母球放在球台中心，另有一子供双方弹击母球用。比赛分两人单打和 4

人双打，双方用手指弹球，力争将自己的球弹入网内，并尽量阻止对方的进攻。

藏族围棋，藏语称“密芒”，意思是“眼睛多”。藏族围棋与内地围棋相似，除两人对下外，也可以4人或6人下，大多使用“挤”“占”“围”“吃”等战术，谁能将对方的棋子全部“挤”住或“吃”掉，就算赢得了比赛的胜利。

西藏许多地方流行放风筝比赛。西藏的风筝，外形大多为正方形或者菱形。儿童和青年放风筝，不仅要比高、远，而且要看谁能把对方的风筝“打”下来。比赛时，风筝线上大多涂有渗着玻璃渣子的胶水，以便加大磨擦力，用来割断对方的风筝线。而老人放风筝，则在风筝和线的接头地方，插上一柱香，风筝飞到一定高度，香火将线烧断，风筝便随风飘去，飘得越远，表示自己越健康长寿。

赛牦牛项目，最具有西藏民间竞技活动的特点。比赛前，骑手们会将牦牛精心地洗浴打扮，并在长而弯曲的牛角上系各色彩绸，表示吉祥如意、夺冠有望。骑手们头戴礼帽，腰扎红带，干净利落。决赛是比赛中的高潮，从预赛中选拔出的骑手和牛都不能更换。比赛时，骑手个个冲锋而出，驱牛疾驰，有的牦牛会在观众的呼声中受惊失控，狂奔乱颠，但在骑手高超的驾驭下，最终乖乖就范，既惊险，又显出机智幽默的情趣，显示出高原民族丰富多彩的生活趣味。决赛中获胜的选手，被热情的观众举起上抛，牦牛也披红戴花，倍受青睐。参赛的选手都可获得纪念品，没有一个空手而归。

赛牦牛是藏族独具特色的体育项目

西藏的传统体育与生活、艺术密不可分，浑然一体。在劳动的田间地头，在节庆的聚会上，锣鼓声、音乐声、欢笑声、口哨声，此起彼伏，汇成一个欢乐的海洋，哪个是体育，哪个是歌舞，很难分得清楚。

既愉悦心灵，又强健身体，这正是西藏民族传统体育的魅力所在。

第二辑

行走山水间

游列山古墓想到的

人人都知道西藏流行天葬，对这种丧葬方式，不解者有之，好奇者有之，殊不知在佛教传入吐蕃乃至更早以前的古象雄，西藏实行的多是土葬，苯教史籍《札巴岭札》记载："……当时（牟赤赞普在位时，约公元前1世纪），在西藏腹地修建了37个苯教师集聚地、37座塔、37根水晶石碑和37座墓葬"。列山古墓就是吐蕃时期墓葬的一处遗存。

列山古墓是西藏境内一处不多见的景观，它不仅反映了1000多年前西藏的丧葬制度和墓葬水平，对于研究吐蕃王朝的兴起、衰落具有重要价值，而且对研究西藏历史与探讨青藏高原古气候、古环境变化具有十分重要的意义，2000年就被国家列为全国重点文物保护单位。虽然如此，但列山古墓的名声不够大，交通也不够方便，除非专程前往，就是西藏本地人去的也不多，所以，在西藏若干年，却一直没有机会前往，只能在资料中对其有所了解。

据资料介绍，列山古墓群位于林芝地区朗县金东乡列村东北约1.5公里的列山南坡上，海拔3200米，在大约80万平方米范围内，有184座封土墓，其中占地700平方米以上的大型墓有23座。封土最大的边长66米，封土最高14米。封土平面形状有梯形、方形、圆形、"亚"字形和方圆复合形，墓葬构筑技术主要为典型藏式建筑风格的夹石、夹木夯筑方法。在墓葬分布范围内还发现了建筑、祭祀、石碑座等遗迹现象。

梯形墓葬

方形墓葬

圆形墓葬

墓葬构筑技术主要为典型藏式建筑风格的夹石、夹木夯筑方法（右图）

列山古墓群建于哪个历史年代？埋葬的是何人？在当时的历史条件下是怎样建成的？掩藏在古墓背后的历史是什么？这么多的疑问，在考古界和史学界一直未能解决。据《西藏日报》报道，西藏社会科学院民族研究所的研究员巴桑旺堆先生从史学的角度，对列山古墓群进行多年考察研究后提出，列山古墓群的主人是与吐蕃王室有着 300 多年姻亲关系的“钦木氏”家族，这一家族曾是吐蕃松赞干布统一政权前“钦木域”邦国的统治者，据史料记载，7世纪松赞干布统一青藏高原，建立强大的吐蕃统一政权前，西藏地方分属不同邦国，先后有12邦国、42小邦国登上历史舞台。其中，“钦木域”是12邦国之一。巴桑旺堆说，根据古代藏族习俗，赞普或每一个显赫氏族的人，不管在什么地方过世，都要安葬于祖宗最初生息繁衍的地方。而列山墓葬的地理位置与历史上钦木氏族的发祥地的记载完全吻合。另据敦煌藏文历史文书记载，自公元6世纪以来，钦木氏家族与吐蕃王室建立了300多年牢固的联姻关系。尤其是松赞干布统一青藏高原后，历代赞普多娶钦木家族女性为王妃，其家族男性则作为赞普的娘舅亲属出任重臣。巴桑旺堆认为，吐蕃时期，今朗县辖境属钦木家族统治，也只有钦木家族才有权势和财力修建如此壮观的墓葬群。此外，巴桑旺堆还发现，列山墓葬群的正西有一座神山，被当地人称作“钦拉”。而史料记载，“钦木”邦国的保护神是一座神山，称为“钦拉天措”，其地点正位于现在古墓所在地。

从布当拉山顶鸟瞰，山峦叠嶂，酷似一卷散落的经书

闻名不如见面。利用一次到林芝的机会，专程择道加查县，翻越著名的布当拉山，经朗县绕道前往。

没有想到布当拉是那样一座让人心动的大山，盘旋而上的山路似乎没有尽头，在西藏的山水间走多了，多了一些麻木，少了一些新鲜，然而布当拉山的高，让人觉得意外，是一种非常的满足。

布当拉山的高，还有一个传说，说布当拉山原称布喳拉山，意思是“散落的经书”，相传莲花生大师派乌鸦前往琼果杰寺送经书，但布当拉山太高了，乌鸦叼着经书飞到山顶时已经非常疲劳，于是张开嘴休息，经书便散落一地。从布当拉山顶鸟瞰，山峦叠嶂，酷似一卷散落的经书。我想，这个传说应该有一个更为朴素原始的版本，因为在佛教传入西藏之前，布当拉山早就矗立在这里了，不过这样的想法现在已无从考证，西藏几乎所有的传说与文字，无不深深烙上了藏传佛教的印记。有时真的很佩服那些勤勉的藏族僧人，想想佛教传入西藏，也就是公元7世纪前后，从吐蕃的最后一位赞普达玛赞普之后的后弘期算起，也不过千年时间，对于一个历史悠久的民族，千年时间不算短，但绝不算长，可是我们今天看见的藏文

古墓对面的列村

典籍，哪怕是科学著作，无不有许多神佛安居其中。我们今天提倡多样化，那时的佛教恐怕不是这样，在掌握了话语权之后，那些敬业的僧人，不仅从文字上抹掉了所有非佛教的东西，甚至连民间传说，都全盘“藏传佛教化”，今天想要还这个传说以本来的面貌，难。

在前往朗县的路上，从一条岔路口东行约 4 公里，进了列村这个安静的小村子，村子里的房屋基本都是新建的，道路是水泥路，户户庭院，花草繁茂，但空无一人，好不容易找到一位老太太打听，原来此时正是挖虫草的季节，村里的人基本都上山采挖虫草去了，问去往列山古墓的路，才知道我们走错了，列山古墓在村子的东北方向，隔着一条河呢。又原路返回，过一座公路小桥东行约 5 公里山路，在一个上坡之后，古墓群突然出现在视野里，哦，那是怎样的一种感受，虽然事先也看了不少相关资料，但真正来到跟前，那宏大的气势，比过去看过的山南藏王墓，更让人震撼。

站在稍高的地方四望，整个一面山坡都错落着大小不一的陵墓，要想完全领略古墓群的全貌，非用相当长时间不可，我们时间有限，只好就近一瞻了。数数目力所及的，有三十多座，正如资料所说，形状大小各异，有的间隔很近，有的又独处高坡，想象在一千多年以前的吐蕃时期，在生产力并不发达的青藏高原，得聚起多少人力物力，才能完成这样浩大的工程。千年前的荣耀凝聚成了今天眼前的坟茔，在空寂的群山之中，只有那些小草和野花，似乎和这些恢宏古迹有某种联系，山风吹动，仿佛在低声讲述着那些遥远的事情。过去和今天，使人感到被一条无形的纽带牵连，在高原岑寂的原野，执着地维系着一种东西。

群　山

间隔很近的陵墓

独处高坡的陵墓

维系着什么呢?

一段时间以来，这个问题总是萦绕在脑际，挥之不去。

后来，在曲松县，朋友告诉我当地也有古墓，带我前去。曲松的古墓规模巨大，可惜没有任何相关的资料，不过没有了资料的限制，倒让人产生无限遐想。曲松与朗县隔着布当拉山和加查县，朗县在东边，曲松在西边，再往西，就是藏王墓的所在地琼结，这时，萦绕脑际的东西渐渐清晰起来，这些古墓葬，像一条项链的珠子，散落在雪域高原，而串联这些珠子的玉带，是西藏那条著名的“天河”——雅鲁藏布江。

曲松巨大的古墓

在西藏旅行，你无论如何离不开雅鲁藏布江，不管你到日喀则，还是号称西藏文化的发祥地山南，无论你在“日光城”拉萨，还是“西藏江南”林芝，身边都有这条大江的身影，她像一条从远古流淌而来的时间之流；而由这条江牵连的，正是从古至今延绵不断的西藏文明。

人类发展的历史表明，人类文明的衍生，始终与名川大河相伴随，无论是尼罗河、密西西比河，还是著名的幼发拉底河和底格里斯河，以及我们国家的黄河，都抚育和繁衍了灿烂的古代文明。河流，这时已经不仅仅是一条河，一川大水，也是一个文明重要的组成。

雅鲁藏布江上的渡口

雅鲁藏布江是西藏最大的河流，也是世界海拔最高的大河，有“极地天河”之称，它发源于仲巴县喜马拉雅山脉北麓的杰马央宗冰川，自西向东横贯西藏南部，在古代藏文中，雅鲁藏布江称“央恰布藏布”，意思是从最高顶峰上流下来的水，它的南面耸立着世界上最高、最年轻的喜马拉雅山，北面是冈底斯山和念青唐古拉山脉。南北之间的藏南谷地，藏语称之为“罗卡”，意思就是“南方”，藏南谷地是一条东西走向的宽阔低缓地带，雅鲁藏布江就静静地流淌在这一谷地里，这里地势平坦，气候湿润，灌溉方便。《敦煌本吐蕃历史文书》称这里是“天之中央，大地之核心，世界之心脏，雪山围绕一切河流之源头。”

早在几万年前的旧石器时代，雅鲁藏布江流域就有人类活动了。到了新石器时代，这里的人类活动更为频繁，分布也更为广泛，林芝县曾采集到石器、陶片等遗物。墨脱县雅鲁藏布江西岸河谷阶地的六个地点，收集到的磨制工具有斧、锛、凿等种类。雅鲁藏布江最大支流拉萨河流域的曲贡新石器时代遗址发现了藏族先民们从事渔猎生产的网坠，还有鱼骨。雅鲁藏布江的又一支流尼洋河流域与雅鲁藏布江交汇处的居木遗址、云星遗址、红光和加拉马等遗址和采集点均发现了捕鱼的网坠，这些网坠“皆用扁平砾石加工而成，分两式，一式将扁平砾石侧打成两缺口；另一式将扁平砾石四周打成四个缺口”。近几年，考古专家在雅鲁藏布江中游流域琼结县久河区札林乡邦嘎村，首次发现新石器时代的建筑遗迹和墓葬。

雅鲁藏布江中游流域集中了拉喀藏布、年楚河、拉萨河、尼洋河等几条主要支流，这些巨大的支流造就了宽广的平原，这些冲积河谷平原地势平坦，土地肥沃，气候温和，水源丰沛，很适合青稞、豌豆、小麦和土豆等高原农作物的生长发育。这里阡陌相连，人烟稠密，是西藏最主要的和最富庶的农业区，也是主要的粮食作物基地和高产稳产农田的发展场所。与寒冷的高原其他地方相比，这里当然是生存的首选。到了新石器时代末期，雅鲁藏布江流域出现了许多的聚居氏族部落。活跃在雅鲁藏布江流域雅砻河谷一带的雅砻部落，由于所处的雅砻河谷一带农业和畜牧业高度发达，凭借着强大的政治经济实力，先后兼并了拉萨河流域和年楚河流域的一些小部落，并由第三十二代赞普松赞干布统一了雪域高原，建立起了强盛的吐蕃王朝，山南地区也由此成为了当时吐蕃最重要的政治文化和经济中心。之后，松赞干布又把都城迁到了雅鲁藏布江流域的吉雪卧塘，建立了拉萨城。不过，他们辞世以后，遗体也都送回山南地区安葬，也就是今天著名的藏王墓。

琼结藏王墓

这些散落在高原的古代墓葬，规模巨大，朴实无华，如同先民朴素的思想，但又有一种强大的震撼力量，如同蕴含着无穷的文化信息，使人对这些墓葬的主人，充满敬意和幻想。这种在当时已经相当成熟的丧葬形式，源自何处呢？近年来许多学者对西藏西北部地区的文化考察，可以做一个参考。

我们知道，7 世纪之前的青藏高原有诸多部落，其中有一个比较强大、具有独特文化氛围的政权叫象雄。古象雄的墓葬多为石棺葬，现在当地的居民对古墓葬遗址的称呼，大部分人用“门朵”一词，译为“门之墓”。这个“门”不是现在的门巴族，而是一个古老的民族，据说这个民族曾居住在现在的西藏西北部地区，信奉一种不是佛教的宗教，人死后使用土葬。所以，目前在广袤的西藏西部和北部地区所遗存的古墓葬都被认为是“门”族留下来的，只是其历史太久远，又没有史籍记载，所以笼统地称它们为“门朵”。可以认为，雅鲁藏布江流域的古墓葬，都是这些“门朵”的延续和扩大。它们传承了古老大地上独特的丧葬形式，同时也传承了这些形式中所包含的文化内涵，由于历史上经历的全盘“藏传佛教化”，这些文化信息，连同墓葬中的一切，都被厚厚的宗教尘埃所覆盖，而我们今天所要做的，就是要擦拭这些尘埃，让历史还原它的真实，从而跳出藏族文化就是佛教文化的窠臼。

这些宛如珠串的古代墓葬，千百年来始终默默地注视，注视着西藏文明的漫长演进，同时也默默地坚守，坚守着它们所承载的和维系的文明，成为高原上一道独特的风景。

“西藏粮仓”五月纪行

日喀则素有“西藏粮仓”的美誉。五月的日喀则大地，冬小麦已经冒出头来，绿绿的一片。新耕作的农田，青稞刚刚下种，到处是一派繁忙的景象。而在连片的温室里，各种各样的菜蔬瓜果，有的已经成熟，有的才露出嫩绿的新芽，散发出清新的芬芳。万物复苏的季节里，阡陌纵横，沃野千里，大地到处欣欣向荣，生机勃勃。

沃野千里，阡陌纵横

江孜是西藏的历史名城，又是西藏的主要产粮基地。30 年前的 1980 年，这里进行了一次科学种田的有益实验农业技术人员带领农民采用机耕机耙，保持农田的耕作层的深厚追肥，改变传统的大水漫灌为根据农作物生长阶段进行 7 到 8 次浸灌，大面积使用了良种，精耕细作，适时播种，那时，许多群众认为打农药杀虫是杀生，有抵触情绪，有的还把农药偷偷倒掉，农技人员就亲自背上喷雾器灭虫，实行精细的田间管理。到了收获季节，奇迹发生了，当年天气不好，周围的庄稼都不同程度减产，只有这里的产量倍增，实现了在去年丰收的基础上翻番，许多老人说，他们活了几十年，从没看到过这么好的庄稼。1990 年，江孜的农业生产又上了一个台阶，实现了粮油产量过亿斤的目标，是西藏第一个粮油产量过亿斤的县，创造了在一个县的范围内连续增产的全国最高纪录。

丰收的景象

现在，种粮食已经不是农民的主要经济来源。近几年来，日喀则大力提倡经济作物的种植。种植大棚蔬菜和露地蔬菜成了最好的增收渠道。一个温室大棚一年创收最高可达 1 万余元。目前露地蔬菜的面积也在不断扩大，每亩地可创收 4000~5000 元。老人们说，日喀则能够种出蔬菜，这在以前是想都不敢想的。在上世纪 80 年代的时候，日喀则居民的主食还只有糌粑，蔬菜只有土豆和藏萝卜。由于当时的气候特别冷，夏天的时候还会下雪，一到冬天地都冻得裂开了，田里种什么死什么。现在的日喀则绿化越来越好，气候也暖和了，这里的土地成了宝地，种什么出什么，成了名符其实的“西藏粮仓”。笔者在这里捕捉到一片丰收景象，奉献出来，以飨读者诸君。

日喀则有一种很出名的糌粑，畅销西藏，常常脱销，这就是“洛丹”糌粑。

“洛丹”牌糌粑是日喀则白朗县嘎东镇贵热村村民罗布旦增申请注册的产品。他的这一品牌又获得了国家质量监督检验检疫总局颁发的进出口食品标签审核证书，这是目前西藏获得进出口食品标签审核证书的食品之一。贵热村地处年楚河中游，土地肥沃，雨水充沛，适宜农作物生长。这里素以盛产优质青稞而闻名全区。过去，罗布旦增和当地其他农民一样，面朝黄土背朝天，一门心思务农。村里虽然拥有上好的青稞，但人们从来没有想过，这白白的糌粑也能铺出令人赞叹的致富之路。

藏族传统食品：酥油茶和糌粑

早年，罗布旦增贷款买了一辆“东风”货车开始走出山村闯市场。经常往拉萨跑运输，罗布旦增看到拉萨市场上优质的糌粑很受欢迎，联想到自己家堆满仓库的青稞，他就琢磨起了自己的生意经：贵热村每年收获的青稞，都通过以物易物的方式，换成家庭生活必需品。当时，1 斤青稞按最高价格 7 角算，换回一双 7 元左右的球鞋，至少需要 10 斤青稞，但要是磨成糌粑，1 斤最高可以卖到 2 元钱，换回一双球鞋只需要 3 斤多的青稞，这么一算，罗布旦增开窍了。

经过一番筹备，1999 年底，罗布旦增盖起了厂房，开始向糌粑加工业进军。创业之初，罗布旦增针对糌粑市场逐渐成熟的情况，决定从质量和销售服务上下功夫。他依据市场消费群体结构，把糌粑分成不同档次，实行不同的价格。同时，为了让产品很快被市场接受，他组织车辆送货上门，经过近 3 年的生产实践，罗布旦增生产的色泽洁白、入口醇香的糌粑，很快风靡日喀则、江孜、白朗等县市。

罗布旦增的新厂房

现在，白朗县被列入西藏“年楚河现代农业示范园区”建设的范围。罗布旦增又有了新的设想，他准备将糌粑加工厂的产业链进一步延长，利用糌粑加工的副产品麸皮，发展养殖业，发展温室沼气，促进糌粑加工生产销售的良性循环，实现企业可持续发展。

罗布旦增富裕了，但他深知，能有今天的富裕生活，全靠党的好政策。自己虽然靠党的政策富起来了，但周围还有很多乡亲不富裕，他要带领乡亲们共同致富。糌粑生产上了规模，需要雇佣工人时，他首先考虑的是本村的贫困户。目前，企业雇工中有90%是本村的贫困户，仅此一项，他就为本村群众每年增加现金收入27万元。在收购青稞时，他按国家收购价优先收购当地群众的余粮，同时也以高价收购无公害青稞，还在嘎东镇几个行政村里推广种植无公害青稞，发展高端青稞产品，这在很大程度上增加了乡亲们的现金收入。经过几年的运营，罗布旦增的糌粑加工厂从日喀则众多糌粑加工厂中脱颖而出，同时把市场做到整个西藏，产品常常供不应求。现在，罗布旦增在贵热村新建了拥有8座水磨的加工厂，生产规模进一步扩大，生产能力在2007年的基础上翻了两番。罗布旦增成了“农产品加工带头人”“西藏杰出青年农民”“日喀则十大优秀青年”。

小糌粑做出大产业，罗布旦增的成功，为日喀则农牧产品深加工趟出了一条路子。

年楚河畔瓜果香

日喀则的白朗县位于雅鲁藏布江的主要支流——年楚河的中游，从江孜到日喀则的平展大地上，但见道路两旁不时有一排排的新房从眼前飞过，高效温室大棚更是成联成片，这里就是白朗县境，属于高山河谷宽谷地貌，境内灌溉便利，阳光充足，比较适合大棚蔬菜农业发展。

早些年没有现在这样的大棚技术，西藏的蔬菜供应，基本上靠内地，而那时的交通状况，使蔬菜成了一种生活中极为难得的奢侈品。虽然在极其艰难的条件下，农业科技人员试种了许多品种，但因技术条件的落后和气候条件的恶劣，萝卜、白菜、土豆是仅能够成活的“三大样”，许多单位专门开辟“自留地”种蔬菜，成了那个年代西藏特有的情景。从内地出差或者探亲回来的人，常常利用有限能力带在身上一些内地常见的豆角、蒜薹、黄瓜、油菜之类，为了能多带一点新鲜蔬菜，人们常常把其他的行李压缩了又压缩。那时候，送给别人一小绺蒜薹、几根豆角，可是非常珍贵的礼物。能够吃上新鲜的蔬菜在当时是一种奢侈。更早些的旧西藏，内地运来的蔬菜，是上层僧侣、贵族、官员所独享的物品，贫民百姓们连糊口的糌粑都保证不了，更不知道蔬菜为何物，在牧区，干脆认为蔬菜是“草”。而如今，随着人们生活水平的逐步提高，世代以糌粑和牛羊肉为主食的日喀则，饮食结构发生了变化，蔬菜人均消费量由上世纪 80 年代中期的年 30 多公斤提高到一年近 200 公斤，市场上 85% 左右的蔬菜为本地产品，蔬菜供应实现了基本自给。

白朗蔬菜从 1998 年试种成功至今，经历了一个从无到有，从小到大的发展过程，当时成立了公司、基地和农户相结合的县农工商公司，还建立了农业科技示范园，引进了黄瓜、西红柿、青椒、西芹、绿菜花等蔬菜。白朗县的对口援助省市山东省济南市为种植项目提供了技术人员和培训，在科技的支持下，大棚蔬菜效益相当可观，平均每个示范大棚当年平均收入就在 8000 元以上。10 多年来，依靠国家投资、援藏资金、群众投劳，形成了年产各类蔬菜 4200 多万斤的产业规模，蔬菜年收入占全县农村经济总收入的 17%，人均收入占全县农牧民人均纯收入的 21% 以上，成为西藏反季节蔬菜种植基地之一。白朗的西瓜、西葫、黄瓜、番茄、茄子等 15 种蔬菜果瓜通过了国家农业部无公害产品认证。蔬菜产业是白朗县特色产业的龙头，白朗以打造“蔬菜产业之乡”为目标，成立了蔬菜产业发展领导小组。同时，抓住被国家确定为 A 级蔬菜标准化示范区的机会，不断加强蔬菜生产基地建设，不断巩固和发展“白朗蔬菜”品牌，已率先建设了标准化生产基地和县级无公害农产品检测室等，推行以“生产标准、产品监测标准、技术标准、产品认证标准”四个国际生产标准，统一生产操作规程、生产资料供应、产品抽样检查、定档分级及包装和商标使用管理。

白朗的瓜果大棚

蔬菜大棚

通过调整蔬菜品种结构，白朗积极引进山东章丘大葱、富硒西瓜等优良品种，并投入资金扶持农牧民发展蔬菜大棚。在蔬菜品种上，重点发展“两瓜”（西瓜、黄瓜），稳步提升“两果”（西红柿、菜椒）。在种植技术上，充分发挥农民技术员作用，从蔬菜公司的示范基地起步，抓好以提高农产品质量安全为核心的农业标准化和无公害农产品认证工作，帮助蔬菜种植专业村组建蔬菜协会，通过“公司＋基地＋协会＋农户”的产业化经营运作模式，把分散的家庭经营同县内外市场有机连接起来，不断加大市场拓展力度，在努力提高蔬菜单产的同时，组织引导群众提高产品质量，提倡使用农业、生物、物理等综合防治措施，防治病虫害。提倡施用有机肥，实行合理轮作，减少化学物质对土壤、水质积累性污染。试验示范微灌、滴灌、无土栽培等技术。完善服务体系，构建产业化经营运作。由援藏资金支付报酬，将山东当地农民技术员直接分配到白朗有关乡镇，以面上指导、集中培训、重点培养等形式，专职进行技术指导，实现蔬菜种植“技术大众化”，下一步，白朗准备建立一个蔬菜产地批发市场，把周边的蔬菜都调到一起，再联系运销大户把白朗蔬菜销到江孜、日喀则甚至拉萨和内地。同时建立白朗净菜加工车间，把整好、洗净的蔬菜包装，直接进超市或者上饭桌。

蔬菜大棚内

大棚西瓜

白朗县全年日照时间3200小时，干湿季节明显，有利于种植西瓜。白朗按照“一村一品”“一乡一业”的发展模式，通过实施“白朗蔬菜质量提升工程”，大力发展设施农业、特色农业、品牌农业，特别是把“白朗西瓜”作为做大做强全县蔬菜产业的主打品牌，并先后从内地引进17个西瓜品种，经过长期比对试验、示范，在试种的1 7个品种中，已确定了7个西瓜品种进行推广，这些品种分别命名为太阳雨、小兰、双色冰淇淋、红艳、嘉年华、蜜童、伊丽莎白甜瓜。

太阳雨是一种中早熟、黄色瓜皮、红色瓜瓤的西瓜，亩产能达到6000斤；小兰为特早熟品种，单瓜重3至4斤，亩产也在6000以上，红艳为一种极早熟品种，亩产在5000斤以上，嘉年华亩产也在5000斤以上，而能够给老百姓带来最大实惠的可能是双色冰淇淋和蜜童两个品种，它们的亩产分别在 8000 斤和 7000 斤，市场价格每斤能达到 7 元至 8 元。

通过统一提供种苗、统一种植技术、统一产品认证、统一品牌、统一包装、统一销售的“六统一”要求，白朗县集中推介白朗西瓜，使白朗西瓜真正做到基地化生产、品牌化销售。特别是通过机械化、工厂化育苗，成活率由人工育苗的 60% 提高到 98%。

“山东有寿光，西藏有白朗。”如今白朗县的蔬菜，不仅经营上有规模，产量质量上有保证，还有了品牌。在取得无公害蔬菜生产基地、无公害蔬菜产品认证的基础上，“白朗蔬菜”的品牌还取得了绿色食品认证，产品优势开始转化为品牌优势、名牌优势和出口优势。

新鲜蔬菜

白朗蔬菜的品牌是日喀则新生活的一个真实写照，不仅惠及广大农牧民的惠民工程，也促进了农牧民思想观念的转变，而蔬菜品种的多样化，带来了农牧民饮食结构的多元化，西藏正在形成讲究营养、口味、色泽和品味的绿色餐饮的一场“革命”。

一种新的模式

在日喀则江孜有一个小有名气的“线麻村”杂吴达村。“线麻”是藏语“优质氆氇”的意思。氆氇是手工生产的一种羊毛织品，也叫藏毛呢，是加工藏靴、金花帽的主要材料，也可以做床毯，最主要是做男式衣服。氆氇最早产生于公元 7 世纪的吐蕃时期，那时叫“拂庐”，在西藏人们日常生活中如内地的棉布一样重要而普及。熟练人工制作的氆氇，细密平整，质软光滑，是做衣料或装饰品的优质毛纺织品，制作氆氇一般有两种方法，一是将羊毛用纺锤拈成线，借助简单纺织机手工操作，用这种方法，一个技术熟练的妇女一天可织近 3 米氆氇。二是将羊毛用纺车纺成线，再用梯形木结构织机纺织。织氆氇用的是老式木梭织机，织好的氆氇是白色的，宽 24 厘米左右，制作一件男式服装需要 18 米左右。氆氇一般染成黑色，也有染成红、绿等色彩。氆氇是羊毛织品，结实耐用，保暖性好，深受广大群众喜爱。氆氇的传统品种有加翠氆氇、毛花氆氇、棉纱氆氇等。加翠氆氇厚度很像大衣呢，斜纹编织，每匹有紫红、枣红、深红、草绿等颜色，幅宽约 27 厘米，它的纬线密度很大，制成的藏袍有良好的防潮性能，不会被雨雪淋透，适应牧区多变的自然气候。毛花氆氇为横条织物，花型大约 20 种，它的色彩鲜艳，手感良好，质地厚实，平正挺括，经久耐磨，一般用于褐衫的镶边或做藏靴的靴腰。镶边时，根据需要裁为条状，缝子大襟、下摆的一周。棉纱氆氇的颜色、规格及用途同于毛花氆氇，但价格便宜，适于低档衣料镶边之用。杂吴达村生产的麻线氆氇质地细腻，越洗色泽越好，是西藏富裕起来的人们制作高级藏装的首选材料，24 厘米宽的氆氇每米可以卖到 200 元以上，它的原材料来自西藏半细毛绵羊颈部下面的那一点，非常珍贵。加工麻线氆氇是杂吴达村的传统工艺，改革开放以后，生活改善的杂吴达村村民们开始重新捡起过去的手艺，加工的氆氇受到许多人的喜爱，声名鹊起，村民们靠农忙务农、农闲织氆氇而走上了富裕路。随着人们生活水平不断提高，服装档次也越来越讲究，市场对麻线氆氇的要求也日益提高，为了抓住这个良好机遇，村委会组织农户分户承包加工，氆氇生产有了规范管理，销售渠道有了明显改善，销售额逐年上升，杂吴达村氆氇在广大服装爱好者中成为热门产品，前来订购的商家、氆氇爱好者络绎不绝，这时，加工设备落后，加工人员和材料不足成了制约氆氇发展的瓶颈。

杂吴达村的领头人

在这样的形势下，村民们经过集体商讨，决定成立集体加工厂，改变过去的分散型加工，向专业化、产业化方向发展。上海的援藏领导用援藏资金在村子里建设了厂房和仓库，并对村里的贫困户妇女进行编织技术培训，通过制定一系列行之有效的管理办法，大大提高了线麻氆氇的产量和质量。

成立村集体加工企业以后，有了统一的销售渠道，村民们不用再为买氆氇操心，销售价格也有了统一标准，在农闲时，村子里平均每户就有一名妇女在加工厂上班，在老师傅的指导下，大家的编织技术有了很大提高，收入也很稳定。麻线氆氇的扩大加工，不仅增加了农民的收入，满足了市场的需要，还让在西藏经过几十年攻关培育的半细羊毛生产的高端羊毛产品有了更大的发展前景，真可谓一举多得。

集体加工厂

地处偏远，土地算不上肥沃，交通也不太便利的杂吴达村，却成了当地远近闻名的富裕村，村子里，一栋栋漂亮现代的藏式小楼错落有致，棵棵绿树点缀其间，好一幅其乐融融的生活图景！不在村集体加工厂上班的村民，或在水渠旁清洗羊毛，或坐在自家门口捻毛线，或在家里织着氆氇，竟没有一个闲人。近年，村里人均收入4800多元，其中现金收入4000多元，绝大部分来源，就是线麻氆氇。

织氆氇

让群众不出家门口就能务工创收，特别是妇女们，能够在既不耽误农活，又能照顾家庭，得到更多实惠，这样的模式，在日喀则的农村牧区，有着非同一般的意义。在日喀则拉孜的曲玛乡，有一个“松巴拉姆”品牌的藏靴，走的也是这个路子。

旧西藏僧官穿的华丽藏靴

藏靴过去是生活在日喀则的群众不可缺少的日常用品，现在穿着的人不如过去多了，但随着人们生活水平的提高，在日喀则地区，逢年过节，走亲访友，藏靴仍然是服装中的必备要素，以显典雅和庄重。而且藏靴作为独特工艺品，正受到国内外游客的争相追捧，市场上也是供不应求。松巴拉姆靴也称松巴靴、冈杂，为方头仿足靴。靴掌由加工后的牛革制成，靴底里层由布片夹层纳制，靴底边侧则由棉线裹缝，靴筒和靴面氆氇上绣丝线花、彩线花制成。松巴拉姆靴掌为平底，靴底高约 2~3 厘米，靴筒高约一尺，与靴底长度成比例。靴筒后侧由靴颈向上开衩，衩口两边由彩绸镶裹，松巴拉姆靴的靴带为绷缠式皮带或毛线编织的彩带。松巴拉姆靴所有工序都是手工，而且分工制作，做靴掌的是皮匠，做靴底的是靴匠，而靴筒、靴面由裁缝制作。松巴拉姆靴分为双层革底靴与单层革底靴，在旧社会，双层革底靴称为“甲郎”，只能是活佛等上层人士穿着，仅用单色丝线绣花或者不绣花。单层革底靴较为普及，分为男式靴和女式靴，男女靴子以花色繁简区分，一般男简女繁。此外，松巴拉姆靴还有城乡之分。在日喀则地区，松巴拉姆靴乍看大同小异，但在行家里手看来，区别还是很大，日喀则市里的藏靴绣花精美繁丽高贵，小城镇的藏靴次之，乡村的藏靴则简洁朴素。以节日盛装和日常装束不同、僧尼与凡夫俗人不同、男女不同、城乡不同，松巴拉姆藏靴有花色简繁之分，但靴面氆氇一般都以大红和朱赤为基色，靴筒一般为黑色。

一种氆氇藏靴

松巴拉姆藏靴的加工户主要散布在曲玛乡的查马龙、卧龙、藏洛三个村，涉及 121 户 800 多人。过去一般是单家独户自产自销，品牌打不响，经济效益差，群众的收入上不去。联合经销改变了这种生产经营方式，再后来成立的农村经济合作组织，打出了“松巴拉姆”品牌，极大促进了群众增收。

松巴拉姆藏靴分别有日喀则式、小城镇（江孜）式、乡村式各种区别，款式考究，花色繁多，做工精细，靴底有棉线编织的精美花纹图案，靴面、靴背皆绣有丝绸花卉，图案别致精美。纳底、绣花、缝制等各个环节分工不同，工艺各异，以集体企业的形式加以整合，无疑会为这个传统工艺的发展开辟一个广阔的空间。

农户（艺人）+ 集体 + 市场，这样一个模式，正在日喀则的许多具有传统技艺的农牧区，在有市场需求的地方，如雨后春笋般的纷纷出现，给日喀则的农牧区经济发展带来了新的活力。

江洛康萨，“酿”出来的美名

江洛康萨，是日喀则市的一个社区，也是日喀则一个传统酿酒的巷子，“江洛康萨”是当年农奴主们的私家酿造作坊的所在地。民主改革之后，江洛康萨居住的那些过去拼死拼活世代酿酒上贡的人们，一下成了想干什么就能干什么的自由身，手里也慢慢有了口粮之外的富裕青稞，小巷就逐渐成了日喀则的美酒集散地。现在，已经没有人说得清是江洛康萨这个地方因酒而得名，还是住在江洛康萨地方的人酿酒出名。一首流行于当地的民歌这样唱到：

江洛康萨是孩子的出生地，
在这里可以喝到最甜美的青稞酒；
把最好的美酒拿上来吧，
慢慢地喝，喝到尽兴！

日喀则酿的青稞酒分两种，一种是发酵酒，藏语叫“羌”，一种是蒸馏酒，藏语叫“阿拉”。“羌”是一种度数比较低的酒。它是日喀则男女老少最喜欢喝的酒，逢年过节、结婚、生孩子、迎送亲友，是喜庆过节必备之饮料。

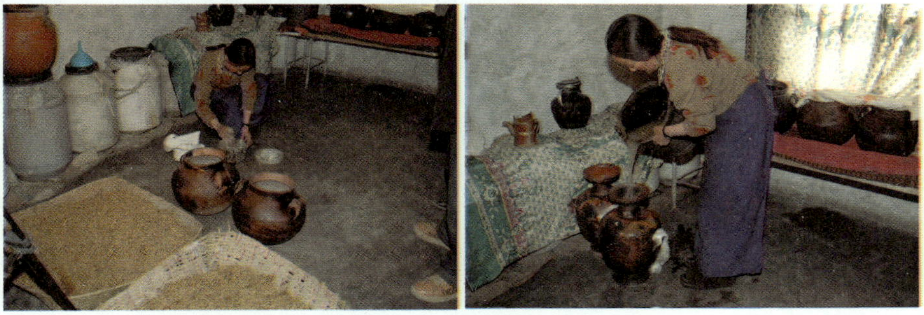

女主人酿造青稞酒

酿造青稞酒的过程很简单，在日喀则，几乎家家户户都能自制自用，但酿酒的火候掌握就是一个大学问了，有的酿出的“羌”甘洌可口，而有的酿出来又酸又苦。大家都说，这主要看这家的女主人的心肠好不好。酿造青稞酒之前，首先要选出颗粒饱满、富有光泽的上等青稞，淘洗干净后，用清水浸泡一夜，再放到大平底锅中加水烧煮，大约两小时后，把煮熟的青稞捞出来，稍微晾一

储存青稞酒的容器

下，去除水气以后，再把发酵曲饼研成粉末均匀地撒上去，慢慢搅动，撒酒曲时，如果青稞太烫，青稞酒就会变苦，如果太凉，青稞就会发酵不好。撒完酒曲之后，再把青稞酒装容器里，用棉被一类的保暖东西包起来放好。如果温度适宜，一般只过一夜就会闻到酒味儿。假如一天过后还没有闻到酒味儿，就说明发酵时温度不够，应在加点温，装入过滤青稞酒的陶制容器中，加入清水盖上盖子，隔一、二天后便成青稞酒了。

青稞酒色泽橙黄，味道酸甜，酒精成分很低，类似啤酒，约15~20度，分头道、二道、三道酒。在藏族史诗《格萨尔王传》中，对酿青稞酒就有非常生动的描绘：

要说酒是怎样造？
造酒先要有粮食。
青稞用来煮美酒，
花花的汉灶先搭起，
铜锅用毛布擦干净，
青稞放在铜锅里。
倒入清洁碧绿的水，
灶火膛里火焰升。
青稞煮好摊在白毡上，
再拌上精华好酒曲。
以后酿成好美酒，
点点滴进酒缸里。
酿一年的是年酒，
年酒名叫甘露黄。
酿一月的是月酒，
月酒名叫甘露琼。
只酿一天是日酒，
日酒取名甘露旋。

向客人敬青稞酒

到日喀则的人家做客，主人在敬酒、喝酒时也有不少规矩。如果在逢年过节等喜庆日子里，家里有条件的，都会用银制的酒壶、酒杯，此外还要在壶嘴上和杯口边上粘一小点酥油，叫“嘎尔坚”，意思是洁白的装饰。主人向客人敬头一杯酒时，客人应端起杯子，用右手无名指尖沾上一点青稞酒，对空弹洒三次，这时主人会向你敬“松者夏达”，意思是喝三口一杯的酒，就是客人先喝三口，每喝一口，主人就给客人添满一次酒，喝完第三口，主人给客人斟满后，客人再把这杯酒喝干。

另外，在主人招待完饭菜之后，还要给每个客人逐个儿敬一大碗酒，能喝酒的客人都不能谢绝喝这碗酒，否则会被罚喝两大碗。饭后的这杯酒，叫作“饭后银碗酒”。按理说，敬这碗酒时，应该用一个银制的大酒碗，但现在一般也用漂亮的大瓷碗代替。

藏族有一句谚语：“喝酒不唱祝酒歌，便是驴子喝水。”一般酒宴上，男女主人都会唱着酒歌敬酒。谁来敬酒，谁就唱歌，唱完祝酒歌，喝酒的人必须一饮而尽。盛大宴会上，有专门的敬酒女士，她们穿着最华丽的服饰，唱着最迷人的酒歌，轮番劝饮，歌词多为即兴之作，内容都是赞颂、祝福之词，身子伴着节奏且歌且舞，杯中的酒却绝不会洒出。客人有时也要唱酒歌回敬，此唱彼和，气氛十分热闹，把宴会推向高潮。

青稞白酒则是将酵糟加少量水，进入蒸锅蒸馏，蒸出的酒精度可达 60 度左右。还可以用土法蒸馏，就是将酵糟装入陶罐中，加水，罐中架一口铜锅，锅沿与罐沿平齐，锅上加一个锥形的锅铛，在陶罐下面加温，不断将锅铛中升温的水换成凉水，使罐中蒸汽凝结为水珠滴到铜锅里，即是青稞白酒。

随着改革开放的春风，从小在江洛康萨长大的强旦从 80 年代初开始恢复传统的酿制青稞酒工艺，并起名“江洛康萨”，开始经营以青稞酒、青稞白酒为主的茶馆，日喀则的乡亲们又闻到了江洛康萨小巷飘出的美酒芳香，后来，强旦的茶馆规模逐步扩大到藏餐、加工面条、日喀则特产粉条、糌粑、榨油等多种经营。慢慢地，强旦家的小作坊变成了酿酒公司，日喀则、拉萨乃至遥远的印度小城，都有他家的江洛康萨青稞酒销售。清风一吹全城醉，江洛康萨青稞酒在传统工艺的基础上，用日喀则出产的优质青稞、荞麦为原料，引进现代技术装备，用无污染的天然优质矿泉水精心酿造，不勾兑，久储自然老熟而成。产品具有原味醇香、清亮透明，饮后头不痛、口不渴的独特风格，在日喀则家家酿酒、四面经营的环境中独树一帜，声誉与日俱增，供不应求，经过上海援藏干部的推荐，参加上海的几次展览会，在上海声名远播，成为抢手的礼品。强旦对改革开放充满了感激之情，他在自己办公室最重要的位置挂起邓小平的画像，强旦说：“改革开放了，我们都抬起头来了，手和脚都腾出来了，能自己做产业了，自己生活的幸福，对社会也有点贡献，职工也愉快！所以我们都很感谢邓小平的。”富裕起来的强巴没有忘了身边的乡邻，他的酒厂吸引了许多相邻就业，酒厂使用的青稞和荞麦等农作物，还带动了周围农业发展。强旦有一个理念：现在生产生活水平提高了，一方面青稞产量猛增，一方面青稞的销售价格偏低，农民增产不增收，他希望他的企业做大做强，把日喀则的知名品牌推向全国，增加青稞的附加值，为日喀则的民族工业发展出一份力。不过现在强旦有一件挠头的事，由于前些年国家为了保证粮食安全而统一规定不批准新的白酒酿酒企业，所以他还没有拿到技术监督局的生产许可证，西藏只能生产销售发酵青稞酒“羌”，而不能生产青稞白酒。希望他能早日拿到这个许可证，也为日喀则的青稞酒增加一个品种。

江洛康萨酿酒厂

改革开放以来，日喀则人民生活水平提高很快，饮酒的种类也趋向多样化。特别是在城市的青年中，啤酒受到很多人喜爱，这可能与啤酒的特性、味道都和青稞酒近似，而且比青稞酒饮用方便，随时都可以买到，便于储存有关。面临啤酒这样工业化生产产品的挑战，青稞酒也必须打破家庭酿造的传统，转为工业化生产，才能够满足日喀则人民日益增长的需要。这也是“江洛康萨”需要发展的一个理由。

叶巴的灯光

“叶巴”，在当地的藏话里有鲜花怒放的意思。叶巴村是西藏东部怒江中游的一个江边小山村，我们初到的时候，公路尚未通到村子里，从五六公里远的山坡上望去，叶巴环绕在郁郁葱葱的绿色之中，静静地安卧在蜿蜒的怒江边上，就像一朵盛开的鲜花。

村里没电，许多人家用的是“曲洛”。“曲洛”者，“曲”是水的意思，“洛”是电的意思，“曲洛”直译就是水电。这是一种微型的水力发电设备，一个小发电机由水流冲击转动发电，村里有一半人家有这样的“曲洛”，所以，如果你来到叶巴，千万别因为这里本来没电却有蛛网般交错的电线惊奇，它们都是村民们为接“曲洛”而拉的。如果选的地方水流够大，如果安装也还稳妥，如果机器运转正常，如果电线也足够好，那么，一台“曲洛”能发 1000 到 3000 瓦的电，可以供一个家庭简单的照明和看电视什么的，不过这个“曲洛”有个特点，就是转动起来就不能关灯，所以你也千万不要以为这里的电多得用不完，家家都通宵不关灯。

“曲洛”

工作队进村不久，就停了汽油发电机，接受村民的建议安装“曲洛”，想这也不是技术含量很高的事情。

首先是购买设备，计有小型发电机一台，功率 3000 瓦的约 2400 元，塑料软管一根，20 米左右，装汽油的大桶一个，用来蓄水，100 元，电线若干。这个若干要看安装“曲洛”的地方离所驻地的远近，我们是后来户，加之村民热心要为我们选择一个好地方，经过数次勘察，最后选定“果果隆巴”(就是贯穿叶巴村由党然而下的山谷)上游的谷口，是村里最前头的水电，距离我们所驻的村委会

叶巴村

足足有五公里。与主动提出给我们安装“曲洛”的单巴商定完毕，到山坡给乡里打电话，委托他们帮忙采购以上物品，并特别交代，电线要买好一点的。过了一周，东西大致采购完成，却没有车拉下来，而嘱咐我们要买好一点的电线的单巴也踪影全无，工作队有天碰见他，问什么时候帮我们安装，他脸红红地说这几天特别忙，要到县里办事云云，总之感觉有点推脱，当时没觉着什么，后来才知道村里有风言风语，说他挣了工作队一万多块钱，吓得他不敢动了。

事情就这样拖了下来，直到冬去春来，修公路的工程队复工以后，我们托他们把放在乡政府的发电机电线等什物拉下来，准备寻机安装，工程队里有个貌似内行的扎西说：你们的电线买得太好了，这么粗的电线，小发电机的那点电还没到村委会就消耗完了。想想也对呀，就拜托他在县里帮助买合适的电线，买来了 5000 米据说是部队工兵用的电话线，想必是好的。于是给乡里打电话，请他们把买来的电线再帮忙退了，正经 6000 多块钱呢，比发电机还贵出一倍多。乡里书记随后来电话了，说当时把全县的商店都跑完了，才搜罗到这么些个好电线，现在要退都找不到哪家了。瞧这事闹的！友邻的两个工作队一个直接从村民那里接手一套正常运转的“曲洛”，一个在村民的帮助下也已安装完成，早就享受长明灯的待遇了。不过他们的电线差点儿，有的地方还用铁丝代替，铁丝盘树木而过，电就被盘剥去不少，觊觎我们的电线已久，此时听说不能退货，便瓜而分之。

安装曲洛

再说我们的“曲洛”，终于在老五及其四个哥哥的帮助下，分别出动五次，可谓历尽千辛万苦，终于全线贯通，要通电了。从计划安装到现在，时间已过去大半年，这个“曲洛”已成为我们工作队的中心议题，如今就要通电了，大家都有一种隆重神圣的感觉，一致同意要全体上山接通，搞一个象征性的仪式。于是，当天一大早起来，洗漱收拾，带上烧茶的水壶、罐头、干粮、登山手杖，种种行头，就差焚香沐浴了。上到谷口，安装完毕，这才想起没有留人在村委会看通电与否，通不通电关系山上的“曲洛”要不要运转的问题，如果不通电“曲洛”空转的话，很容易烧毁，没辙，派腿快体力好的去村委会侦查，另一个到谷口有信号的地方等着电话，其余的人在细雨蒙蒙中生火烧茶，自不必说。

一行人为“曲洛”费尽心思

等到电话的前来通报：通了。正要欢呼，又说，但只是把电灯丝烧红的那么一点点亮。各个灰头土脸，怎么办？下山吧。几个人凑在一块愁眉苦脸研究半天，也搞不出个所以然，最后还是老五自告奋勇，说改天顺着电线一节一节的查，总能找到原因。

顺着电线查找，那也不是闹着玩的，电线蜿蜒在坡上崖下，就是老五他们从小在山里长大的孩子，也用了整整两天时间，临了告诉我们，电线不行，不是接“曲洛”的。

头如斗大。

怎么办呢？只得盘算：被瓜分的好电线还有些剩余，加上一些铁丝，再去县里买一些中等的吧，就这么算下来，这个“曲洛”快花去别人三倍的价钱了，且不说我们付出的心血和劳动哦。咬咬牙，就这么定了。

过了几天去县城时又买回若干电线，老五他们又分别出去接线安装，如是三番，终于通电了，已经没有了最初的激动，不过每个屋子都有了电灯照明，还是觉得喜悦。晚上就又多了一件事情，各自看书的时候，要把厨房等屋子的灯一一关掉，这样亮度才好一些，临睡时，再把厨房等屋子的灯打开，关灯睡觉，来回跑好几回。不过我们的“曲洛”工作得也毫不稳定，忽明忽灭，一惊一乍，关键是它一灭就得上山把水停掉，是个头痛的事，后来有了党然村老村长洛桑女儿朗加卓玛帮忙，在需要停水的时候帮我们把水停掉，才轻松一点。

又顺着线路查过几次，有上回从县里买回的电线的原因，包皮里面的线一截一截全是断的，这是什么情况，唯有瞠目结舌。还有那些所谓的工兵电线，也不靠谱，不容易接稳当，再有就是被喝水的岩羊碰断的，甚或被某种神秘之物弄断的（老五语），如此等等，总之不消停，“曲洛”呀“曲洛”，让人欢喜让人忧，到现在，那时有时无的“曲洛”，已经成了我们的笑话了。

我们的“曲洛”算是村里设备最先进、施工最完备的，尚且如此，其余村民家的“曲洛”，可想而知。所以，我们一进村，听到最多的就是电的问题。“村村通”工程给家家户户都分发了电视接收设备，国家每年都有许多家电下乡的优惠，“可是没有电嘛”，村民们摊着手对我们说。刚进村的时候，我们也了解到，前几年，水利部门曾经设计在附近的尼巴村修建一座小型水电站解决周边几个村的用电问题，但由于限制小型水电政策而下马，彻底解决这几个村的用电问题，要等到县三级水电站落成之后，这恐怕是三年以后的事了。怎样早日让叶巴结束没有电的日子，成了工作队沉重的心事。

一天，有村民到村委会给我们说，县里让带口信，明天有几辆卡车来村里安装太阳能。是给村委会还是工作队？此前我们并没有接到什么通知呀？第二天，当村干部来村委会叫我们时，大小四辆卡车已经到村口了，我们去的时候，村民们正在热火朝天地卸东西，一个负责人找到我们。此时才知道，是县里有关部门根据上级的指示，给未通电的村每户安装太阳能控制逆变一体机，并派专业安装队伍安装，能初步解决每户村民看电视、照明及小型电机的使用，使全部村民彻底告别无电的历史。

村民们热火朝天地分东西

好运来得有点突然。此时再认真看每户村民分到的东西，有太阳能板，有蓄电池，有逆变机，甚至还有节能灯、安装工具。安装的负责人说，我们这个近百户的村子，顶多三天，全部完工。此时已将近傍晚，我们都将信将疑，分成几路跟着工程队安装，眼看着一户户的电灯亮了，电视亮了，小型农具也转动起来了。到了第三天中午，全部安装完毕。我们驻地的每个房间都有了电灯，有了充电电源，再也不用蜡烛了。看着神奇的安装队和同样神奇的太阳能，我们都有点不敢相信自己的眼睛。

从让人欢喜让人忧的“曲洛”，到神奇的太阳能，家家通电的梦想，在一夜之间就完成了。随着国家的日益富强，随着科学技术的日新月异，过去不可想象的事情就在眼前发生。入夜，我们专门上到村子旁边的山坡上，看着家家户户窗户里洒落出来的点点灯火，映衬得“叶巴”这朵鲜花更加娇艳。

家家户户都装上了太阳能，这是村委会的屋顶

世界文化的瑰宝

第一次来拉萨，是上个世纪 80 年代中期，那时候飞拉萨的飞机时间都很早，到拉萨也不过上午九点多．沿着曲曲弯弯的公路颠簸近两个小时，在昏昏欲睡中，在高原特有的清澈明净的空气中远远地望到一座宏伟的建

筑，远在数十里之外，在灿烂的阳光下，在巍巍红山之巅，它依山凌空，金光四射，散发着震撼人心的美丽。让人全身的神经为之一振，整个人都兴奋起来，它就是举世闻名的布达拉宫。

在平均海拔4500米的“世界屋脊”，这样一座辉煌的宫殿，和谐而统一地与雪域高原的自然景观融合在一起，彻底征服了我这个初到西藏的藏族人。此后，我安身在布达拉宫后面的拉萨中学，每天都能看见它巨大的身影在日起月落间不断变幻出种种迷人的色彩。

布达拉宫，是西藏地区现存的最大最完整的宫堡式建筑群，也是地球上海拔最高的大型古代宫殿，这座无与伦比的宫阙被誉为世界十大土木石杰出建筑之一，集中体现了西藏建筑、绘画、宗教艺术精华，所藏的大量历史宗教文物更是令人叹为观止的无价之宝。1961年，布达拉宫成为国家重点文物保护单位，1994年，布达拉宫作为文化遗产被联合国教科文组织正式列入《世界遗产名录》。

布达拉宫

拉萨整座城市沿拉萨河谷呈东西走向，在城市中央伫立着两座小山，靠西南的是药王山，东北方向的是红山，布达拉宫依红山而建，蜿蜒至山顶，无论从拉萨城的哪个方向观望布达拉宫，它都显露出辉煌壮丽的身姿。这座金光闪耀的建筑大方凝重，以红、白、黄为主的高大宫墙和熠熠生辉的金顶，既威严，又不单调，在拉萨明媚的阳光照耀下，布达拉宫透露出历经风雨沧桑后的从容和深邃，也洋溢着新时代的喜悦与昂扬。

布达拉宫依照红山的自然山形由南坡梯次修到山顶，主楼高117米，其中红宫外显13层，宫内实际9层，东西白宫最高处7层。布达拉宫东西长360多米，南北宽140米，总建筑面积13万平方米，建筑群面积36

万多平方米。

布达拉宫整个建筑为土木石结构，由多层的矩形平面毗连而成，层次错落，弯弯曲曲，组合十分复杂。其建筑结构出了充分保持和发扬了宅邸与碉堡相结合的藏族建筑传统风格外，在木结构和装饰上采用了汉族殿堂的雕花梁柱、斗拱、藻井、金顶等工艺，同时还吸收了印度、尼泊尔等国的建筑艺术精华，可以说，雄伟的布达拉宫是我国建筑史上民族团结、多种文化交流的见证。

布达拉宫的建筑格局主次分明、对比鲜明，具有深刻的象征意义。历代封建统治者的白色寝宫傲然耸立，红宫则后来居上，其他各类建筑犹如众星捧月，簇拥左右，这样的排列喻示着封建农奴社会的等级森严。金顶之上，熠熠辉煌，四周那些曾经是低矮、拥挤的僧房、民居、马厩、作坊、监狱，与此显示出强烈的反差。再看看这些开阔的殿堂与狭小的窗户，厚重的城墙与狭窄的过道，无一不在渲染着佛法的神威和佛界的庄严，是西藏佛教建筑刻意追求的意境。

布达拉宫的墙壁，是其建筑的艺术性与生命力的重要组成部分。据说，东半部的墙壁是拉萨一带的工匠砌筑的，西半部的墙壁是日喀则的工匠修筑的，工匠们在工作中尽情发挥各自的风格和擅长，使得东部的墙体笔直陡峭，说是从上面滑下一只羊，到了下面就会被划成两半，而西部的墙体则圆浑厚实，线条柔和，就是从上面滚下一个鸡蛋，到下面也不会打破。更为独特的是，布达拉宫在上部采用了红色的白玛草作墙体，轻便、隔雨，是藏式建筑的传统工艺。

布达拉宫的宫墙厚度自下而上逐次递减，最宽处达 10 米，最窄的地方也有 1 米左右，墙身用高原盛产的优质花岗岩砌成。主体外墙为双层石壁，高达数十米，每隔一段距离，中间灌注铁汁，外墙基全部植入坚固的岩石层，从而保证了这一庞然大物的坚固，提高它的抗震能力。所以，虽然经历了 300 多年的岁月洗礼，布达拉宫至今仍然完整无损。

松赞干布塑像

布达拉宫的历史，可以追溯到 1500 年前的公元 6 世纪，据《西藏王统记》记载，雅隆部落的第二十七代赞普拉脱脱日年赞曾在拉萨红山之顶居住。公元 7 世纪初，吐蕃第三十二代赞普松赞干布毅然离开雅隆河谷，迁都拉萨，开始了开拓疆域，繁荣吐蕃的事业。松赞干布迁都拉萨后，“筑王宫于红山之顶居之”，不久，又大兴土木，在红山上建了一座更大的城堡，“高达三十围墙，既高且阔，每边一里余”，城内“红宫九百，合顶上之王宫，共一千间”，可谓是“无比稀有，美丽堂皇”。

文成公主像

松赞干布时期的布达拉宫被称为“颇章玛尔布赤子”，意思是建在红山的宫殿，有关当时布达拉宫的规模，古籍《松赞干布六字明咒教戒》记载说：红山上有三道围城，中心是九层的九百九十九个房间，加上山顶一间共一千间，每层楼的四周旌旗林立。王宫西南面为唐朝文成公主、尼泊尔赤尊公主所住九层宫殿，围城有四道门，各有一座门楼，每道门有门岗。王宫与王妃的宫殿之间架有一座银铜合制的吊索桥，以通往来。

不幸的是，这座美丽的宫殿并没有能够保存下来，根据史书《如意宝座》所记，在公元 8 世纪赤松德赞时期，布达拉宫遭雷电击毁。又据《卫藏通志》记载：“后因藏王微松作乱，官兵拆毁布达拉宫，仅剩观音佛堂一所。”也就是说，这座古人奇迹般建造起来的宫殿，先是遭雷电袭击，后又毁于战火，早期建筑的遗迹。仅剩下法王洞和超凡佛殿两处，现在我们见到的松赞干布、文成公主和赤尊公主等人物的塑像，就是当时幸免于难保留下来的。

自公元 9 世纪中叶以后，西藏社会长期动荡不安，布达拉宫的遗址更是日渐颓败。据藏文史书记载，在公元 12 世纪时，噶当派僧人琼布扎色曾经在红山上讲经，此后，噶玛噶举派楚布噶玛巴德辛协巴、格鲁派祖师宗喀巴等不同教派的高僧都曾先后在此设坛讲经，布达拉宫的遗址成了当时讲经传法的场所。

到了公元 17 世纪中叶，由宗喀巴所创立的格鲁派势力日强，1642 年，五世达赖喇嘛阿旺罗桑嘉措在青海蒙古部落首领固始汗的帮助下建立了甘丹颇章政权，据藏史记载，1645 年 3 月 25 日，阿旺罗桑嘉措令人开始修建布达拉宫白宫，经过三年多的建设，当阿旺罗桑嘉措去北京觐见清朝顺治皇帝返回西藏时，白宫已经修建完成，阿旺罗桑嘉措便从哲蚌寺的甘丹颇章宫搬到布达拉宫的森琼尼威宫（东西日光殿），布达拉宫于是变成了西藏地方政权（甘丹颇章）的首领——历辈达赖喇嘛的驻锡地和从事各种政教事务的重要场所。

1690 年 2 月，当时的执政者第司桑结嘉措在五世达赖阿旺罗桑嘉措圆寂后的第八年，着手建造五世达赖的灵塔，并开始建造红宫，1693 年，经过 3 年的建设，红宫落成，当年 4 月 20 日，举行了红宫落成典礼，并设立一座无字碑纪念。在此以后，历辈的达赖喇嘛都对布达拉宫进行过维修和少量扩建，到了近代十三世达赖喇嘛土登嘉措时，又掀起了一次扩建布达拉宫的高潮。土登嘉措圆寂以后，1936 年红宫的西面建造了吉祥如意宫，安放土登嘉措的灵塔，至此，布达拉宫基本具有了现在的规模。

经过300多年的风霜雨雪，到上个世纪的八十年代，布达拉宫已经重病缠身，危机四伏，小修小补无济于事，1988年10月25日，国务院正式批准了大规模维修布达拉宫的方案，从1989年10月11日开始，历时五载，整个维修工程计划77项，实际完成111项，到1994年8月9日工程全面竣工时，国家累计投入资金5300万元。此后，2002年6月26日，布达拉宫的第二次全面维修，中央财政安排资金1.79亿元，布达拉宫现在展现在世人面前光彩夺目的面貌，正是这两次全面修缮的成果。

走进布达拉宫，宽阔的石阶，高大的宫门，幽深的廊道，错落有致的殿堂，金光四溢的灵塔，数不尽的珍宝、佛像，看不够的壁画、唐卡，使人仿佛置身西藏千年的历史，体验藏族建筑的独特境界，欣赏群星璀璨的文物精品，那一刻，西藏的历史和现实，似乎都浓缩在这里，让人实实在在的触摸西藏，感受西藏。

红　宫

红宫的主体建筑是五世达赖以后的历代达赖喇嘛的灵塔殿和各类佛堂，其中最高的殿堂是萨松朗杰殿，店内供奉着清朝乾隆皇帝身着喇嘛服装的画像和用汉、藏、满、蒙4种文字书写的“当今皇帝万岁万万岁”的长生禄位，过去，历代达赖都要在这里举行佛事活动，这里也是清朝的驻藏大臣、达赖喇嘛、西藏地方政府进行重大活动的场所，曾经举行过“金瓶掣签”仪式。

白　宫

白宫是历代统治者生活起居和举办重大活动的地方。白宫最上层为东西日光殿，是他们的起居室。白宫正门外1500余平方米的地方，叫德央厦，是节日举行盛大活动的场所。

雪城，位于红山南麓山脚，过去主要是西藏地方政府的下属机关、布达拉宫印经院、造币厂、粮店、仓库、监狱、马厩等等，现在已开辟成雪城博物馆。

布达拉宫北麓，是美丽的龙王潭公园，也叫宗角禄康，这里草坪如绿色的地毯，各色鲜花点缀其间，绿树成荫，古木参天，林间一潭碧水，倒映着红山上的布达拉宫。现在，每年雪顿节，这里要举办盛大的藏戏表演，是拉萨市民休息娱乐的好去处。

布达拉宫附近的龙王潭公园

布达拉宫不但是藏式建筑的典范，也是藏族艺术的宝库，自从300多年前阿旺罗桑嘉措搬进布达拉宫以来，这里不仅是政权机关所在地，也是西藏佛教领袖的所在地，历代的统治者搜集各种奇珍异宝，使布达拉宫成了一座名副其实的宝库。这里藏有大量的艺术珍品和稀世文物，其中最有价值的首推各种经书，它们有的用金汁银汁写成，有的是各类宝石写成，世界奇珍贝叶经，在世界各地的博物馆，有一片就足以傲世，这里竟有完整的100多函卷，这些5000多年前的文物，能够这样完整的保存至今，不能不说是一个奇迹。

布达拉宫里的壁画

布达拉宫还保存着许多明清两朝皇帝敕封历代达赖的圣旨、诰封、印鉴、金册等，

其中有一对清朝康熙皇帝赐的锦绣幔帐，据说当年康熙皇帝为了这对幔帐，专门建造了一个织造作坊，耗时一年才做成。在十三世达赖土登嘉措的经堂和卧室里，环列着几十把玉如意，佛龛里有檀香木精雕的五百罗汉，这些价值连城的珍贵文物，都是祖国统一、民族团结的历史见证。

布达拉宫还是壁画、唐卡、雕塑的世界。布达拉宫的大小殿堂、门厅、回廊，到处绘满壁画，这些壁画题材多样，内容丰富，有表现人类起源、历史人物、历史故事的，有讲述宗教故事的，也有反映建筑、民俗、体育、娱乐等生活内容的。这些壁画技法细腻，艺术手法独特，结构布局灵活，造型生动逼真，线条明快流畅，西藏历史上不同时期不同画派的精品都荟萃在这里，使人对西藏绘画艺术的发展脉络和成就一目了然。这些壁画还有一种独特的工艺，所用颜料都是用西藏的矿石或金银珠宝研磨而成，色泽艳丽，永不褪色。

雪域圣殿布达拉宫，是了解和研究西藏政治、经济、历史、文化和艺术的大型博物馆，它是西藏人民智慧的结晶，是文化交融的成果，是中华民族献给世界文化的瑰宝。

西藏的新能源生活

在西藏农牧区阡陌相连的村庄，有越来越多的农牧民家庭用上了太阳能沼气池，这种清洁卫生的能源深刻改变着高原人们的日常生活，为世世代代被烟熏火燎的高原人带来了福音。

青藏高原是地球上离太阳最近的地方，这里海拔高，大气洁净，空气干燥，纬度低，太阳的总辐射量大，太阳能资源居全国首位，是世界上最丰富的地区之一。西藏大部分地区太阳能辐射年均能够达到每平方米6000~8000兆焦耳，仅次于赤道附近的非洲撒哈拉大沙漠，居于世界第二位，超过同纬度平原地区一倍左右。同时，青藏高原的日照时数也是全国

高原灿烂的日光

的高值中心，全年平均日照时数在3 000小时左右，太阳能直接辐射占总辐射的56%~78%，高出平原地区40%左右。

一直以来，青藏高原得天独厚的太阳能资源就为人们看重和利用，藏民族在几千年的生产生活中总结出了许多利用太阳能量的智慧，尤其在建筑上，更是充分考虑了吸收太阳热量的因素。从西藏和平解放到上世纪70年代中期，太阳能资源逐渐得到了更多的开发和利用，但规模较小，收效不大。西藏农牧区地广人稀，百分之八十以上的地段植被稀疏，农牧民烧水做饭、取暖仍以畜粪、薪柴、草皮为燃料。无电地区的农牧民仍然以酥油灯、煤油灯和蜡烛照明，在步入现代文明的今天，依然没有条件收看电视节目。

上世纪70年代，科技人员对西藏引进、示范沼气技术进行了一些探索性研究，但由于西藏地区海拔高、气温低、温差大，加上当时的沼气技术还不成熟，导致项目没有成功。因此，很多人断定，在西藏不宜发展沼气。从2004年开始，科技人员在拉萨、山南等地方逐步开展了太阳能——沼气技术的示范研究工作，针对西藏海拔高、气温低等高原环境特点，在引进沼气池型的基础上，成功研制了适用于西藏的“沼气池＋塑料大棚”太阳能沼气开发技术，采用太阳能热利用技术为沼气池增温和保温，解决了产气少、发酵慢等技术难题，使太阳能沼气池在高原生根开花。

沼气是由生物能源转换而来。植物在生长过程中，吸收太阳能贮藏在体内。植物死亡后，在微生物的作用下，有机质发酵分解，产生由甲烷、二氧化碳和氮气等组成的混合气体，具有较高的热值，1立方米沼气约相当于1.2公斤煤或0.7公斤汽油，相当于60瓦～100瓦灯光的沼气灯照明6小时。沼气燃烧后的产物是二氧化碳和水，不污染空气，不危害农作物和人体健康。

温度对沼气发酵具有决定性的影响，高原的太阳能温室保证了沼气的发酵温度，发酵出来的沼气可以用作燃料，而沼气池内发酵后的沼气渣子又可以作为肥料，非常适宜种植蔬菜，这样循环反复地使用，不仅保护了环境，而且节约了资源。太阳能沼气池真可谓一举多得，沼气肥料提高了土壤有机含量，沼渣、沼气灯光引诱虫子可以作为鸡饲料，而沼液用于农作物，还有杀灭害虫的功效。

在西藏农村，沼气在传统薪柴能源的替代中起到了至关重要的作用。“沼气池＋塑料大棚”这套适合高原地区的沼气模式，在沼气池上搭建一个温室暖棚，保证了沼气发酵所必需的温度，同时配合改造厨房、厕所和畜圈。走进西藏的许多农户，庭院里一座大棚，大棚下面是沼气池，后面是厕所和牲畜圈，牲畜圈的肥料直接进入沼气池内，塑料大棚为沼气池保温，一根白色的塑料管接到厨房，形成了沼气—太阳能—养殖、种植—厕所四位一体的微型生态系统工程。这一系统生态工程，解决了西藏农牧民群众的生活燃料供应问题，促进了生态环境的保护。冬天，尽管室外气温已在零摄氏度以下，而在太阳能沼气池塑料大棚内，大白菜、小白菜、西红柿等蔬菜正吐出绿色的嫩芽，塑料棚内呈现出一片生机勃勃的景象。菜地下面就是由牛粪羊粪等有机肥料发酵的沼气池。一根白色的输气管从沼气池通向厨房的沼气灶，吐着淡蓝色火苗的沼气灶上正热着香喷喷的酥油茶。

当地人用沼气灶烧水做饭，比过去方便干净多了

拉萨市郊拉萨河畔桑珠村农民边巴一家，已经尝到了使用沼气的甜头。未建沼气池前，他们全家一年生活所需的牛粪、柴火等燃料要装两大汽车，一家人为此要付出近 2 000 元钱，这给本不宽裕的家庭带来沉重的经济负

担。建了一座12平方米的沼气池之后，这座沼气池每天产气1立方米多，他们一家每天除做三顿饭外，还能烧牛奶、熬茶。边巴高兴地说，建沼气池就是好，既卫生，又方便，每年节约柴火费近2 000元。太阳能沼气塑料温室大棚种的菜，自己吃不完，拿到拉萨卖，每年要增加收入2 000元。过去，做饭时烟熏火燎，费时费力。现在，开关一打，蓝色火苗喷出，火力强，做饭卫生又省时省力。

使用沼气炉的人家，灶台多么干净

“过去，我们家柴炉煮熟一锅牦牛肉，需要两大筐柴火，家里人还要轮番给炉里添柴，经常被浓烟熏得眼红嗓子疼。”边巴指着废弃的铁炉子说。

“刚开始建太阳能沼气池时，我们家人不是很情愿。我们藏族人的说法，灶是很神圣的，灶有‘灶神’，听说灶上的火是由从菜地下面的肥料气体中产生的，心里有些接受不了，觉得它很脏、很臭。如今，沼气通过过滤器过滤后，产生的火苗没有烟，一点也不臭，真没想到，烧火做饭还可以看不到烟子。”边巴说。

西藏的太阳能沼气工程，每年可为每户使用沼气的农牧民节支增收4 000元左右，节约柴薪和煤炭2吨，相当于封山育林3 000平方米。这种沼气—太阳能—种植—厨卫为一体的微型生态系统，从根本上改变了西藏广大农牧区生活用能的短缺状况，改善了农牧区的人居环境，减少了对生物质能的消耗，使本来脆弱的高原生态环境的破坏得到减缓，有利于大幅度地降低畜粪、草皮、秸秆等传统生物质能源的燃料消耗，保护了草地植被、减少了森林破坏、改善了植被结构、增加了土地盖度、减少了水土流失，调节了区域气候，减轻了矿物能源消费带来的大气污染，使生态环境得到保护和改善。

在桑珠村，现在家家户户争建沼气池，边巴说，大家看到了用沼气的好处。沼气不仅清洁便捷，还使得以前的“三废”秸秆、粪便和垃圾变成了现在的“三宝”燃料、饲料和肥料。

虽然在冬天桑珠村村民还会烧牛粪来取暖，但是祖祖辈辈习惯的燃料结构在他们这里已经开始悄然变化。

太阳能是巨大的天然能源，它资源丰富，既可免费使用，又无需运输，对环境无任何污染。在当今世界能源紧缺、生态环境恶化的情况下，太阳能的开发为人类创造新的生活形态，使社会进入一个节约能源减少污染的时代提供了可能。

西藏既是能源富集区，又是常规能源短缺区。这里的水能、太阳能和风能资源都十分丰富，但开发利用程度较低。长期以来，由于常规能源如石油、天然气、煤炭等的缺乏，在一定程度上制约了西藏经济的发展，而燃料的缺乏，使得城乡居民特别是农牧民生活燃料主要依靠木柴和牛羊粪，有些地区甚至掘草皮、荆棘和树根作为生活能源，加剧了生态环境的恶化，导致绿地面积逐年减少，山体滑坡、泥石流等时有发生。开发利用太阳能，是解决西藏能源问题、保护生态环境和提高农牧民群众生活水平的有效途径和必然选择。

为结束拥有“太阳能”这个金饭碗而“讨饭吃”的现实，自上世纪80年代起，西藏全面研究和开发利用太阳能资源，在太阳能转化迈出了可喜的步伐。到目前为止，太阳能灶技术已基本成熟，日照正常情况下，一台采光面积为2平方米的太阳灶，其功率相当于一个2 000瓦的电炉，它不仅具有烧水的功能，而且煮、蒸、炖、炒，样样都行。据测算，一台太阳灶一年可以使一户农牧民少用牛羊粪3吨，柴草2.5吨，近1 000平方米草原免遭砍伐。因成本低、使用方便，太阳能灶很受群众喜爱。

常见的家用太阳能灶

太阳能热水器是太阳能热利用产业发展的主要内容之一，经过近二十年的研究和开发，我们国家目前已经成功解决了高原热水器的防冻、炸管、老化和漏水等问题，近几年来，随着城乡居民生活水平的提高，对生活热水需求量大大增加。太阳热水器使用范围也将逐步由提供生活用热水向提供开水、供暖等方向发展。太阳能供暖系统一个采暖季平均每平方米的运行费用为3元，只是电锅炉供暖系统的6%，燃油锅炉供暖的7%。使用太阳热水器，不消耗能源，投资小，使用简单，安全可靠，是解决西藏群众洗热水澡需求的好办法，深受欢迎。

被动式太阳房是一种完全通过建筑朝向和周围环境的合理布置、内部空间和外部形体的巧妙处理以及材料、结构的适当选择、集取、蓄存、分配太阳热能的建筑。实验表明，采用这些技术后，被动式太阳房屋内温度至少比室外高出10℃，已经基本可以满足高原冬季采暖要求，同时，被动太阳房的改造成本不超过建造成本的20%。被动式太阳房解决了冬季采暖问题，不但节省能耗，而且清洁干净、省工省时，使居民的生活质量大为提高、学生学习环境大为改善。现在，西藏的阿里地区已经普及这种保暖节能的建筑，解决城乡干部群众的生活取暖问题。

西藏农牧区地域辽阔，农牧民居住分散，行政村之间相距较远，小水电站覆盖有限。利用太阳能光伏发电技术，解决了无电地区群众生产生活用电需求，利用太阳能无人值守光伏水泵提水技术，解决了农牧区人畜饮水和野生动物饮水难问题。经过科研人员的多年努力，我国太阳能光伏发电应用技术已更加成熟，从单一的太阳能照明产品发展到多用途、多功能、多元化系列产品，更加贴近群众生活，并逐步向兆瓦级太阳能光伏电站与供电网络并网送电缓解城市用电需求方向发展。目前，西藏的光伏发电约占全国太阳能光伏发电装机总量的13%，居全国第一。

西藏不光拥有丰富的太阳能资源，还拥有丰富的风能等自然资源，针对特殊的地理环境，适应高海拔、高寒地区的风—光互补系统满足了农牧民的照明、看电视、看录像等的用电需求，另外还可带动冰柜、水泵等小型负载。风—光互补发电技术是将风能资源、太阳能资源进行优势互补，弥补了风能和光能由于气候季节性变化而产生的能源缺失，同时，风—光互补发电技术可以充分利用土地资源，风力发电设备利用高空风能，光伏发电设备则利用太阳能，实现地面和高空的合理利用。风—光互补共用一套送变电设备，降低了工程造价，同一套经营管理人员，提高了劳动效率，降低了运行成本，风—光互补发电系统的造价低，技术成熟。

号称“世界屋脊的屋脊”的西藏西部，平均海拔4 500米，牧民们分散居住在广袤的土地上。近年来，通过推广“阳光计划”，这里许多牧民解决了照明、取暖燃料和灌溉问题，告别了黑色的夜晚和寒冷的冬季。走进日喀则仲巴县的牧区，夜色笼罩下的草原闪烁着点点灯光，这里80%以上的牧民已经用上了太阳能灯。太阳能灯点亮了夜晚的仲巴草原，家里的老人们在灯光下做着羊毛活，孩子们则在一旁温习功课。

太阳能的开发利用，解决了高原牧区的用电问题，使这些地区告别了无电的历史，不仅改变了人们的生产生活方式，也改变了他们赖以生存的环境。太阳这个“绿色能源”，从此照亮了高原牧区的暗夜。

太阳能照明灯

太阳能源的开发，使日光温室技术得以应用推广，城镇一年四季瓜果飘香，而不再像以前要靠汽车或空运从内地运进来时令蔬菜和瓜果，极大地丰富了群众的菜篮子。过去，每一个西藏干部出差或者探亲去内地返回时的一大任务就是带蔬菜，什么黄瓜芹菜西红柿，满满的一大纸箱，为了坐飞机不超重，连衣服的各个口袋都会塞满瓜果。如今不同了，西藏的菜市场已日益丰富起来，本地产的新鲜的肉、蛋、蔬菜可以随时吃到。

现在，每当夜幕降临，街市上华灯初放，家家户户灯火通明，山村户落灯火也如繁星点点，使高原融入了一片温馨和谐的气氛之中。当然，在太阳能的利用方面，还有许多需要做的事情，比如西藏目前还没有一家大型太阳能产品生产企业，还没有适合农牧区使用的不需高压自来水的太阳能热水器、屋顶太阳能取暖设备、城镇太阳能路灯、太阳能暖气等。另外，目前广泛使用的铝翼式太阳灶，遇到阴天无法使用，如果有一个小型太阳能蓄电瓶，能把太阳灶平日的能量储藏起来，阴雨天再释放出来，那就更实用了。

科技正在深刻改变着高原人民的生活。现在，西藏已成为全国太阳能利用率最高、利用面最大、用途最广的地区之一，太阳能这个永不衰竭的清洁能源，给西藏人民未来的生活装点着新的梦想。

林芝的色彩

林芝的首府八一镇，是西藏和平解放以后在一片河滩地上建设的，也是川藏公路上的重镇，经过几十年的发展，特别是中央召开的第三、第四次西藏工作座谈会以后，在广东、福建两省的支援下，八一镇已经变成了一座颇具特色的现代化城市，挺立在在高山大河之间，风姿绰约。而林芝的新农村建设，在西藏甚至整个大西南地区都小有名气。

不久前，西藏作协在林芝召开全区文学创作笔会，我们前往八一镇附近的加丁嘎村和尼西村采访。刚进加丁嘎村，就见村口一个大大的牌子——沼气村。早在上个世纪，西藏就开始了这种清洁能源的开发，但由于海拔高气温低，一直没能很好地解决发酵问题，现在，随着温室大棚的推广和科技水平的提高，一个太阳能温室—种植—沼气为一体的微型生态工程，使西藏的农牧民借助太阳能，每年节支增收4 000元，节约用柴或煤炭2吨，相当于封山育林3 000平方米。

年过半百的村支书兼村委会主任尼玛接待了我们，多年的历练使他在念起加丁嘎村的致富经时口若悬河，他告诉我们，加丁嘎村致富主要有三个途径，一是利用离城近、交通便利等优势，组织联营运输队跑运输，现在已发展成有4台装载机、1台挖掘机、1台砂石精选机、1台碎石机和25辆翻斗车的村办企业；二是大力推广特色养殖业。村里结合城镇居民需求，积极争取了国际小母牛组织支持的西门塔尔奶牛饲养项目，扩大养殖牦牛、犏牛。全村养殖户有15户，平均每户每天可收入180元。村里还发展了藏猪养殖31户，每户养殖规模达15头。村党支部还投资引进3头优良种畜，建立了牲畜优良品种配种基地；三是推广温室大棚种植技术，村里动员大家学习大棚蔬菜种植技术，鼓励村民自己种植蔬菜。现在全村蔬菜种植面积已占耕地总面积的95%，在230多亩地上建成了460个蔬菜温室大棚。全村50户人家，大都修起了宽敞、漂亮的楼房，村里也实现了通路、通水、通电、通电视、通电话，有的村民家里还装上了宽带，轻轻一点就可以进入外面的世界。

尼玛村长是加丁嘎村最早富裕起来的人，早在改革开放初期，他凭借灵活的头脑，做小生意、跑市场，发了小财，积累了经验。上世纪90年代，他入了党，2002年担任了村支书和村委会主任。他明白一人富不算富的道理，也明白乡亲们对他的希望，他舍出自己的时间，将村里有车的村民和富余劳动力组织起来，成立了运输队和劳务输出队，采取“支部＋协会＋基地＋农户”的经营模式，发动每户种植1至3亩大棚蔬菜，使全村蔬菜种植面积达到了耕地总面积的95%。如今加丁嘎村每年运输收入能够达到180多万元，劳务输出有55万多元，蔬菜种植每户年收入也有7 000元以上。“现在，我在村里从这个变成这个了。”尼玛向我们伸出大拇指，又伸出小拇指，表示他富裕地位的下降。“但我高兴的很，”他接着说，“我一家人在村里修个大房子，路也没有，水也不通，有什么意思。”

在村里采访，我们随意走进村东头的一户人家，这家的女主人叫央宗，正在地里忙碌。央宗30来岁，丈夫是河北的汉族人，有两个孩子，大的在河北上中学，小的在八一镇上小学，丈夫每年大部分的时间都在外面打工，每年有一两万的收入，家里的两个温室大棚都由央宗料理，每年也有近万元的收入。这么大的两个大棚，央宗一个人怎么忙得过来？央宗轻松地说：“农忙的时候可以雇人，这样也比把丈夫拴在家里划算。”林芝农民的算盘，真的拨得很精哦，难怪西藏各地和四川、青海、甘肃、云南等省的参观考察团，都对林芝农牧民观念的转变佩服不已。

来到尼西村，才知道加丁嘎村只是小富。在尼西村的村委会主任土登家里，宽敞明亮的客厅里既有富丽堂皇的藏式桌椅橱柜，又有大尺寸的液晶电视、宽大的真皮沙发，各种现代化家电、家具一应俱全。土登告诉我们：这栋房子 2007 年底建造完成，一楼一底 250 平方米，包括置办家具总共花了 40 多万。而这样的房子在尼西村并不算最好的。

尼西村是一个新村，按照西藏自治区农牧民安居工程建设的总体部署和“生产发展、生活宽裕、乡风文明、村容整洁、管理民主”的要求，2007 年开始整体搬迁到 108 国道旁，并作为林芝地区砖混结构房屋示范村加以建设。刚动员搬迁的时候，阻力很大。尼西村以前坐落在山沟里，远离公路，交通不便，房屋建造没有规划，生活设施非常落后，村民观念也很封闭。石头砌墙、木瓦盖顶，楼上住人、楼下圈畜，是农牧民长期形成的居住生活习惯。“建新村，住楼房，走平坦的路，过现代文明生活，那是城里人的打算，不是我们乡下人的奢想。”有的人说。甚至个别干部也这样讲：“农牧民现在虽然有了钱，但不一定愿意把积蓄都拿出来修房造屋、大兴土木。”作为村主任，土登成为了尼西村最早搬出山沟的人。

“那时候我给大家做工作，可就是没人愿意搬下来。他们顾虑太多，既怕住在公路边不安全，又怕搬了以后政府的补贴落实不了。我们一家人就先搬过来，后来大伙看我这里房子很好，交通又便利，也开始往下搬。政府一栋房子补贴 2.5 万，家具补贴 20%，现在我们村 100% 已经住进砖混结构房子。”土登回忆说。

搬到了公路边，为尼西村发展运输业提供了方便。老尼西村本来就有跑运输的传统，现在运输业成为了尼西村的支柱产业，全村有装载车挖掘机等 30 多辆。同时，尼西村也发展藏鸡、藏香猪为主的养殖业。全村 80 余户家庭，资产超过百万的有 20 来户。我们问土登他家的情况，他挠挠头说他家今年能收入 20 多万，在全村算中等水平。陪同的乡里干部说他保守，没吐实情，他只是憨厚地笑笑，不置可否。走出土登的家里，但见院落宽大清洁，院子里有很大的停车场。越过院落的围墙，能看见高原峡谷美丽的景色。同行的男女开玩笑说：“可惜‘余生也早’，不然一定到这里结婚生子。”

现在已是深秋，远处“万山红遍，层林尽染”，天空碧蓝如洗，火红的枫叶折射灿烂的阳光，似乎在发出一种让人眩晕的独特声响。如果在每年 3、4 月份，桃花盛开的季节，四周高耸的雪山包围着村子，大片的桃花、油菜花、青稞呈现出红、黄、绿不同的颜色，会把田野装扮得五颜六色，气味芬芳。到 6 月，这里又会是杜鹃花的世界，漫山遍野的各色杜鹃尽情绽放，掩映在郁郁葱葱的原始森林中。林芝，真是一个色彩荟萃的大世界。而在这些斑斓里面，最耀眼、最动人的，还是那一片片错落有致的红色、蓝色、绿色屋顶组成的农牧民新村，在林芝灵秀的山川之间，涂抹着温馨和谐文明进步的色彩……

美丽的杜鹃花

大片的油菜花

错落有致的农牧民新村

三四月份桃花盛开

最高的酒吧

进入农历五月底，到了采挖虫草的季节，在我驻村的昌都八宿县林卡乡，县乡决定在几个虫草采挖点设立工作组，协调在采挖期间的各项事宜，由工作队和乡政府共同组成的工作组驻守在色巴山上的夏季牧场。

这片夏季牧场主要是属于普龙村的，虫草采挖一般在周边的山顶草甸上，因为紧邻公路，这里成了虫草的交易中心，有几个村民搭起的帐篷商店在这里卖各类杂物，饮料酒水。

工作组的住所安排在一家老乡夏天放牧时住的小屋和一顶小帐篷里，老乡的小屋两层，下层是牛马圈，上层有两间房，一间是封闭的，平常用来堆放东西，夏季住宿，现在成了帐篷商店的仓库，可以锁上，有十平米左右。另一间小一些，有一面没有砌墙，长年敞开，老乡平时用来堆放柴火，现在就成了工作组的宿舍兼厨房，帐篷搭在小屋北面的坡地上，林卡乡虫草采挖联合工作组就算正式成立了。

我们去乡里买了奶茶、牛奶、鸡蛋、挂面和各类调料，以及西葫芦、大白菜、圆白菜、花菜、青椒等各色菜蔬，还有面粉、大米、糌粑、啤酒等，有煤气灶、柴灶，各类生活物资齐备，比我们驻村的物资还丰富。我们带去了折叠床，把敞开的南墙以及北墙与屋顶之间的缝隙用塑料布封住，就成为十分完美的一座临时住所了。

一般老乡家的厨房

今年天旱，刚上山的时候，已经持续多日没有下雨了，早上山的老乡有的一天只挖一两根虫草，有的干脆颗粒无收，纷纷打点下山去了。据说几个村的老百姓合起来请附近色巴寺的喇嘛求雨，作法的喇嘛说了，让山上那些花花绿绿的人都下去，不然法术不灵。于是，在刚刚热闹几天之后，山里又清静了下来，最后只剩下山上开商店的几个人和我们了。

山里的清景

早上六点来钟，天刚刚放亮，森林里的各种鸟就开始放歌，其中有一种叫声奇特，我们叫它“慢慢鸟”，它的叫声极像藏语的“等一会呀”。“滴子咕呀—”它每天这样长声悠悠地叫我们起床，这时，对面林子里的一群猴子就会到我们驻地下面的农田偷青稞种子吃，那是老乡刚刚种下预备收割后做饲料的。看猴子们嬉戏打闹是每天的第一个节目。然后趁着牲畜们饮水之前先去水塘打来清水，用柏枝生火烧茶。柏树枝烧出的茶饭，散发出一种特殊的香味。就着山顶初起的朝霞，喝着带有柏枝香味的酥油茶，还真是难得的宁静。看东边怒江山脉中云卷云飞，但始终不成气候，成不了降雨，我们就打趣：那喇嘛人工降雨的法力还是有限，如果换上土火箭，效果肯定更明显。

晨曦

上午无事，就看带上山来的电子书，有太阳能灯可供充电，现代技术带给人的方便在这里十分明显。整个上午，除了松涛阵阵，除了远近时时传来的鸟叫，就是山上那些十分巨大黑得发亮的苍蝇在屋子里飞进飞出，嗡嗡的声音愈发显得附近安静。在太阳下看一会儿书，热得受不了，到屋子里的荫凉处呆一会，又太冷，只好一会儿待在外面一会儿钻进屋里，十分忙碌，最后发现将帐篷的软窗都打开，待在里面十分舒服，不用像蚂蚁搬家似的进进出出了。

如果要打电话，从住处沿尚未完工的通往帕东村的公路南行五公里左右，有一处有移动信号的山坡，闲来无事的时候，散步前往，连接与外界的联系。这给人一种奇特的感觉，那就是别人找不着我们，而我们想“抓住”任何人却十分容易。

林海

山上无所事事，就把一起上来的乡长他们轮换下去，临行前夜，商店主人和一些没有下山的老乡点起篝火给他们送行，喝酒、唱歌、跳弦子，山上到处散落的枯枝在空地架上熊熊的点起来，在山下可没有这样的奢侈。老乡拿出自家酿的荞麦酒，醇厚而后劲十足，那天晚上，大家都喝多了。

最后一抹霞光在东边的山尖掠过，大约晚上九点左右就寒气袭人，早早地钻进被窝，在下面牛马吃夜草的铃铛声中，翻几页电子书，或就着太阳能的灯光几个人海阔天空地胡吹一气，是山里的悠然时光。

有一天，常年住在山上夏季牧场普龙村的平措来我们的驻地，邀请我们去他家做客，他家在我们驻地下面一处青稞繁茂的地方，顺山谷下行半小时，到了他家的院落，平措的老婆在柴灶上给我们烙荞麦饼，抹上酥油辣椒面和盐巴，趁热吃非常鲜美，是山上独特的享受。平措家的荞面饼是他老伴在一个安全帽里给我们做的，印象十分深刻。也有偶尔拿来几根虫草给我们看的，看上去黄澄澄、胖乎乎的，十分可爱，我们就买下来用牙刷小心地刷干净，晒在太阳底下，没过几天就变得又黑又瘦，状如牙签了，看来，我们在市场上看到的那些外形很好的虫草，其前身应该更加可爱。

有一天，县领导来看望慰问，带来了极品的昌都雪花啤酒，晚饭过后，几个人收拾折叠桌子，拿出瓜子花生摆起了龙门阵。在朦胧的新月下，在驻地二层的平台上，俯瞰对面的森林和远方的群山，突然冒出一个念头，这真是世界上最高最美的酒吧，和着MP3的音乐声，呷着啤酒，听松涛阵阵，看鸟过无影，是人生不可多得的享受。在喝酒漫谈时我遐想着，如果有一天，旅游的线路延伸到了这里，一定在这个地方开一家酒吧，不要灯光，不安音响，只要这清风明月和阵阵松涛，和看饮者从容平和的心境……

怒江奇石

大江多奇石。工作队周末比较喜欢的休闲活动，就是到江边去找石头。

刚驻村不久，有领导前来看望。这位领导是爱石头的，慰问活动之余，我们领着他去怒江边找石头。那是我们第一次深入到怒江沿岸的深处，结果搅扰了山上岩羊来喝水，那些岩羊就从山上掀石头下来，纷纷扬扬，下面的人赶紧躲在岩石后面，躲过一劫。不过最后也捡到了挺好的石头。村里人好奇，这些工作队没事干，捡这些死沉的东西做什么？

所谓的岩羊，便是长这个样子

开始时，我们没什么见识，见着什么都觉得好，七七八八捡回不少石头，都堆在村委会的院子里，犹如施工工地。后来慢慢有了些心得，能分出些好赖了。有一次队员德庆捡到一块石头，鸡蛋大小，看上去很平常，但在晚上打着手电照，是半透明的，很有些奇特。这事不知怎么就传到了村民的耳朵里，越传越神，说它是颗夜明珠，是村里的保护神阿乌萨瑟的宝贝，被工作队捡走了，沸沸扬扬。阿乌萨瑟是村里很受人敬仰的神山，“阿乌”是老奶奶的意思，把老奶奶的宝贝捡走，那还得了。我们赶紧告诉德庆千万送回去，要不麻烦大了。德庆半开玩笑地说：这是神山奶奶送给我的礼物哩。再一次，丹巴在路边发现一块奇石，状如男性生殖器，体量巨大，他请村里力气最大的群增背回来，后来用棉被包裹了带回拉萨，声称要卖给某个生殖崇拜的教派，不过现在还雄赳赳地在他家院子里立着。

久而久之，发现日多，有酷似海豚的，有状若桃花的，有像一条飞龙盘踞的……至于纹路奇特、质地细密、摸样古怪的，五花八门，村委会成了奇石展览馆。队员达瓦年轻力壮，喜欢捡那些个头大的。他有一次捡到一个纹路丰富石质细腻的，爱不释手，专门泡在水里，一天看好几遍，一日，不小心把洗碗剩下的水倒了进去，第二天看那石头，油迹斑斑，毁了容。达瓦又是用开水烫，又是洗洁精洗，折腾三五日也没有效果，后来他就经常蹲在那里看着那块石头痛惜。

捡石头的风气传染到了临近村子的工作队，但他们都不靠江边，优势不大。一次，叶巴普龙尼巴三个工作队聚会，我们在路边捡到一个，顺手带到聚会地点的小溪边，聚会到半，尼巴的一位队员到小溪边洗手，满脸喜色地回来，神秘地说：有缘呀有缘，你们猜我找到了什么？我们当即明白了几分，讥笑他：有个屁缘，那是我们捡的。不过，与石有缘的话都说了，还是送给了他。

叶巴的怒江石还有一个特点，彩石居多，大概是各种矿物质含量很高的缘故。这里的彩石五色斑斓、图案丰富，极像那些抽象派大师的作品，现代派气味十足。工作队设想，有朝一日，在林卡乡临近318国道的路口搭一个简易的棚子，上书大大的“怒江奇石”几个字，号召村里的年轻人没事别老在村口晒太阳，而是到江边去找石头，找到后就拿到这家“怒江奇石”商店寄卖，让那些躺在江边千百年的石头走出来，去遇那些有缘人，说不定也是一条增加现金收入的路子。

冬天的西藏

拉萨这个词很美，在藏语里，拉萨是“神地”的意思，可以解释为神圣的地方，也可以理解为神仙居住的地方。神仙居住的地方，总会让人产生

冬景

丰富的联想，而在汉语里，拉萨这个词，也似乎有一种超凡脱俗的味道，引人向往。拉萨在西藏，西藏在天上，在人们认为遥远神秘的地方。

都说去西藏最好的季节是每年的七八九三个月。为什么呢？因为那时候的西藏，气候凉爽，氧气充沛，与闷热难当的内地相比，简直是天堂。诚哉斯言。然而，冬季的西藏，却被许多人视为畏途，认为这时的西藏冰雪覆盖，荒芜而缺氧，加上一些个人英雄主义的夸张，使冬季的西藏，遥远地隔绝于多数人的视野，湮没了那超凡脱俗的美丽。

我有幸，在冬季相对的清闲日子里，或下乡，或开会，在西藏的田野上行走。这时的西藏，绵延起伏的群山一览无余，在群山之上，是闪着青光的雪峰，太阳仿佛恒久地照耀着静穆辽阔的原野，天地有大美而不言，让人不由得从心底生出对庄严崇高的敬畏。在郊区的乡间农庄，这时又是另外一番景象。清晨的河谷，由于地面的温度高于周围的雪峰，地气氤氲，大地笼罩在一片祥和的氛围里。庄稼已经收割完了，刚刚翻耕过灌满水保墒的农田里，散发出淡淡的、暖暖的泥土清香，在那些才下完镰，还留着穗粒和麦茬的青稞地里，黑的牦牛、白的羊群，还有从远处飞来越冬的肥硕的斑头雁、高视阔步的黑颈鹤，混杂在一起觅食。旁边农民新建的两层小楼，炊烟袅袅，家家都在忙碌丰收后的活计，看上去，像一幅大师笔下的田园风光图画，让人觉得舒心。在牧区，牧民们从夏季牧场回来了，政府的安居工程让家家户户都住上了定居房，屋子里有电、有水，定居点有商店、有茶馆，虽然每天放牛挤奶要走一截路，但现在家家都有摩托车，牧女们提着挤奶桶，坐在摩托车后座上，嘻嘻哈哈像是去赶集。悠闲的男人们多集中在甜茶馆里，交流各自的新闻，或在台球桌上试试手气。人口集中了，有了充足的饲草储备，战胜冬天常有的雪灾的底气也足多了。

日光照耀形成的明与暗胜景

冬天的西藏，也是节日繁多的季节。且不说藏历新年这样大型的节庆，在冬季的每个月，西藏各地都有许多内地不能想象的节日，比如藏历十月的“白拉日珍节”，也就是西藏的“仙女节”，这一天，拉萨人按习俗要给身边的年轻女子有所“表示”，所以，你得在兜里多揣一点钱，不然单位里的女士们问到你要节日贺礼，可别囊中羞涩。十月里，还有燃灯节，藏语叫“嘎登阿曲”，是西藏历史上著名的宗教改革家宗喀巴大师圆寂的日子，藏历十月二十五的晚上，拉萨的俗家和寺院都在屋顶上点起酥油灯，以纪念这位藏传佛教格鲁派的创始人，星星点点的灯花，在拉萨月高星稀的夜空下，显得悠远安详。这个季节，你在西藏旅行，

藏历新年时的祭典

如果在路上突然碰到披红挂绿的马队，或者哪个村庄又在敲锣打鼓，热闹

非凡，你千万不用惊奇，因为他们肯定是在欢度当地的一个什么节日。你如果有兴趣加入进去，立刻会受到伴之以哈达、浓烈的头道青稞酒以及奶渣、风干肉的热情接待，不过你得当心，头道青稞酒是很醉人的，醉了还不容易醒过来。

在拉萨城北郊的拉鲁湿地和城南的拉萨河边，到处是入秋后飞来越冬的黄鸭、赤麻鸭、斑头雁。每天清晨天还没亮，天空就会传来阵阵辽远的鸣叫，那是早起的候鸟在拉鲁湿地和拉萨河谷来往。早锻炼的时候，来到川藏青藏公路纪念碑附近的拉萨河边，可以看见上百的野鸭和水鸟，有的正飞掠碧波粼粼的河面，有的在河滩上闭目养神，有的在河面随波逐流。当第一缕阳光照在西郊的根培乌孜山顶上，它们成群结队凌空而起，飞向在朝阳辉映中拉萨河对岸新建的火车站，飞过拉萨河上飞架的柳梧大桥。城市的现代化进程，有这些可爱的生灵伴随，就少了许多钢筋水泥的冰冷，增添了一些天人共谐的温馨。

河边的水鸟

有人说，冬天的西藏，真的是这么美丽吗？山上时常出现的漫天风雪，河谷里弥漫的风沙，还有干燥缺氧的气候……诚然，冬天的西藏有它严酷的一面，这种严酷，足以让许多人望而却步。但是，如果你有正常的体能，如果你对自己有足够的信心，请来感受一下冬天的拉萨吧，你会发现一个让人惊奇的世界，一个更加诱人的圣地：雄浑、圣洁、静谧、和美。

如果有一些闲暇，还可以漫步在八廓街的转经道上，看着那些冬闲时节携家带口来拉萨朝圣购物的农牧民，他们虔诚而好奇，脸上洋溢着幸福，这时你会发现，其实幸福离你很近。

冬天的西藏，冬天的拉萨，有风雪的日子只是短暂的一两天。在白天和煦的日照下，田野静静吸纳着天地间的养分，使一切都罩上一层不紧不慢的从容，显得内敛而平和。我想，藏族人从容平和的心态，也许是因为西藏冬天的滋养吧。

曲美辛古

知道曲美辛古这个地方，是在 2004 年。这一年，西藏举行了西藏人民抗击英国侵略战争 100 周年纪念活动，西藏的艺术家们在曲美辛古为此次活动创作了大型纪念碑，以悼念在那次战争中壮烈殉国的英烈们。

曲美辛古是一片美丽的高山草原，在这片草原上有一眼不冻的泉眼，周边的牧民常常赶着牲畜到这里饮水，曲美辛古的名字也由此而来。我们去时已是深秋，但这片草原依然绿草茵茵，星星点点的野花点缀其中，如大地上铺设的五彩地毯。然而，100 年前，这里却上演过一场惨绝人寰的悲剧。

1903 年，臭名昭著的英国老牌侵略者荣赫鹏率领一支由 3 000 英国士兵和其他雇佣军组成的万人军队，对我国西藏发起了第二次大规模武装侵略。1904 年初，入侵者抵达了位于现在亚东县堆那乡的曲美辛古草原。由于得知在曲美辛古有藏军和民兵布防，英国人不敢贸然行动，于是施展“文明人”的阴谋，谎称要跟藏军谈判。他们一边调集机枪大炮，一边高价收买锡金背夫，装扮成牧人刺探我方的军情。在我方谈判代表离开阵地与英军谈判时，英军已偷偷向我方阵地迂回包抄，完成了对我方阵地的包围。

还是那个荣赫鹏——他的英国名字叫 Younghusband，直接翻译是“小丈夫”的意思，也可以翻译成杨汉斯本——假惺惺地声称，既然要谈判，为了表示诚意，我军先把子弹退出枪膛，也希望贵军将火枪的点火绳熄灭！藏军的指挥官下令将火枪的点火绳悉数熄灭，而英军已将子弹悄悄推进枪膛。谈判进行之中，英军开始强迫藏军缴械，一名英军在抢夺藏军团长拉丁色随员的枪时，

抗英时的藏军装束

被拉丁色击毙，英方下令开火，而待命的藏军却因枪械落后无法打响火绳枪……

在英军机枪和大炮密集的扫射和轰击下，一场大屠杀就这样开始了。站在远处的拉丁色的警卫占堆看见团长中弹倒地，大声吼道："我们的人被杀了！"拔出腰刀冲进敌阵，当场杀死英国兵十多人，自己也壮烈牺牲。此时，整个谈判场上和我方阵地已是尸骸遍野，鲜血满地。在侵略者的屠杀面前，藏族军民仍然顽强抵抗，甚至徒手扑向英军进行肉搏，但终因装备极端落后而失败，曲美辛古失于敌手。在这场大屠杀中，藏族军民1 400多人牺牲，仅380人生还。

曲美辛古抗英纪念碑

曲美辛古，这片宁静安详的草原，因为侵略者的残暴和无耻布满哀伤。100年过去了，曲美辛古山河依然，那些侵染过烈士鲜血的青草和野花，在轻风中无声地述说着那段历史。尽管这场战斗藏族军民失败了，但西藏人民用生命和鲜血抵抗外辱的不屈精神，已作为中国人民反抗帝国主义侵略光辉业绩的一部分永载史册。

我们回顾历史，不只是为了索讨，更是为了记忆。今天，某些西方人士动辄挂在嘴边的"西藏独立论"，正是那场战争后英国留给西藏的祸患，在那些人士聒噪着"人权""民主"的时候，他们是否知道那位"杨汉斯本"在曲美辛古导演的惨剧?

西藏的渔和鱼

渔者，打鱼也。在西藏说渔，一般人不太理解，因为习惯上认为藏族不吃鱼，所以也就没有打鱼这门功课了。然而，拉萨有人专门做打鱼这门功课，而且做出了名堂。这里说的不是内地来拉萨讨生活的那些打鱼者，而是地道的土生土长的藏族，所以，藏族也有这样的谚语，说：鱼是水中的泡沫，谁都可以吃，喇嘛我也要。又说：春天的鱼皇帝吃不上，夏秋的

车到俊巴村，村边看到一位正绾线的婆婆

鱼乞丐也不吃。

出拉萨往西南50公里，去贡嘎机场的路上，拉萨河的南岸，有个村子叫俊巴村，过去不通公路，人们进出都坐牛皮船。这个村子有80多户人家，大都靠打鱼为生，生活因之小富。“俊巴”这个词，是从著名的藏戏《洛桑王子》中来，是抓捕的意思。现在，拉萨的闲人，多有呼朋唤友寻迹而往的。仲春一日，几个摄影发烧友，结伴前去，有一个混迹其中的，也不拿相机，东张西望，采风问俗，终于有所发现，知道西藏不仅有吃鱼的藏族人，还有打鱼的藏族人。我等若有所得，欣然记之，以示未知者。

村长家的院子

俊巴村依山傍水，杨柳依依，三五村人出没田间，鸡鸣狗叫，水鸟低飞，很有些世外桃源的味道。因为拉萨到贡嘎机场的“两桥一隧”公路改造工程，俊巴村也通了简易公路，几个人驾车从拉萨前往此处，不过一个小时。村里的房子几乎都是这一两年新盖的，青石为墙，辅之大院，足显殷实。俊巴村隶属拉萨曲水县曲水镇，我们去时，曲水县有朋友前来接待，直接带到了村长家里，看村长家做鱼。

这里的鱼有许多种，什么棒棒鱼、尖嘴鱼、白皮鱼、花鱼、藏鲶鱼，等等，多依长相而命名，很没有想象力，可见这里对外开放不久，鱼名的翻译还有些问题。这些鱼有的油炸，有的盐水煮好捞出凉上，有的加以调料慢炖，最有特点的，是制作鱼酱。把鲜肥的大鱼，三两斤重，剥去厚皮，连骨带肉，在砧板上细细剁过了，再从旁边的菜畦里拔一把香葱，洗完后也细细地剁在里面，拌以咸盐、辣椒，色彩红艳，很是诱人，不知吃起来是什么味道。

洗鱼

油炸鱼

把盐水煮好的鱼放凉

剁用来做鱼酱的鱼

做辣椒酱

第二道参观步骤是看牛皮船，就是用牛皮做成的船。蜿蜒到了一家，进得院子，眼前一亮：院墙上一排站着几只藏鸡，一只公鸡峨冠彩装，几只母鸡小巧修长，立在那里，如凤如凰，见有人来，扑扑飞下，不知所踪。几个拿相机的，看得目瞪口呆，却忘了留照。事后一个人发誓说，一定要买一大群公鸡，照个够，不知他是不是想照公鸡打架？

藏 鸡

话收回来，几个人进了院子，就有一只牛皮船立在那里。这位干瘦老人叫巴桑仁钦，是这只牛皮船的制作者，老人制作这只船用了5张牛皮，中间以手腕粗细圆木扎绑，木架支撑，把牛皮缝制、剪裁，裹实牛皮而成，工期两天。船形前小后大，是专门打鱼用的，据说可以坐十一二个人，如果是用于载人载物的，要用8张左右的牛皮，做好后可以坐二三十人。这薄薄的一张牛皮，有这样的功夫？几个人上前打量，以手扣之，咚咚作响，不像船，倒像一只大鼓。老人看几个人不信，说：还可以运手扶拖拉机呢。说完兴致大起，背起牛皮船要跳牛皮船舞，只见他以肩和腰负桨，桨扣船舷，且歌且舞。别看老人干瘦，牛皮船在他身上，犹如一只风筝，且合着节拍，咚咚有声，既轻盈又凝重，别有一番趣味。仔细一瞧，咚咚之声，原来是出自腰部的船桨击扣船舷。俊巴村的牛皮船舞，一般在每年秋天望果节的时候最常见。到时全村聚会，饮酒作乐，年轻力壮者六七人，身背牛皮船，排成

牛皮船

制作牛皮船的巴桑仁钦老人

一排，或纵或横，一人领唱，全体和歌而舞。其时，歌者悠悠，舞者咚咚，气势可知。不过此时，老人歌舞了一会就大叫受不了，原来老人背负的这只牛皮船尚未干透，分量很重，而一只干透的牛皮船也就 30 公斤左右。

老人一人背船回家

又到一家，照例的围墙院子，是老人的小儿子格桑达瓦家，格桑达瓦和五六个青年男子组成一支打鱼小分队，刚从仁布县打鱼回来，今天小分队聚会，休整一天又要出门了。村里的年轻人现在多给一个内地老板打工，吃住行等一切费用均由老板包干，老板每次把他们送到打鱼地点，然后按一斤一块五的价格从他们手上收购捕到的鱼，去年他们几个打了一万多斤，纯收入一人两千多元。据说拉萨鱼现在在内地名气大得很，老板把这些鱼空运到内地，每斤可卖到几十元。高原水冷，鱼长得慢，现在拉萨河和雅鲁藏布江的鱼都越来越少，他们的打鱼范围也越来越大，甚至远到了阿里。几人之一的听了，便有隔世之感，说十几年前他在拉萨，鱼多得很，没想到今天成了稀缺之物。

那时候拉萨的鱼多到什么程度呢，最便宜时卖到三角钱一斤，当然，那是快收市的时候。所以，当时拉萨流行一句话：富人吃菜，普通人吃肉，穷人吃鱼。一个人穷到天天吃鱼的地步，是一件挺让人想不通的事情。

拉萨鱼多的主要原因是，过去藏族多数人不吃鱼，吃鱼的藏族也分季节，正如上面谚语所唱的那样。多数藏族不吃鱼，倒不是因为羡慕鱼儿在水中的自由自在，尊重它们的生活方式，而是觉得它们神情严肃地游来游去，一定在执行什么关系重大的任务。过去西藏还时兴水葬，鱼儿们的身份和鹰鹫有点近似，是神的使者。所以，不吃鱼是可以理解的。

解放军进西藏的时候，也明令禁止吃鱼。那时候高原上的鱼多得随便拿根荆棘往水里一插，就能钓上鱼来，但是不准吃。鱼儿们得以休养生息，茁壮成长，这吸引了内地的很多老百姓到西藏捕鱼，一网下去，多得他们目瞪口呆，于是就有了三角钱一斤的鱼吃。

内地来的渔者一般在湖泊中打鱼，湖里的鱼肉厚，皮也厚，不好烹饪，但做好的话味道极鲜美，一般以红烧为主，有一种叫“开斯”鱼的，“开斯”者，kiss也。鱼吻大而厚，像非洲美人，吃起来也蛮有味道。也有好吃者，看见那些晶莹的鱼子，不忍丢弃，烹炒而食，不料腹痛如刀绞，送到医院，诊断为食物中毒，原来这“开斯”鱼还跟河豚近似，看来，夏秋的鱼乞丐也不吃，这话也有些道理。

估计俊巴村的渔者那时候还在自给自足，没有赶上那种好事，不然，想想当年，再看看今天这样的收成，鼻子给气歪了。

院子里的鱼干

说到吃鱼，曲水县的朋友拍拍脑门道：快走快走，村长家的鱼宴该做好了。一行人又往村长家去，一路琢磨着那鱼酱的味道。到了村长家，果然鱼宴已开，锅碗瓢盆，装满刚才炸煮炖剁的各色鱼类，色彩斑斓地摆了一桌。众人依次落座，推杯换盏。河水炖活鱼，味道果然不一般。其中有得吃鱼酱真谛者，把那鱼酱舀到自己的手心里一撮，另一手捉一坨糌粑，一口糌粑一口鱼酱，津津有味，旁人看了，也都照葫芦画瓢，依样办理，一桌就听见吸溜吸溜的嘬鱼酱声音。

丰盛的渔家盛宴

鱼酱和糌粑

席间有人说，西藏现在最贵的鱼是巴河鱼，就在去林芝巴松湖的路上，有个巴河镇，那里的老百姓因此致富，人均年收入超过万元，成了西藏第一个万元镇，鱼卖200元一斤。有人听了说到：那算什么，亚东鱼卖到400元一斤哩。在座的便要听详细，那位说，不久前去亚东出差，知道亚东产一种鱼，是从印度洋洄游过来，行传宗接代之事，被人摁住出售，味道极其鲜美又产量稀缺。这种鱼不仅好吃，还好看，身上布满高贵的花纹，又叫地图鱼，所以昂贵，有钱未必能买着，那位是搞美术出身，好吃倒在其次，好看却很诱惑他，于是说：能不能找一条看看，我们不吃，就照照相。结果喜出望外，不仅看看，还能尝尝。虽无法“大块朵颐”，但至少浅尝了一番。

亚东鱼

吃着鱼，说着鱼价，感慨今非昔比。过去拉萨鱼虽多，但品种较为单一，多属那种学名裸鲤的，就是今天桌上的这类。但是，随着内地吃喝之风西渐，拉萨餐桌上的鱼类渐渐丰富起来，市场上的鱼类丰富起来，拉萨河的鱼类也丰富起来了。

对拉萨河鱼类的丰富，恐怕是那些垂钓爱好者体会最深了。适逢周末，天高气爽，朋友三四，携渔具及炊具，觅一僻静之处，投食下杆，凝神屏气，忽而有人叫道：咬了咬了。起杆一看，怎么是只王八？就纳闷：拉萨河什么时候有王八了，也没带烹它的佐料呀。再钓，红鳟鱼，有意思，可以生吃。再钓下去，五花八门，拉萨河变了水族馆。拉萨河怎么会有这么多的鱼类，莫非全球气温增高鱼儿们都跑拉萨凉快来啦？几个人兴奋之余，就要寻个究竟，溯流而上或沿河而下，结果除了看到与他们一样莫名其妙的垂钓者，竟找不出个所以然。

直到有一日早晨，垂钓者之一在河边晨练，见几个老头老太太，提着小红塑料桶，颠颠地从市场那边过来，往河里倒东西，恍然大悟，原来拉萨河里的五花八门，全出自他们之手！

这些老头老太太，当然不会上海鲜大酒楼的餐桌，所以并不认识这些昂贵食物，只是在市场上看见这些可怜的小家伙伸着小脑袋东瞅西看，全不知大祸临头，便心生怜悯，从小贩手上买下来，拿到河边放生去了。间或还有做生意的康巴人，财大气粗，到了市场，专拣那些要死不活的没买主的买，说是这样功德更多，把正发愁的鱼贩子，喜得眉开眼笑。

拉萨河的鱼类就是这样多起来的。不过，放生的速度跟人们胃口增长的速度比，实在是有限得紧。返程时，车行拉萨河边，见河水淼淼，鱼影渺渺，一人长叹一声道：格桑达瓦他们的打鱼队，恐怕要到更远的地方去了。

世界屋脊上的“五彩路”

在中国北纬30度左右的地方，有一条连接我国东部西部，跨度极大的公路，它就是东起于滨海的上海，终于西部边境樟木的318国道。翻开地图，我们可以看到，从美丽的国际大都市上海向西，太湖、西湖、黄山、庐山、长江三峡、峨眉山、乐山大佛、海螺沟、贡嘎山、九寨沟、稻城亚丁、雅鲁藏布大峡谷、拉萨、羊卓雍措、珠穆朗玛峰……这些在全世界都知名度极高的景观，竟全部都奇迹般的分布在318国道沿线。如果把这些景观比作一颗颗镶嵌在中国大地上的璀璨明珠，318国道就像一根金色丝线，把它们一一串联起来，成为世界上最美丽的项链。

云间看高原之路

318国道全长5476公里，沿线自然景观类型多样，异彩纷呈，世所罕见，从海平面的长江口到地球之巅的珠穆朗玛；从中国地势的第一阶梯到第三阶梯；从盆地到平原、高原；从丘陵到低山、中山、高山、极高山；从淡水湖到咸水湖；从雨林到灌丛、草原、荒漠……在这条路上，优美壮丽同在，幽旷景观并存。同时，这条路还是人文的巡礼和历史的隧道：从河姆渡7千年前的水稻到昌都卡诺遗址的小米；从周庄的老屋到甘孜丹巴的碉楼；从唐蕃古道到藏彝走廊……风物云集，文化多元。这真是一条东西合璧、交相辉映的大道，从审美的角度，它是一条带状的世界级景

高原冰川

观长廊，作为培育爱国主义和民族团结的教材，它有非常丰富的内涵。

从亚热带的鸟语花香，到高原冰川的苍茫壮阔，神秘的北纬 30 度，使 318 国道汇集了各类奇迹奇景，是中国乃至世界的一条美景高度集中的景观长廊。

作为 318 国道的重要组成部分，川藏公路以里程之长，跨越高山大河之众，修筑及维护之艰享誉世界。川藏公路迂回前进在高山巨壑和大河谷地之间，穿过莽莽的原始森林和无数险峻地段。沿途风景秀丽，风土人情独特。川藏公路建成通车以后，为西藏经济发展、社会稳定，巩固祖国西南边防发挥了重要作用，有力地促进了藏东地区社会和经济的发展。这条路是西藏连结祖国内地和西南各省区的纽带，也是藏东地区的经济命脉。

险峻曲折的川藏公路

在特殊的自然环境和地理条件背景下，公路交通，一直是西藏全面建设小康社会总体目标的“致富路”，推动经济社会发展的“进步路”，构建社会主义和谐社会和西藏实现长治久安的“稳定路”，巩固祖国西南边陲的“国防路”。半个世纪以来，西藏的物资主要靠内地运进，公路运输是西藏最主要的运输方式，在青藏铁路通车之前，全区 95%的进出藏物资、85%以上的进出藏人员都是通过公路运输完成的。

公路在很长时间里是入藏的主要方式

1951 年和平解放前的西藏，交通极端落后，在 120 万平方公里的土地上，没有一条正式的公路、一座永久性桥梁。运输全靠人背畜驮，在过去的岁月里，不知有多少农奴和奴隶为三大领主服乌拉差役而死在漫长的道路上。当时，由内地运往西藏的茶叶、瓷器、绸缎和日用品等物资，都要从四川、青海和云南等地方，通过崎岖的山路用牦牛、骆驼驮运，从四川的雅安或者青海西宁到拉萨往返一次需一年之久。在大江大河上，只有一些溜索桥、牛皮船和独木舟，仅在个别渡口才有为数极少的较大的马头平底船。

1950 年，人民解放军进军西藏时，中央发出了“一面进军、一面修路”的指示，10 多万军民在异常艰苦的条件下，劈开横断山脉，战胜怒江天险，跨越昆仑雪原，历时 5 个春秋，在平均海拔 4000 米以上的世界屋脊上，在人们常说的“生命禁区”里，修通了横跨东西的川藏公路和纵贯南北的青藏公路，总长达 4360 余公里。1954 年 12 月 25 日，在拉萨举行了盛大的通车典礼，从此结束了“唐蕃古道人背畜驮，栈道溜索独木行舟”的历史，开辟了西藏交通的新纪元。

通向西藏的大动脉虽然打通了，但由于当时整个社会生产力水平低下，加上西藏地理条件特殊，滑坡、塌方、泥石流、冰雪害、沙害、翻浆等自然灾害极为频繁，“晴天一身土，雨天一身泥，晴通雨阻，雪天常断”，成了西藏公路交通的真实写照，同时，由于高山峡谷、地质构造复杂、有效施工期与雨季重合等因素的影响，给建设管理、施工组织和灾害治理带来极大困难。西藏的公路建设，还是困难重重。

然而，在中央关心和全国人民支援下，中国共产党领导西藏人民克服

地形极端复杂的西藏墨脱县——中国最后一个通公路的县

重重艰难险阻，创造了天堑变通途的人间奇迹。从和平解放起，国家先后投入数百亿元巨额资金，抽调一批批公路工程技术人员，组织大量干部和劳动力，相继修建了由新疆叶城至西藏阿里首府狮泉河的新藏公路，云南香格里拉到西藏的滇藏公路，中国拉萨至尼泊尔首都加德满都的中尼公路。目前，一个以川藏、青藏、新藏、滇藏、中尼 5 条国道为主干，以拉萨为中心、辐射全区的“三纵两横、六个通道”的公路交通网络构架初步形成，

四通八达的公路网让农牧区许多地方的农产品走出了高原，走向世界，基本解决了西藏同祖国内地和西藏各地之间的经济、文化交流的瓶颈，被老百姓称为青藏高原上的“五彩路”和“幸福路”。

“三纵两横”是将目前西藏已经基本存在的公路网，提高它们的公路等级和抗灾能力，使这些公路完整地连接起来；“六个口岸通道”分别是察隅、错那、亚东、樟木、普兰、什布奇对外口岸。“三纵两横”覆盖了西藏主要经济区，既沟通着西藏与新疆、青海、四川、云南的联系，又通过六个口岸，建立起与缅甸、印度、不丹、尼泊尔、克什米尔等国家和地区的通道。这是西藏通往南亚、中亚的最近通道，也是我国西部对南亚、中亚开辟贸易最捷近的通道。

目前，318 国道西藏境内 80% 以上的路段实现了黑色化，藏东南这条运输大动脉的通行条件得到进一步改善；青藏公路格尔木至拉萨全线建成了标准二级油路，基本实现朝发夕至；拉萨到阿里所需时间由原来的 5 天缩短到现在的 2 天；“区门第一路”的贡嘎机场“两桥一隧”全面贯通后，行程不超 1 小时，就可到达拉萨。公路交通的快速发展，基本适应了青藏铁路运营、林芝机场通航和乃堆拉边贸开放的新形势，为大力发展旅游业创造了良好条件。

现在，骑行 318 国道成了都市年轻人的一大时尚。去年，我在 318 国道边上的昌都八宿县驻村，每每在 318 国道上行走的时候，就能看见成群结队的青年男女在高原的山道上奋力地行进，他们一般在专业的网站上约好，从成都出发，以每天 100 公里左右的速度向高原进发，终点站有的在拉萨，有的在珠峰，更有骑行到阿里的。看见这些年轻的身影，不由得心生羡慕。许多人都对现在的“八零后”“九零后”乃至“壹零后”存有些许偏见，认为他们在优越的环境里成长，少了些吃苦精神和合作能力，但看见这些生气勃勃的驴友，那些偏见都随风而去了。前不久看见网上有评论把骑行 318 国道说成今年的几大俗气之一，我觉得这样的评论难免有些促狭了。

交通发展助推西藏各地发展

公路建设的最终目的，就是为人的需要首先是生存的需要服务的，西藏的许多农牧民定居点地处偏僻，为了有效改善农牧民的生活条件，西藏的道路都设计得尽量靠近沿途的居民集聚地，同时在建设和养护中充分调动农牧民群众的积极性，主动吸纳当地农牧民群众参加农村公路建设和养护，如土石方工程施工和自采材料的采备、运输以及养护工作等都由沿线农牧民群众承担，既增加农牧民收入，又扶持和培育了一批以农牧民为主体的农村公路建设养护队伍，实现了“把路修到家门口，富到家门口”。

西藏公路交通的建设带动和促进了各行业的发展，它为西藏的改革开放和经济社会的发展做出了重大贡献。它让西藏了解了世界，也让世界了解了西藏。

在拉萨市区，青藏公路和川藏公路汇合处，屹立着一块建成于1984年的“川藏青藏公路通车纪念碑”。碑文写道：“世界屋脊，地域辽阔，高寒缺氧、雪山阻隔。川藏、青藏两路，跨怒江攀横断，渡通天越昆仑，江河湍急，峰岳险峻。11万藏汉军民筑路员工，含辛茹苦，餐风卧雪，齐心协力征服重重天险。挖填土石3 000多万立方，造桥400余座。五易寒暑，艰苦卓绝。3 000志士英勇捐躯，一代业绩永垂青史。”60多年前，川藏、青藏公路跨越藏东茂密的原始森林和茫茫的羌塘草原，分别由东往西、由北向南进入西藏，将雪域高原和祖国内地紧紧联系在了一起，它们像一双坚强有力的翅膀，托起了“世界屋脊”的腾飞梦想。半个世纪以后的今天，西藏基本建成了航空、铁路、公路立体交通网络，这个网络，由千万条吉祥的哈达组成，是祖国内地对西藏的祝福，是西藏人民的“彩虹”和“金桥”。

川藏青藏公路纪念碑

天　路

2009年深秋，我从拉萨上车，乘T166次车到西宁，在青藏铁路建设期间，曾随着采访团到过一些建设现场，但真正乘坐通行的列车，还是第一次，一路按耐不住内心的激动，久久伫立在车窗前，在列车广播里传出的歌曲《天路》的旋律里，看眼前景物掠过，不知不觉中，过那曲和安多，很快进入了青海地界。

高原巨龙

青藏铁路，这条纵贯青藏高原的钢铁巨龙，它的建成通车实现了中华民族一个世纪的伟大穿越。

青藏铁路途中的一段铁路桥

早在1919年，中国革命的先行者孙中山先生就在《建国方略》中规划了西北铁路、高原铁路等铁路干线，提出了建设拉萨至兰州、拉萨至成都、拉萨至于田等铁路的宏伟设想。

中华人民共和国成立后，50年代初，有关部门就着手研究进藏铁路建设问题。50年代中期，铁道部第一设计院集中力量勘测设计了兰青铁路和青藏铁路。1958年，在甘青铁路开工建设的同时，青藏铁路的建设也拉开了序幕，到1979年9月，铁轨铺到了戈壁新城——青海省的格尔木，完成了青藏铁路一期工程建设。

2001年2月8日，随着国家经济实力的加强和科学技术的迅猛发展，党中央、国务院做出重大战略决策，批准建设青藏铁路二期工程，开始了人类铁路建设史上的壮举。投资总额330多亿元，建设周期5年的青藏铁路二期工程，从格尔木到拉萨，全长1142公里，是世界上最长的高原铁路。它穿越戈壁荒漠、沼泽湿地和雪山草原，经过海拔4000米以上的地段有960公里，最高海拔达到5072米，穿越连续多年的冻土区550公里，所经过的地方，大部分属于生命禁区和无人区。这是一条人类交通建设史上前无古人的高海拔铁道。

多年冻土、生态脆弱和高寒缺氧，是青藏铁路建设必须突破的三大世界性难题，挑战着青藏铁路建设者的身体、智慧和心理的极限。

青藏高原高海拔地区的土壤和岩层常年都处于冻结状态，只是随着夏季的到来，地表表层会有一定程度的融化，但一到冬季，它又会重新开始冻结。冻土的特性对铁路的修建有非常大的影响。冻土在冻结的情况下就像冰一样，随着温度的降低，体积发生膨胀，这样，建好的路基和钢轨就会被体积膨胀的冻土顶起来。到了夏天，融化了的冻土体积缩小，路基和钢轨就会因此而下沉。冻土的反复冻结、融化在铁路的路基施工中交替出现，就会造成路基的翻浆、冒泥，整个钢轨出现高低不平的现象，对正常通车造成巨大影响。过去建设高原公路，碰到的最让人头疼的问题就是冻土，头一年铺得好好的路面，过一个冬天就变得泥泞难行。

高原冻土

行走在青藏线上，青藏铁路路基两旁插着的一排排碗口粗细、间隔 2 米的铁棒，这就是为了解决冻土问题所采用的全新技术——热棒。热棒就像一个“永动”的天然制冷机，它利用一种介质，在不用外界能源的情况下，冬季时靠地下的温度和空气中的温度差，不断地将冻土层中的热量排出。而且，热棒技术并非依靠氟利昂制冷，对空气没有污染。在冻土地带施工中还采取了以桥代路、片石通风路基、通风管路基、保温板、抛石路基等科学方法和措施。

青藏高原，被称作“世界上最后一片净土”，这里生态系统独特，珍稀物种丰富，自然景观多样。为了最大限度地减少对生态环境的影响，青藏铁路建设者们殚精竭虑、因地制宜，创造了许多我国铁路建设史上的第一。比如，在海拔 4 500 米以上地区成功开展了大面积草皮移植和种草，现在，唐古拉山以南的安多至拉萨间已形成了 300 多公里的“绿色长廊”。在铁路选线时，尽可能避开野生动物活动区域，例如西藏段工程就绕避了林周县彭波黑颈鹤保护区。而对于必须经过野生动物活动区域的地段，则根据不同动物的分布习性和迁徙规律，设置了桥下、隧顶和路基缓坡平交等三种形式的野生动物通道 33 处。青藏铁路建设中环保投入达 15.4 亿元，占项目总投资的 4.6%。

青藏铁路海拔 4 000 米以上的地段占全线 85% 左右，年平均气温在零摄氏度以下，大部分地区空气含氧量只有内地的 50%~60%。高寒缺氧，风沙肆虐，紫外线强，自然疫源多，被称为人类生存的“禁区”。怎样在严酷的高原环境下确保建设者生命安全，也是一项世界性难题。青藏铁路创造了高原医学的多项第一：在海拔 4905 米的风火山隧道创造性地实现了弥漫式供氧，使洞内氧气含量达到 80% 左右，相当于使工地海拔下降了 1 000 多米。在海拔 4 500 米至 5 100 米的高度运用高压氧舱，填补了高原医学空白。青藏铁路建设 5 年的时间，先后十几万人上下青藏高原，奋战在被称为“世界第三极”的生命禁区，却无一例因高原脑水肿、高原肺水肿等高原病而死亡的事故。许多外国专家都不禁赞叹：“这是青藏铁路建设中，中国人所创造的又一个奇迹。”另外，随着改革开放后我国综合国力的提高，科技的不断进步，施工中大量采用科技含量高的大型机械作业，从而减少了人力施工，大大降低了因高寒缺氧给施工人员带来生命威胁的可能。

青藏铁路从而也创下世界铁路建设史上无数个世界之最。

风火山隧道，世界上最高的高原冻土隧道，它全长 1338 米，铁轨面的海拔标高是 4 905 米，氧气含量只有内地平原地区的一半，全部位于永久性高原冻土层，是目前世界上海拔最高、横跨冻土区最长的高原永久冻土隧道，有“世界第一高隧”之称。

昆仑山隧道，世界上最长的高原冻土隧道。海拔 4 648 米，全长 1 686 米，这里洞口六月飞雪，一天有四季，高寒缺氧，最低气温达到零下 30 多摄氏度。

唐古拉车站，位于海拔 5 068 米的唐古拉山垭口多年冻土区，占地面积约 7.7 万平方米，设计为三股道，这里是世界上海拔最高的火车站。

青藏铁路线上最长的“以桥代路”工程——清水河特大桥。它位于平均海拔 4 600 米以上的可可西里国家级自然保护区核心地带，全长 11.7 公里。这里高寒缺氧，植被稀少，生态脆弱，又处于高原多年冻土地段，冻土厚度达 20 多米，含冰量高。为了解决高原冻土区施工难题和保护好自然保护区，在神秘而美丽的可可西里无人区，飞架起了这座美丽的“彩虹桥”。

青藏铁路第一高桥——三岔河大桥。从昆仑山北缘的纳赤台上行 15 公里，一座雄伟的大桥拔地而起，像巨人的双臂托起飞驰而来的列车。这座大桥就是青藏铁路沿线最高的大桥——三岔河大桥。它全长 690.19 米，桥面距谷底 54.1 米，共有 20 个桥墩。

长江源头第一桥——长江源特大桥，它全长 1 389.6 米，共有 42 孔，跨过大约 1 300 米的宽阔河床。桥址所在的沱沱河流域是青藏高原多年冻土地区腹部的大河融区，兼有冻土和融区的双重特性。

青藏铁路的列车，是目前在世界高原铁路冻土地段通行最快的列车。列车在冻土地段行驶的时速达到 100 公里以上。

2007 年 7 月 1 日，经过近 5 年紧张艰苦施工的青藏铁路全线通车，100 多年前的 1905 年，中国人自己设计、施工建设的第一条全长 201.2 公里的北京至张家口铁路，用了 5 年时间。如今，建成海拔高度是京张铁路七八倍，长度是京张铁路 5 倍多，要突破三大世界性难题的青藏铁路格尔木至拉萨段，同样用了 5 年时间。这是我国铁路建设者们利用 100 年的经验、技术进步和奋斗精神创造出来的硕果，是对世界铁路建设的一大贡献。

青藏铁路的修建，化天堑为通途，结束了西藏没有铁路的历史。青藏铁路是中国在世界屋脊上创造的世界奇迹，实现了西藏各族人民追求美好幸福生活的千年期盼，是西藏各族人民的经济线、团结线、生态线、幸福线，是中国共产党和政府坚持全心全意为人民服务、造福西藏各族人民的又一座不朽的丰碑。

高原净土

世代生活在青藏高原的人们喜欢说，他们生活的地方是一片净土。确实，今天的西藏，依然拥有世界上最纯净的空气和最蔚蓝的天空，是除了南极和北极之外地球上最洁净的环境本底区，这里大气环境干净透明，各类污染物质的含量与北极地区相当，污染物的种类少，浓度低。在西藏人口最为稠密的拉萨，大气中 $PM_{2.5}$ 的年均质量浓度为 14.58 微克 / 立方米，远优于国家环境空气质量标准的规定。

广袤而纯净的雪域高原

西藏幅员辽阔，自然条件复杂，气候多样，具有从热带到寒带的各类植被类型，野生动物资源也十分丰富，是我国生物种类最为富集的地区之一。西藏目前已知的高等植物有6 400多种，其中国家保护的珍稀植物有40余种。药用植物 1 000 多种，占全国总量的三分之一。主要林木有云杉、冷杉等几百种，其中喜马拉雅冷杉为西藏所特有。林区还有丰富的菌类植物。特殊的自然地理环境，为高原珍禽异兽提供了栖息繁衍的理想场所，现在，西藏有 125 种动物被列为国家一、二级重点保护动物，约占全国重点保护动物种类的 36%。其中藏羚羊、野牦牛、藏雪鸡等是青藏高原特有的动物，扭角羚羊是国际上公认的最稀有的动物之一，黑颈鹤被列为国际濒危物种。

目前，西藏共建成各类自然保护区 47 个，其中国家级 9 个、自治区级 14 个、地县级 24 个，自然保护区面积 41 万多平方公里，占全区土地面积的三分之一强，在全国居于首位。自然保护区是指对一定面积的陆地或者水体的自然环境和自然资源进行特殊保护和管理的区域。区域内严禁任何直接利用自然资源，严禁一切生产性经营活动。保护的对象主要包括：有代表性的自然生态系统，濒危动植物的主要分布区，水源涵养区，有特殊意义的地质构造、地质剖面和化石产地等。自然保护区不能有人为的直接干涉，任自然流程正常进行，包括特定时间内的一些自然作用，比如自然火烧、群落自然演替、自然病虫害、风暴、地震等，西藏125种国家重点保护野生动物、39种国家重点保护野生植物在已建成的自然保护区内得到了较好的保护。国际动物界认为早已灭绝的西藏马鹿，20世纪80年代被重新发现，现在种群在不断扩大。藏羚羊种群数目已经达到15万只左右，而珍贵的黑颈鹤数量已达到7 000只。现在，西藏还建成了22个生态保护区、8个国家森林公园、4个地质公园、3个国家湿地公园、3个国家级风景名胜区。

高原草甸

西藏自然保护区从保护对象大致可分为4种类型。第一类以保护高原特有的高寒自然生态为主，如珠峰、羌塘和申扎自然保护区；第二类以保护具有重要生态学研究价值的典型生态系统为主，以雅鲁藏布大峡谷自然保护区为代表；第三类以保护濒危及珍稀野生动物种类为主，如林周澎波黑颈鹤、芒康滇金丝猴、林芝东久赤斑羚自然保护区；第四类则以保护特殊植被类型或珍贵树种为主，如林芝巴结古柏保护区、吉隆江村保护区等。

广袤的原野，银白色的冰川，地毯般的草毡，茫茫的林海，争相斗妍的百花世界，构成了一个世界上最为特殊、令人神往的自然环境保护区，它就是世界上海拔最高的自然保护区——珠穆朗玛峰国家自然保护区。

高原松树

珠穆朗玛国家级自然保护区

珠穆朗玛峰国家自然保护区成立于1988年11月，1993年经国务院批准建立，1994年提升为国家级自然保护区。保护区划分为核心保护区、缓冲区和开发区三个部分，平均海拔为4 200米。保护区内生物资源极其丰富，据初步调查有高等植物2 348种，动物种类有270多种，其中国家一级保护动物有9种，二级保护动物21种，此外，在保护区内还发现了大量热带植物化石和三趾马动物群化石等。人们都知道珠穆朗玛峰是世界第一高峰，印象里这里寒冷，海拔极高。其实这里是一个自然生命生生不息的地方。“山顶四季雪，山下四季春，一山分四季，十里不同天”的气候特点，为众多生物，尤其是许多珍贵植物生长提供了条件。它以独特而年轻的地质发育历史、丰富多样的生态环境与动植物种类，以及世界第一峰——珠穆朗玛峰身处其中，而成为我国乃至全世界都瞩目的一处宝贵自然遗产。

珠穆朗玛峰国家自然保护区，北起拉轨岗日山脉，南抵国界线、东至定吉，西到吉隆的热索，覆盖了西藏定日、定结、聂拉木和吉隆4个县。全保护区3.3万平方公里，整个地势南高北低，翘起的头部是以珠峰为首的喜马拉雅地带。以珠峰为首，南边的洛子峰、东边的马卡鲁峰、西面的卓奥友峰和希夏邦玛峰，都是著名的海拔8 000米以上高峰，成为各国登山健儿攀登探险的理想之地。

这里是奇妙的冰川世界，喜马拉雅高山地区终年被大片的冰雪所覆盖，是地球上低纬度地区一个巨大的现代冰川作用中心。尤其以珠穆朗珠峰、卓奥友峰和希夏邦玛峰等高峰周围最集中。规模较大的冰川都从这里伸出，其中最大的绒布冰川长22.2公里，冰舌平均宽1.4公里，面积达86.89平方公里，是一条复式山谷冰川。此外，冰斗冰川和悬冰川也有广泛分布。冰川雪线高度一般在5 500~6 000米。

由于各种外力的综合作用，珠穆朗玛峰自然保护区内的冰川多姿多彩。这里是东绒布冰川上的冰塔林，形态有冰塔、冰桥、冰柱、冰茸、冰墙、冰洞等。如果你有幸能进人这个地区，你对大自然的这种巧夺天工必定会赞叹不已。一切人尘烦恼、世间争纷都会被它冰结，得到心灵的净化。

珠穆朗玛峰自然保护区内还有一大景观，那就是分布在海拔3 800~4 500米之间高山阴坡地区的暗绿色高山草甸。组成这个生态类型的主要是高山的嵩草、缀蚤等植物。由于强烈的高海拔太阳幅射作用，这里的物种大都矮化坚韧，根系十分发达，众多的根系纠结使它逐渐形成了像地毯一般密集的草毡层，踩上去既松软又极富弹性，它对这里生态环境的平衡，水土的流失起着不可估量的作用。也给野牦牛等高原动物创造了极好的生活环境。

在珠峰自然保护区内，不但有广袤的高原、奇丽的冰川，当你走到海拔3 000米以下的喜马拉雅山南麓地区，这里展现给你的，又是另外一个世界。那里，茂密的林海遮天蔽日，森林外百花争妍，森林里百鸟争鸣，像一个世外桃源。

喜马拉雅山脉南麓风光

争相斗艳的百花世界

在这里，不能不提的还有被誉为“世界十大景观”之一的卡玛山谷。卡玛山谷位于珠穆朗玛峰东坡的底部，也就是朋曲河与卡玛河的汇合处，海拔 2 300 米，东西长 55 公里，南北宽平均 8 公里，总面积 440 平方公里。这里生长着茂密的原始森林，其中有喜马拉雅冷杉、落叶松等主要树种和长蕊木兰、三七等具有较高观赏和药用价值的野生植物。在河谷的中段，喜马拉雅冷杉树的胸径可达 4~5 米，古柏树在河谷的萨古塘一带成片生长，每到春季，杜鹃花漫山遍野，林内百鸟争鸣，真是一个花的海洋、鸟的世界。

现在，珠穆朗玛峰国家级自然保护区被列入世界生物圈保护区，这里的一山一水一草一木都将得到更好的珍惜与保护，她将向人类的子孙后代展示它第三女神的风采。

拉萨拉鲁湿地自然保护区属于芦苇泥炭沼泽，位于拉萨市中心，海拔 3 645 米，核心区面积 6.6 平方公里，拥有黑颈鹤、胡兀鹫等众多动、植物。拉鲁湿地是我国各大城市中唯一幸存的最大天然湿地，在调节拉萨气候，吸尘防沙，美化环境，增加市内空气湿润程度和补充氧气，维护生态平衡，促进拉萨市城市生态系统的良性循环和城市环境质量的改善等方面都具有十分重大的意义。湿地每年可吸收约 8 万吨二氧化碳，产生 6 万吨氧气，吸附 6000 吨尘埃，是名副其实的“城市之肺”。还可以涵养水源，维护地下水的平衡，又被称为“地球之肾”。

这两个自然保护区，与西藏境内的其他自然保护区一样，它们虽然面

美丽的山谷风光

积大小不一，类型各异，各具特色，但都有着重要的环境保护与科学研究意义，一些濒临灭绝的植物，如海南粗榧、被称为“活化石”的桫椤和喜马拉雅红豆杉等，都在西藏得以保存。在西藏自然保护区内，不少珍贵动物在过去的基础上至少增加了 20% 到 30%。察隅保护区的羚牛，从过去的五、六百头增加到现在的 1 000 多头。孟加拉虎在保护以前不到 10 只，现在已经超过 30 只。生活、繁衍在西藏芒康自然保护区内的滇金丝猴已超过 700 只，比 10 年前增加了 100 只左右，芒康已成为目前世界上最大的滇金丝猴生息基地。众多的自然保护区，是我们保护生态环境、开展科学研究、促进人与自然和谐相处的重要场所，是大自然赐予我们人类的得天独厚的宝贵财富。

至高至美的自然画廊

不管是谁，只要踏上青藏高原，都会生出苍茫辽阔的壮美之感。不过，大家不要误以为西藏都是荒山、雪原，它也有秀丽的自然风光。不信，你可以跟着我，从拉萨出发，沿着川藏公路向东，前往西藏的东南部，你就会看到一颗镶嵌在高原大地的绿色明珠，正以那独特的山水美景迎接着八方来客。这里的山涧郁郁葱葱，这里的湖水清澈如镜，就像一条美丽的绿色长廊，触目所及，到处是一派美丽的风景。她，就是被誉为“西藏江南”的林芝。

林芝，藏语称尼池，意思是太阳的宝座。林芝过去叫工布，工布的历史非常古老，可以追溯到西藏的史前时期。20 世纪 70 年代，在尼洋河边发现了一批新石器时代的人类遗骨和墓葬群，考古的结果表明，早在四五千年之前，林芝地区已经有人类从事刀耕火种的农业，过着相对定居的生活。出土文物中的网坠、箭头，还说明这里的人们在尼洋河、雅鲁藏布江流域从事渔业生产。和平解放之前，林芝是西藏地方政府放逐囚犯的地方，在拉萨旧贵族们的眼里，那时的林芝是“不毛之地”“瘴疠之地”，“上山到云间，下山到河边。说话听得见，走路要一天”。今天，这里“公路绕山转，桥梁跨江建”。处处青山绿水，鸟语花香。鹦鹉、黄莺、百灵、杜鹃、相思鸟、孔雀、雉鸡等珍禽种类繁多，有“鸣禽之乡”美称。我们穿行在林芝大地上，天空中时时飞过的鸟儿是幸福生活的使者，田地里、树林间的各类野生动物与家养的牲畜和平相处，到处是一片宁静安详。出生在工布门隅地区的藏族著名诗人仓央嘉措的诗歌中，就多次写到工布的鸣禽，“会说话的鹦鹉，从工布来到这里，请问家乡的人儿，身体是否健康？”

林芝是青藏高原上海拔最低的地区，喜马拉雅山脉和念青唐古拉山脉就像两条巨龙横空出世，在高原上由西向东平行伸展，它们的余脉在高原东部与横断山脉对接，形成群山环绕的地势，林芝，就静卧在这三大山脉的环抱之中。

林芝地区平均海拔 3 100 米，最低的地方只有 100 多米，海拔高低十分悬殊。这里最高的山是南迦巴瓦峰，它海拔 7 780 米，是世界第十五高峰，它之前的 14 座山峰海拔都超过了 8 000 米，因此，南迦巴瓦峰是海拔 7 000 米山峰中的最高峰。南迦巴瓦，在藏语里有多种解释，一个是“雷电如火燃烧”，一个是“直刺天空的长矛”，这一个名字来源于《格萨尔王传》中的“门岭大战”，里面将南迦巴瓦峰描绘成形状像“长矛直刺苍穹”。 它巨大的三角形峰体终年积雪，云雾缭绕，从不轻易露出真面目。我们从墨脱县的直白村往东望去，十几公里外的南迦巴瓦峰那银白的峰顶就耸立在那里，和你近得似乎可以触手可及。那种磅礴而又悄无声息的威严，让人仿佛是在一部电影里看着一个壮观的场面在眼前缓缓展开，那种无声而又磅礴大气的美丽让人震撼，让人深刻地领悟到雪山的魅力，《中国国家地理》2005 年“选美中国特辑”中，南迦巴瓦峰被评为中国最美十大名山之首。南迦巴瓦山的北面隔雅鲁藏布江相望的加拉白垒峰，是一鞍形双峰山，也是终年云遮雾罩。南迦巴瓦峰的西北则延伸出一条长长的山脊，由一系列海拔 7000 米以上的高峰连接，如锯齿，如刃锋，顶上覆盖着厚厚的冰雪。此外，还有色季拉等许多山峰，形成了东喜马拉雅山地雪山环绕的壮丽景观。在南迦巴瓦山的下面，是世界上最大的峡谷，雅鲁藏布大峡谷。雅鲁藏布江，这条世界最高的河流，在奔腾 1 000 多公里之后，从朗县进入林芝，在米林县迎面遇上喜马拉雅山阻挡，被迫改道北上，从南迦巴瓦峰和加拉白垒峰之间穿过，绕南迦巴瓦峰作了一个壮美的马蹄形回转，在墨脱境内向南奔泻而下，正好面向印度洋开了一个大缺口，形成了青藏高原最大的水汽通道，造就了林芝的热带、亚热带、温带及寒带气候并存的多种气候带。从南迦巴瓦峰所在地到墨脱县雅鲁藏布江出境处的巴昔卡，既有皑皑白雪的峰顶，又有蕉叶摇曳的热带风光，而这样反差强烈、对比鲜明的气候带，居然就在直线距离不足两百公里的南迦巴瓦南坡下顺序排开，造就和组成了一道完整无缺的植物垂直分布带谱。在这里，我们既可以看到生长着香蕉、龙脑香、扇尾葵这些热带独有植物的热带雨林，也能看到生长着刺栲、香樟、楠木的山地阔叶林，还有铁杉、乔木杜鹃组成的山地暖温带针叶林，藤状杜鹃、墨脱冷杉、苍山冷杉等组成的寒温带针叶林，灌木杜鹃、报春花、驴蹄草和许多不知名的花朵组成的高山寒带灌木草甸带，真是让人叹为观止。

南迦巴瓦山

雪山、深谷、森林，构成了林芝与众不同的自然景观，使藏东南成为“世界最高的绿洲”。这里云遮雾绕，气象万千。雪山高处是冰川，满山遍坡是郁郁葱葱的原始森林，山麓是农田、村庄，春日桃花开百里，秋日枫叶红似火，夏日各色杜鹃争奇斗艳，好似一幅“一山有四季，十里不同天”的美妙山水画。

正是这种特殊的地理特征，形成了林芝独特的气候条件和自然环境，这里与西藏其他地方明显不同，温暖湿润、土地肥沃、资源丰富。放眼林芝这块雪山环绕的地方，到处是绿色的世界。林芝是我们国家第三大林区，西藏森林的 80% 都集中在这里。茂密的原始森林蕴藏了丰富的林业资源和森林产品以及珍奇的动植物资源。完好的原始生态造就了这里宜人的气候，尽管我们是在海拔三四千米的高原，但不会有高山反应，广阔的造氧林地提供了丰富的氧气，因而你尽可放声高歌，纵马驰骋，尽情陶醉，感受别样的藏域风情。

谷地风景

从拉萨前往林芝，翻越海拔 5 013 米的米拉山，我们就一直沿着清澈碧绿的尼洋河而行，越往东走，树木越多，除了海拔低，还跟这条河有关，因为尼洋河流经高山峡谷带，含沙量少，清澈见底，河两岸的植物生长得非常好。尼洋河就像一枝绿色的画笔，为我们描绘着林芝的迷人风光。到了它与雅鲁藏布江的交汇处，水面平静广阔，鱼类繁多，野禽栖息。尼洋河河水清澈而湍急，而雅鲁藏布江江水浑浊而缓慢，尼洋河水汇入后逆流而上，一清一浊，形成鲜明的对比。

林芝段的雅鲁藏布江河水

在去往林芝的路上，有一个碧绿的巴松湖，巴松湖又名错高湖，“错高”，在藏语中就是绿色的水的意思。巴松湖的形状就像镶嵌在高峡深谷中的一轮新月，湖水清澈见底，四周环绕的雪山倒映在湖中。沙鸥、白鹤浮游在湖面，每到春季，湖四周群花烂漫，雪峰阵列并倒影湖中，景色宜人，而秋季万山红遍，层林尽染，天空碧蓝如洗，火红的枫叶折射灿烂的阳光，倒影在碧蓝的湖面，景色美不胜收。

我们沿川藏公路继续向东，来到被称为“龙宫”的鲁朗，这里有规模巨大、终年碧绿苍翠、林木葱茏的原始森林，有漫山遍野的杜鹃花。每年 4 月中旬到 6 月初，这里是杜鹃花的世界，各色杜鹃尽情绽放。再往东行，波密的出现会让你眼前一亮，这里雪山环抱，湖泊迷人，孕育了我国最大的海洋型冰川——卡钦冰川。卡钦冰川长达 19 公里，面积约 90 平方公里。在年平均气温 10 摄氏度上下的波密停留，你会发现西藏江南特有的秀丽景色。每年 3、4 月份，桃花盛开的季节，高耸的雪山包围着小村庄，大片的桃花、油菜花、青稞呈现出红、黄、绿不同颜色，把田野装扮得五颜六色。到了波密就一定要去然乌湖，然乌湖是帕龙藏布江的发源地，也有“西天瑶池”的美誉。然乌湖紧挨着川藏公路边上，湖的北面是一座长列雪山，众多的冰川从山上一直延伸到湖中，湖面海拔 3800 多米，湖中小岛长满一片云杉，与雪山遥相呼应。太阳升起时，晶莹透绿的湖水变得深蓝，如明镜一般将雪山、白云和周围的森林倒映在湖面上。绕湖走一圈，仿佛到了梦中的童话世界。波密另一个好去处就是岗乡自然保护区，它在帕隆藏布江边上，被雪山、冰川包围，森林垂直分布在峡谷中。每当云海出现，雪山下的村庄如同天外仙境。

“西藏画廊”美不胜收，她独特的地理环境，丰富的自然资源，正等待着才俊们去进一步探索、研究和发掘。

母亲河

在青藏高原上，有一条巨龙般的大河，奔流在它的南部，这就是著名的雅鲁藏布江。它从雪山冰峰间流出，奔向藏南谷地，造就了沿江壮美的景致，更在历史的长河中，孕育出了源远流长、绚丽灿烂的藏族文化。

雅鲁藏布江是西藏最大的河流，也是世界海拔最高的大河，有“极地天河”的美誉，它发源于西藏日喀则地区仲巴县境内，喜马拉雅山脉北麓的杰马央宗冰川，由西向东，穿行西藏日喀则、拉萨、山南、林芝四个地市 23 个县，先后接纳拉喀藏布、年楚河、拉萨河、尼洋河等主要支流后，切过喜马拉雅山脉东端的洛渝地区，向南流入印度的萨地亚，称布拉马普特拉河，流入孟加拉国后又改称贾木纳河。河水在孟加拉国戈阿隆多市附近与恒河汇合，最后注入印度洋的孟加拉湾。

在古代藏语中，雅鲁藏布江称“央恰布藏布”，意思是从最高顶峰上流下来的水。雅鲁藏布江在我国境内的河道长 2 057 公里，这个长度在居全国大河的第 5 位，是我国水利、水能资源最丰富的河流之一，流域内耕地面积 230 万亩，占西藏总耕地面积的一半左右，这里聚居着藏族、汉族、回族、门巴族、珞巴族、僜人、夏尔巴人等近百万各族人民。

雅鲁藏布江的南面，耸立着世界上最高、最年轻的喜马拉雅山脉，北面是冈底斯山和念青唐古拉山脉。南北之间的藏南谷地，藏语称之为“罗卡”，意思就是“南方”。藏南谷地是一条东西走向的宽阔低缓地带，雅鲁藏布江就静静地流淌在这个谷地里。

雅鲁藏布江的源头是由杰马央宗冰川、夏布嘎冰川、昂若冰川、阿色甲果冰川构成的巨大固体水库，这里是一片冰晶洁白的世界，冰川上面冉冉升起的云雾，像透明的羽纱在半空中轻轻飘动。

从杰马央宗冰川的末端到日喀则萨嘎县的里孜，是雅鲁藏布江的上游段，又叫马泉河，这里水流平缓，两岸大片沼泽地内栖息着许多水鸟。宽谷中的马泉河，就像一条银色的缎带，铺展在烟云飘缈的雪山脚下．马泉河最大的支流柴曲，弯弯曲曲把无数晶莹夺目的小湖泊穿缀在一起，挂在这条缎带上。马泉河流域基本都是牧区，在阿里的帕羊以下流域，河谷两侧是由高蒿草组成的沼泽化草甸，是最优良的冬春牧场。在帕羊以上，沼泽化草甸由温变干，渐趋消失，坦荡的谷地出现一片针茅草原，广泛分布着紫花针茅和蒿子，呈现一片黄绿色的景象，是上游地区主要的夏季牧场。

马泉河谷地的上段，人烟稀少，是野生动物的世外桃源。性喜群居的野牦牛，善于奔跑的藏羚羊、岩羊都时常能够看见。此外，谷地还栖息着许多可供观赏的名贵鸟类。清澈的河水中，游弋着许多高原上特有的细鳞鱼。

从里孜到林芝米林县的派镇，是雅鲁藏布江的中游河段，中游河段呈现宽窄相间的串珠形状。在宽谷河段，河谷开阔，水流平缓，站在两侧山地俯瞰宽谷，只见蓝绿色的江面和金光灿灿的沙洲相间，构成特有的有如人的发辫的辫状水系。而在峡谷河段，两岸陡壁悬崖，水流湍急，水势奔腾咆哮，最有名的是桑日县的加查峡谷，这条河谷长 42 公里，宽只有 30 至 40 米，落差竟达 300 多米。在这里，江流以雷霆万钧之势奔流而下，激起一串串乳白色的浪花和水雾，使人惊心动魄！加查峡谷这类的峡谷中，蕴藏着丰富的水力资源，而且峡谷的两侧往往又是平坦的坝子，加上与峡谷相串联的宽谷盆地地形，为水能资源开发创造了有利的条件。在河谷两岸，遍布着一座座巨大沙丘，这是由于高原的冬春季节江水水位下降，造成大片滩地裸露，加上河谷高空盛行的西风，风向又和东西向的河谷走势一致，长期吹拂之下，就形成了这大江之畔独特的的沙漠奇观。

雅鲁藏布江畔沙漠奇观

从派乡到林芝墨脱县巴昔卡附近，是雅鲁藏布江的下游河段，在这里，河水从米林县黑龙附近开始逐渐折向东北，经派乡转为北东流向，到帕隆藏布汇入后，骤然急转南流，进入连续高山峡谷河段，这段全长 504.6 公里的大拐弯，便是闻名世界的雅鲁藏布大峡谷，随后水流经巴昔卡流入印度。在大拐弯顶部两侧，有海拔 7234 米和 7782 米的加拉白垒峰和南迦巴瓦峰。从南迦巴瓦峰到雅鲁藏布江水面垂直高差达 7100 米，可称为世界上切割最深的峡谷．这里，从峰顶的冰川和终年积雪到谷底的热带季风雨林，形成了从寒带到热带的垂直气候带。谷底是千回百转、呼啸奔腾的急流；河床滩礁遍布、乱石嵯峨；峡谷两侧山坡上森林密布，层峦叠嶂。连绵的峰峦和不尽的急流交相辉映，犹如一首雄壮动人的交响乐奏响在世界屋脊。我们在另一部专题片中，会给大家着重介绍这个著名的世界第一大峡谷。

天上一条银河，地上一条天河。被称为“天河”的雅鲁藏布江，养育了西藏的人民，创造了西藏悠久灿烂的文化。

早在几万年前的旧石器时代，雅鲁藏布江流域就有人类活动。作为藏民族文化发源地的山南，雅鲁藏布江中游横贯它的北部，这里，河谷两侧的山腰是森林，坡地是牧场，谷底以及河口则是富饶丰腴的谷地和平原。平缓的雅鲁藏布江、四季适宜的气候孕育出西藏古老的农耕文化。最早的宫殿——雍布拉康，最早种五谷的农田，最早的寺庙——桑耶寺，藏族猴子变人的传说，也都诞生在这里。泽当，在藏语中的意思就是“猴子玩耍的坝子”。

到了新石器时代，雅鲁藏布江流域的人类活动更加频繁，分布也更加广泛，藏东的高山峡谷和藏南谷地都是人类最主要的活动地区。在林芝县曾采集到石器、陶片等遗物，在墨脱县雅鲁藏布江西岸河谷阶地的六个地点，收集到的磨制工具有斧、锛、凿等种类。延续到新石器时代末期，在高原的各个人类聚居区出现了许多的氏族部落。活跃在雅鲁藏布江流域雅砻河谷一带的雅砻部落，由于所处的地方土地肥沃、气候温和，农业和畜牧业非常发达，凭借着强大的政治经济实力，雅砻部落先后兼并了拉萨河流域和年楚河流域的一些小部落，并由第三十二代赞普松赞干布统一了西藏高原，建立起了西藏历史上第一个王朝吐蕃王朝。山南地区也由此成为了当时西藏全地区重要的政治文化和经济中心。

年楚河畔村庄

雅鲁藏布江中游流域集中了年楚河、拉萨河、尼洋河等几条主要支流，这些支流不但提供了丰富的水量，而且造就了平坦的河谷平原，这些冲积河谷平原地势平坦，土地肥沃，气候温和，水源丰沛，很适合青稞、豌豆、小麦和土豆等高原农作物的生长发育。这里水利灌溉和机械化耕作条件都比较优越，阡陌相连，人烟稠密，是西藏最主要和最富庶的农业区，也是主要的粮食作物基地和高产稳产农田的发展场所。

雅鲁藏布江中游谷地，气候属于温带半干旱、半湿润高原季风气候，具有长冬无夏\冬无严寒、春秋无酷暑的特点。同一时节，这里的温度相对升高早并且较快，而降温较晚而缓慢，降雨量年均约600毫米。降雨虽然主要集中在每年的6至9月，但却占到了全年降雨量的百分之九十以上。高原多夜雨，是整个高原天气的显著特点。年均温度为5至8摄氏度，最冷月份的平均气温为2至12摄氏度，最暖月份平均气温为10 ~ 18摄氏度，是整个西藏高原上较为温暖的地区之一。

雅鲁藏布江的中下游，是西藏几乎所有重要城镇所在的区域，素有高原“日光城”之称的自治区首府拉萨，西藏第二大城市日喀则，具有抗英斗争光荣历史的英雄之城江孜，以及新兴的工业城市林芝八一镇，山南重镇泽当等，都坐落在流域内一些支流的河谷平原上，使这里成为了当今西藏的政治、经济、文化、贸易和交通中心。

雅鲁藏布江流域富饶美丽，它哺育着这里的人民，它是西藏文化的摇篮。作为一条母亲河，雅鲁藏布江带给西藏人民的不仅仅是过去的抚育，更带来了光辉灿烂的未来。

雅鲁藏布大峡谷

翻开亚洲地图，在青藏高原上，有一条绿色通道沿着布拉马普得拉河—雅鲁藏布江河谷一直伸向青藏高原的东南部，雅鲁藏布江环绕南迦巴瓦峰作了一个马蹄形转弯，形成了一个巨大的峡谷，这就是著名的世界第一大峡谷。1998 年 9 月，国务院正式批准：大峡谷的科学正名为“雅鲁藏布大峡谷”，罗马字母拼写为 Yarlung Zangbo Daxiagu。雅鲁藏布大峡谷北起林芝地区米林县的大渡卡村，这里海拔 2 880 米，南到墨脱县海拔 115 米的巴措卡村，全长 504.6 公里，它最深处位于南迦巴瓦峰和里勒峰与雅鲁藏布江交汇处的宗容村，谷深达 6 009 米，单侧峡谷最深的地方在得哥村附近，谷深 7057 米，大峡谷的平均深度为 2268 米，核心地段平均深度为 2673 米。是不容置疑的世界第一大峡谷。曾经被列为世界之最的美国科罗拉多大峡谷，深 2133 米，长 370 公里，秘鲁的科尔卡大峡谷，长 90 公里，深 3200 米，都不能与雅鲁藏布大峡谷等量齐观。

深深切入喜马拉雅山脉的雅鲁藏布大峡谷，就像西藏东南部的一个大门户，由印度洋吹来的暖湿气流，随西南季风吹向布拉马普得拉河流域，迎面遇上了印度东北部海拔近 700 米的卡西山地，因为地形的抬升作用，卡西山地南麓的乞拉朋齐成为世界上年降水量最多的地方，超过每年 10 000 毫米。接着，暖湿的水汽再沿雅鲁藏布江下游向北输送，在西藏墨脱一带形成又一个大的降水带，这里的年降水量达到 4 500 毫米。经过雅鲁藏布江大拐弯顶端后，由印度洋吹来的大部分水汽再沿易贡藏布江逆江而上，一直抵达念青唐古拉山南麓。它就像一条长长的舌头，伸进高原的东南部，形成了青藏高原最大的水汽通道。

我们学习地理时知道，在地球的北半球，热带气候带平均的北部界线在北纬 24 度左右，但在雅鲁藏布江这条水汽通道上，热带气候带向北推移了 5 个纬度。受它的影响，位于北纬 29 度的墨脱，成了北半球热带的

最北界，被称为“热带绿山地”。虽然墨脱比云南的西双版纳偏北五个纬度，但却生长着与西双版纳相似的热带和亚热带植物。这里也是北半球热带生物分布的最北界。高大的榕树．诱人的香蕉和野柠檬随处可见；低等植物中的红孢牛肝菌，高等植物中的千果榄仁，爬行动物中的大眼镜蛇，鸟类中的棕颈犀鸟，哺乳动物中的孟加拉虎，昆虫中的金印度秃蝗等，在这里都能寻找到它们的踪影。

在第四纪冰川期，持久的严寒扼杀了地球上许多生物种类。然而，雅鲁藏布大峡谷由于优越的暖湿气候和立体生态条件，为生物的南北迁移提供了安全的走廊，从而使这里成为许多古老生物的“避难所”，保存了大量的古老物种，比如苔类植物活化石——藻苔，蕨类植物活化石——桫椤，裸子植物的活化石——百日青和红豆杉，被子植物活化石——水青树、领春木，锈菌活化石——拟夏孢锈属和明痂锈属，昆虫家族中的活化石——缺翅目昆虫等，这里，简直就是一个史前生物活化石的大家庭。

雅鲁藏布大峡谷沿线自然地理风光

大峡谷地区茂密的森林和高山灌丛草甸，栖息着种类繁多的动物，其中许多是国家重点保护的珍贵动物。药用植物的蕴涵量也居于全西藏之冠，特别是东喜马拉雅山南坡海拔 1 100 米以下谷地，属于西藏唯一生长有热带植被的地方，所以，一些依靠进口的紧缺热带药材，有可能在这里找到药源或者引种栽培。

大峡谷地区茂密的森林中，倒木交错、断枝落叶铺成厚厚的一层，腐殖质肥厚，树的种类繁多而且根系复杂交错，为腐生、寄生或共生等不同生态习性的大型真菌提供了优越的繁殖条件，由此有极其丰富的大型真菌种类和资源。其中食用真菌就有 164 种 71 属 30 科，占我国已知食用菌总种数的 50%，是寒温带、温带、亚热带及热带真菌生态类型兼有的“天然菌种库”。

山中植物

大峡谷地区不同类型的自然带，除了海拔 4 200 米以上为雪原冰漠和草甸灌丛外，几乎都被森林覆盖着。这里天然林区面积广，森林资源丰富，是仅次于我国东北和西南林区的全国第三大林区。在高山针叶林中，铁杉林的储量高达每公顷 1 000 立方米，它的材质优良、细致，是建筑、造船等方面的珍贵用材。波密地区的云杉林，200 年树龄的云杉平均直径达 0.92 米，平均树高 57 米，蓄积量高达每公顷 2 000~2 500 立方米，年平均生长量为每公顷 10~20 立方米，是现在已经非常稀有的大直径特种用材。

由于水汽通道的输送作用，形成了雅鲁藏布大峡谷丰富的水流，加上地形陡峭，河流坡降度高达百分之二十三，造就了巨大的水能资源。这里集中的水力资源达 1 亿多千瓦，单位面积水能的蕴藏量居世界之冠。如果在大峡谷拐弯处截弯取直，开凿隧道，可以建成一个装机容量超过 3 800 万千瓦的超大型水电站，它将是世界上最大的水电站，可以解决整个高原能源的不足，甚至还可以输出到内地、国外。这里丰富的水力资源，引发了无数科学家们畅想，比如建设世界上最大的水电站，比如南水北调，解决我国西北地区干旱缺水的问题。大峡谷水汽通道天然调水、调汽的现实，更让一些科学家畅想打通喜马拉雅山脉，扩大大峡谷水汽通道，更多的调水调汽，根本解决我国北方干旱缺水的问题。围绕大峡谷的研究与开发，有许多激动人心的设想，期待着同学们去提出，更期待青年们将来成为国家的栋梁之才，把这些美好的设想变成现实。

大峡谷水流

在大峡谷的两侧，高耸着海拔 7782 米的南迦巴瓦峰和海拔 7234 米的加拉白垒峰。这两座山峰都是由强烈上升的断块构成，巍峨挺拔，直入云端，峰岭上冰川悬垂，云雾缭绕，气象万千。

大峡谷的水，从形态来看，从固态的万年冰雪到沸腾的温泉，从涓涓溪流、道道飞瀑到滔滔江水，固态、液态、气态，雪花、溪流、大江，各种水的形态无不包括。从力量来看，高达数百米的飞瀑、每秒 16 米的流速、每秒 4 425 立方米的流量，这水的气势是何等壮观！大峡谷的山，从遍布热带季风雨林的低谷，到高入云天的皑皑雪峰，山的形象尽情展示。大峡谷的生物，更是以其独特的形体和生命的活力，吸引着众多的生物爱好者和研究人员。

世界著名的雅鲁藏布江大拐弯

奇特的大拐弯和青藏高原最大的水汽通道，这两大特点，构成了雅鲁藏布大峡谷神奇的自然奇观。当你从空中俯瞰大拐弯，它犹如一副巨大的马蹄，显得如此气势磅礴、雄伟壮观。水汽和热量为大峡谷地区带来了世界上最齐全、完整的垂直自然带气候，身临其境，你能感受到从极地寒冻带到低河谷热带、季风雨林带的气候变化，这是你在世界任何其他地方都无法领略到的。

大峡谷地区自远古以来就有人类活动。1958 年，考古人员在林芝地区发现了古代人类头骨、石器和陶器，在墨脱也发现过古人类使用过的石器、骨器和陶器。在吐蕃王朝时期，这一带被称为要如，后来又叫门域、珞域。在这里，生活着藏族、门巴族、珞巴族以及僜人等民族和人群，长期的文化交融，形成了独特的大峡谷文化圈。由于交通不便，信息闭塞，使这一地区保留着较多的传统文化，对研究这些民族的历史提供了难得的原始资料。

神奇的大峡谷，把藏东南地区变成了世界最高的绿洲，青藏高原百分之六十到七十的生物物种都集中在这里，这里终年云遮雾绕，高处是雪山冰川，满山是茂密的原始森林，山麓间显露着村庄和农田。这里四季常青，景色宜人，不愧为祖国西藏美丽的绿色画廊。

科学考察证实，雅鲁藏布大峡谷是世界上生物多样性最丰富的山地，是“植物类型天然博物馆”“生物资源的基因宝库”。同时，大峡谷处于印度板块和亚欧板块俯冲的东北犄角，地质现象多种多样，堪称罕见的“地质博物馆”。

雅鲁藏布大峡谷的发现，被科学界称作是 20 世纪人类最重要的地理发现之一。它是中国几代科学家经过长期艰辛努力后实现的。

雅鲁藏布大峡谷对世人有着神奇的魅力，独特的环境和丰富的自然资源，是我们祖国不可多得的宝贵财富。大峡谷是大自然赐予中华民族珍贵而神奇的礼物，也是全人类共同的自然文化遗产。

美丽的纳木错

纳木错，在藏语中是“天湖”的意思。它位于西藏拉萨市以北当雄县与那曲地区班戈县之间，距离拉萨240公里。湖面东西长70公里，南北宽30公里，最深处约有33米，面积1 920平方公里，是西藏第一大咸水湖，也是我国仅次于青海湖的第二大咸水湖。纳木错和阿里的玛旁雍湖、山南的羊卓雍湖并称为西藏三大圣湖。

大约在距现在200万年以前，亚欧大陆地壳发生强烈运动，青藏高原大幅隆起，岩层受到挤压，有的褶皱隆起，成为高山，有的凹陷下落，成了谷地或山间盆地。纳木错就是在地壳构造运动陷落的基础上，又加上冰川活动的影响形成的，属于断陷构造湖。早期的纳木错湖面非常辽阔，湖面海拔比现在要低得多。那时这里的气候温暖湿润，湖水盈盈，碧波万顷。后来，由于地壳不断隆起，纳木错也跟着不断上升，加上距今1万年以来，高原气候逐渐变得干燥，湖水的来源减少，湖面面积就大大缩小了。如今我们能看见的古湖岸线有三道，最高一道距离现在的湖面有80多米。最后，纳木错被抬升到海拔4 718米的高度，是世界上海拔最高、面积超过1 000平方公里的大湖。青藏高原的窝尔巴湖，湖面海拔虽然有5 465米，但窝尔巴湖面积很小。南美洲安第斯山著名的高山湖的的喀喀湖，面积达到了8 330平方公里，但的的喀喀湖的海拔只有3 812米，比纳木错低将近1 000米。

我们离开青藏公路，穿过当雄县城驱车向北，便能隐约看见伸向远方山谷的驮盐古道。在过去的岁月里，年年都有成千上万的牦牛组成上百个驮队前往盐湖驮盐。如今，这条古道上已经听不到驮盐人那撼人心魄的吆喝声和口哨声，取而代之的是一条宽阔的柏油马路，把四方游人引向念青唐古拉山脉5 190米的那根拉山口。

站在那根拉山口向北眺望，纳木错的东南部直插云宵，终年积雪的念青唐古拉山主峰北侧，依偎着和缓连绵的高原丘陵，广阔的草原绕湖四周，纳木错，就像一面巨大宝镜，镶嵌在藏北羌塘草原上。纳木错和念青唐古拉山脉像一条天然的分界线，以北是广阔的藏北草原，以南是雅鲁藏布江北部的半农半牧地区。蓝天、碧湖、白雪、绿草，五颜六色的山花，漫山遍野的牛羊，骑着摩托的牧民，独具特色的牛毛帐篷，在这里交相辉映，相映成趣，宛如一幅优美恬静的风景画。身临其境，让人无不感受到人与大自然的和谐共存。

宽阔的湖面

念青唐古拉山主峰海拔 7 177 米，在西藏民间传说中，它是一匹姿态犹如天鹅的神马，年轻、英俊而且威严。而纳木错是天宫里仙人们的如意宝镜，它的水源是天宫里的琼浆玉液。据地质科学考察，念青唐古拉雪峰和纳木错彼此相伴已经有七千万年。

清澈的湖水

来到湖边，首先带给我们的印象是一个“大”字。远远望去，湖面宽阔无际，水天相融，浑然一体，像一弯明月，一面拥抱着草原，一面依偎着雪山。而近处的湖水闪着幽蓝的光，一浪浪地卷向岸边。真想不到在这海拔 4 700 多米的地方，竟然还藏着这样一处美丽的大湖，像镶嵌在藏北大草原上的一块蓝宝石，璀璨夺目，荡人心弦。纳木错的水，清得可以看见湖底的石头，清得毫无杂质，清得令人震撼！在这里，你不会想要在湖上泛舟，而是想变成一条湖中的鱼，让湖水拥抱；想变成一只湖面的鹰，在礁石上守护。据说，用纳木错的湖水洗眼睛，可以使人的眼睛更加明亮，用湖水洗脸，可以使人神清气爽，洗去心中的尘埃，纯净人们的灵魂。其实，那是纳木错的美丽，让人的心灵在不知不觉间得到了升华。

扎西半岛

清晨，湖面水波浩淼，周围群山若隐若现，太阳升起，云消雾散，清风拂面，浩瀚无边的湖面荡起涟漪，就像美丽的仙女，手挥素巾注视着我们，这时的念青唐古拉主峰格外清晰，牧场一片浅绿，山体红黑间杂，峰顶白雪皑皑，主峰如一个威武战士守护着纳木错。高原天气瞬息万变，时而狂风大作，时而乌云盖天，而风雪过后，又是晴空万里，湖面依然波光粼粼。傍晚时分，夕阳从云缝中喷射出道道烈焰，这时云在燃烧，山也在燃烧，湖面上泛起层层金红的磷光，仿佛整个世界都在演绎着这火一样的乐章。

湖中，五个岛屿兀立于万顷碧波之中，扎西半岛是其中最大的一个，扎西岛面积约10平方公里，是观赏纳木错景色的最佳地方。由于湖水侵蚀，岛上分布着许多幽静的岩洞，形成了独特的喀斯特地貌。有的洞口呈圆形，洞身浅短，有的岩洞狭长似地道，有的岩洞上面塌陷形成自然的天窗，有的洞里布满了钟乳石。岛上怪石嶙峋，峰林遍布，峰林之间还有自然连接的石桥，岛上地貌奇异多彩，巧夺天工，这样的地质地貌结构在青藏高原都比较少见。

纳木错湖水靠念青唐古拉山的冰雪融化后补给，沿湖有罗萨、打尔古藏布、查哈苏太河等河水注入。纳木错是西藏著名的生态旅游景区，气候属半湿润半干旱过渡地带，每年6至10月份，是纳木错地区的雨季，11月至第二年5月为旱季，多风是纳木错显著的气候特点。这里植物资源丰富，有杜鹃灌丛、锦鸡儿灌丛、金露梅灌丛、香柏灌丛，小嵩草草甸、沼泽草甸、花针茅草原、长芝草草原、风毛菊、红景天流石坡稀疏植被、冰川种植被等类型。湖的周围是广阔无垠的湖滨平原，生长着蒿草、台藓、火绒草等草本植物，是水草丰美的天然牧场，全年都可放牧。藏北的牧民每年在冬季到来之前，就把牛羊赶到这里，度过风雪寒冬。纳木错湖畔的羊只，个大毛多，远近闻名。待春天来临，成群的水鸭、水鸥等水禽便来到这里，繁衍生息，湖畔常有野生动物觅食嬉戏，堪称“野生动物的乐园”。湖区还产虫草、贝母、雪莲等名贵药材。夏天是纳木错最为欢腾喧闹的季节，牧人扬鞭跃马，牛羊嬉戏涌动，高亢、悠扬的歌声在山谷间回响。

纳木错资源丰富，蕴藏着许多矿产，食盐、碱、芒硝、硼的储藏量都很大。湖里盛产各种鱼，细鳞鱼和无鳞鱼成群结队在湖里游弋，主要是鲤科的裂腹鱼和鳅科的条鳅。这些鱼和平原地区的同类鱼不同，是200万年以来，随着地壳的隆起，为适应高原的特殊环境，逐步 变异演化而来的，有些鱼还保留着头大尾短的原始特征。裂腹鱼一般可长到一二公斤，大的可长到七八公斤甚至几十公斤。

纳木错景区内主要景点有迎宾石、合掌石、善恶洞、古岩壁画。

迎宾石，被称为是纳木错的门神。相传纳木错是一位女神，她掌管着藏北草原的财富，所以当地的商贩外出做生意时，必先来到这里祈求门神，在得到门神的同意下才可以朝拜纳木错，以保生意兴隆。

合掌石，也叫父母石，传说它是父亲念青唐古拉山峰和母亲纳木错女神的化身，象征他们忠贞不渝的爱情。合掌石是纳木错的大门，它展开双手，迎接五洲四海的朋友前来观光、旅游。生活在当地的牧民，也以极大的热情欢迎不同肤色的客人光临！

合掌石

善恶洞是扎西半岛上的一个钟乳石洞，这里流传一种说法，无论高矮胖瘦，只要你行为正直心地善良，就能从这个善恶洞中钻出去，如果钻不过去，你就得反省一下自己是不是有什么过失。现在，这里已经成为人们观光旅游的好地方，当然，那些大腹便便的人士，一定不会去冒钻不过去的风险的。

这里的古代岩壁画采用红色颜料绘制，内容有牦牛、人、树、鸟、太阳塔等，表现题材多为狩猎、舞蹈、征战，距现在已经有一千多年的历史，它反映了古人对动物和大自然界的图腾崇拜，体现了人与自然的和谐关系，对研究纳木错流域及藏北地区的历史、文化发展具有十分重要的意义。

用世界上最美丽的词藻来形容纳木错都不为过。西藏的一位作家这样写道：“夏天的圣湖就像绿色的草滩，湖岸线潮湿松软，踏出的足印给人以生命的质感，似乎把生命与湖水紧紧地连在了一起。湖浪拍打岸边的声音，敲击着人们的耳鼓，粒粒砂碛像颗颗珍珠闪着光泽。我想，那是生命最原始的声音和最初的状态。”

不错，最原始的美，这就是纳木错的精华。

第三辑　心　路

重 建

——写在北京奥运会开幕之际

1960 年 5 月 25 日的凌晨 4 点多，贡布、王富洲、屈银华登上珠穆朗玛峰，创造了世界登山史上从北坡登顶珠峰的伟大壮举，这也是中国登山家首次登顶珠峰，他们成了那个时代中国的英雄。由于那次艰难而辉煌的攀登，他们的身上都留下了程度不同的残疾。后来，我有幸与这三位登山英雄成了忘年之交，在他们身上，我真实地感受到了一种英雄气概的加持。

如今，随着人类科学技术的不断进步，随着人们对珠峰的了解不断加深，特别是人们对大自然敬畏和融合的认识日渐形成，不再把攀登珠峰当作是征服自然的行为，而是以一种平常之心，让攀登成为与自然交融的过程。即便是普通人，经过一些训练，在登山协作的帮助下，成功登顶珠峰的也大有人在，攀登珠峰，已不再是一件惊天动地的事情。就在不久前，尼泊尔的一位 76 岁的老人也登上了珠峰。自从 1953 年人类第一次踏上珠峰峰顶开始，截至目前，已有 2500 名登山者 3000 余次成功登顶。

2008 年 5 月 8 日登珠峰

但是，在 2008 年 5 月 8 日，得知奥运火炬将在这天登顶珠峰的时候，我还是按捺不住内心的激动，一大早起来，在拉萨晨曦微明的时候，守候在电视机旁，等候那激动人心的时刻到来。

9 点 17 分，奥运火炬在 19 位中国登山健儿的护送下，成功登上了 8844.43 米的高度，谱写了奥运火炬传递的新纪录。登山队的罗布占堆从火种灯中点燃了引火棒，吉吉、王勇峰、尼玛次仁、黄春贵、次仁旺姆五位火炬手在世界最高峰进行了百年奥运史上史无前例的传递。当看着奥运火炬在在珠峰顶上手手相传，当听到火炬手尼玛次仁高举火炬说“one world，one

dream”时，我的眼眶湿润了，内心有一种异样的感受，一种激动、一种欣慰、一种温暖的重建，一扫许多日子以来的沉闷和阴郁，明朗而开阔。

众所周知，今年的3月14日，拉萨发生了严重的打砸抢烧暴力犯罪事件，当时我正在北京，受命迅速返回拉萨。“3·14”事件的真相，国际国内，连篇累牍，已无须赘言。而事件过后，平静局面之下依然暗流涌动，特别是在全球奥运火炬传递中，许多“藏独”分子干扰火炬传递，甚至企图夺走火炬，目睹追求宽容与和平的奥运精神遭到这样强烈的负面情绪和耸人听闻的行为的侵害，我感到震惊，同时感到一种深深的伤害。

我的籍贯不是北京，但我17岁就只身到北京求学，之后参加工作，生活打拼，都在北京，北京是我的第二故乡。我喜欢北京的宽阔马路、秋天的红叶、京戏的唱腔、冬天涮羊肉的味道……北京成功申办奥运会的晚上，我也开着车到天安门广场，与北京的市民一起欢呼。我们说，举办北京奥运会是中华民族的百年期盼，这几年，全中国都在帮助北京打造一个完美的“绿色奥运、科技奥运、人文奥运”，在我现在工作的雪域高原西藏，也同样企盼着一个成功的奥运会，让世界了解中国，让中国走向世界。所以，在奥运火炬传递过程中出现的“藏独”分子的干扰，在许多普通的中国人和全球华人的心目中，让藏民族的形象受到了伤害，不禁让我感到忧虑。

藏族人民一直以勤劳善良、虔诚纯朴闻名于世，在几千年与高原严酷的自然环境和社会环境的抗争与融合中，在佛教传入西藏的一千多年里，形成了特有的民族个性，善待众生，尊重生命，然而，在这一次“3·14”事件中，街上横冲直撞手持尖刀铁棍的啸叫暴徒，四处熊熊燃烧的商店民宅，密如雨下的飞石，满脸血污的平民……这哪里还像是在西藏？更有甚者，一些身穿袈裟的僧人赫然出现在了行凶者的行列，这是对600多万藏族人民形象的极大玷污，是对几千年藏族文化的无情摧毁！达赖及其流亡国外的分裂主义分子，不事农耕、不事工商、不事文化，专职“藏独”，明里暗里，国内国外，花样翻新，欺世盗名，但其宗旨只有一个，那就是分裂祖国，恢复政教合一的腐朽政权，事情发展到今天，他们已不惜摧毁藏民族千百年形成的传统，不惜牺牲无辜者的生命，躲在一些庇护者的翅膀下，煽风点火，制造事端，居心何其歹毒，在国际国内给藏民族带来的负面影响又是何其巨大。许多朋友的心里像我一样，也压着沉沉的石头。

当年轻的藏族女火炬手次仁旺姆在珠峰将“祥云”火炬高高举起，在一个前所未有的高度，让奥林匹克“更快、更高、更强”的目标和“和平、友谊、进步”的宗旨得到了深刻的诠释时，那熊熊燃烧的“祥云”火炬，驱散了我和许多人心头的阴霾。登山是一项集体运动，需要各方面的协作，奥运火炬的珠峰传递和实况转播，让整个世界见证了中国的强大和民族的团结。汉藏运动员在珠穆朗玛巅峰展示五星红旗、奥运五环旗和“祥云”火炬，他们不仅把伟大的奥林匹克精神带到了一个历史新高度，同时也向全世界展现了中国人追求和平、和谐生活的美好心愿，激发了我们每个人的民族自信和自豪。这个时候，我感到一种温暖的环绕，“同一个世界，同一个梦想”，这样一个信念，像一个有力的支撑，在我心里重建起了美好的心灵家园。

然而，就在此后不久的5月12号，一场突如其来的大地震袭击了四川北部的汶川、北川、青川等地，数以万计的生命被瞬间剥夺，大自然以出其不意的摇动，震撼了中国，震撼了世界，震撼了每一个柔软的心灵。那时，我刚从成都飞往北京，刚刚进家门，就接到四川朋友的电话。年迈的父母、照顾父母的姐姐都在成都，电话不通，打开电视，看见温家宝总理已经在前往震区的飞机上，心一下凉了。总理在第一时间前往，灾情肯定不小。傍晚，打通了家里的座机，家人都还安好，心情稍安，旋即被一种深深的自责所占据，为什么是我，为什么在那个时间，离开四川？

2008·5·12——凝固的时间纪念碑

我是四川人，家乡甘孜与地震灾区的阿坝州紧邻，也是地震频发的地区，灾区的苦难，我感同身受。回四川的民航飞机停航，火车不通，北京要办的事情，似乎也在紧要关头。接下来的日子，除了办事，就是守着电视，为灾情的出乎意料震惊，为罹难的生命流泪，为那些等待救援的人们祈祷，为救灾官兵、志愿者和坚强的受灾干部群众感动，更为自己的远在一方内疚……许多人利用各种方法，从各个地方赶到了灾区，而我，却因为一些渺小的理由滞留在北京。那些日子，心中的抑郁之情，无以言传。持续地守着电视，已分不清白天黑夜，常常是，以为自己到了震区，恍惚醒来，觉得天地全非。阿坝震区有我如兄弟姐妹的许多朋友，不断的打电话、发短信，辗转获得他们平安的消息；四川有我的许多亲人和朋友，以我有限的地震知识，不断同他们探讨地震面前如何应对……手机热了，耳朵烫了，眼睛涩了，泪流尽了，心情却越来越沉重。

5月19日14时28分，此时，全中国红旗低垂，汽笛鸣响，十三亿中国人为此次地震中罹难的人们默哀三分钟。我在电视机前肃立，任凭眼泪尽情地流淌，洗刷心头的无限哀伤与不安。十三亿人的伤恸和哀悼，是一次多么伟大的祭奠。有朋友给我说，不是每个人都能亲临震区，目睹那种山崩地裂的创伤，感受那种骨肉分离的悲情，但每个人都可以用心，去表达自己对遇难同胞的哀思。的确，在这短暂的三分钟里，我眼前仿佛掠过了用自己的身躯保护4个学生的老师的身影，看见了母亲护住幼子，并用手机给孩子留下的那段震撼人心的文字的情景，也体会到了小小郎铮那个敬礼的含义，这三分钟的沉默，是对生命最高的尊重，是对我灵魂的洗礼。“地动天不塌，大灾有大爱，”那些在不眠之夜通宵排队献血的队伍，那些踊跃捐款捐物的人群，那些永不言放弃的救援，那些瓦砾之下黑暗之中的坚持，都在这短短的三分钟里涌现出来，使我感悟到了又一次心灵的重建：灾难可以毁灭生灵，也可以使生命升华。认真的想一想，在如此脆弱的人生旅程里，我们应该怎样走过？在如此重大的灾难面前，我们可以力所能及地做些什么？

重建后的汶川

现在，离“5·12”大地震发生的日期，已经越来越远了，最初的震惊与热情，已经渐渐淡去，重建，成为我们谈论最多的话题。灾区需要重建，灾区群众的心理需要重建，我们每个人的心灵，在如此大灾之后，也需要重建。沉默的三分钟，只是我们生命中的瞬间，凝固的时间会再次流动，肃立的人群各自散去，默哀不是为了沉溺在悲伤里，为了已经逝去的生命，我们应该更加懂得珍惜。

现在，“祥云”火炬再一次在祖国大地上传递，“汶川挺住，中国加油”，这个在灾难之中升华了的奥运口号，再一次把我们联系在一起，此时，火炬传递的不仅仅是拼搏和超越，更多的是爱心和坚韧。赛场上的奋斗只是运动员奋斗的缩影，而十三亿人民的坚持，才是这种传递的灵魂。奥林匹克精神本来就是要在自强不息的拼搏中，冶炼人们坚忍不拔的进取精神和克服一切困难的气概，就是要在超越各种纷争的竞争合作中，诠释人类和平友爱、携手共进的执着梦想。地震之痛，人类之殇。地震，让全世界的目光投向中国，把全世界的关怀给予中国。作为一个全球性的体育运动会，奥运会也将再次吸引世界的目光。虽然奥运会在北京只有十几天，但作为我们持续传递、全心呵护的奥运精神，却是我们在伤痛之中再次挺立的支撑。地震和奥运，两个本来毫不相干的概念，在重建的意义上，融合到了一起。地震，震落了我们心灵的尘埃，奥运，把我们的心灵紧紧凝聚。震区的房舍、学校、医院、厂房需要重建，震区群众的心灵创伤需要医治，这种医治之路更为漫长。“心安之处是故乡”，如何给所有的灾区同胞铸造平静恬美的心灵家园，需要我们更深广的大爱和更持久的奉献。震区之外的我们，对震区人民的苦难，满含悲痛和同情，但我们更应该感激，感激那些逝去的亡灵，他们像一盏盏火炬，点亮了我们在平庸与烦躁的生活之中日渐暗淡的生命。他们承受了这样的生命苦难，正是他们在危难中表现出来的坚韧的生命力量、对生活的渴望、友爱与互助、奉献与牺牲，激发出了我们每一个人内心的爱与力量。报载，一个废墟下被掩埋了 100 多个小时的震区逝者，弥留之际，在自己的手腕写下了这样的遗言：“我欠王老大 3000 元。”这是一个怎样的诚信与重诺！在这次地震中，无数的志愿者和民间组织，就像播撒种子一样，在中国大地上，传播着社会的友爱、温暖，传播着公民的意识和责任，他们，那些志愿者和民间组织，也许在日常平淡的日子里，有许多让人不能认同的行为和思想，但在这次大灾面前，表现出了强烈的公民意识，他们是我的老师！那些备战奥运的运动员和奥运冠军，那些光芒四射的演艺人员，那些无数平凡的人身上体现出来的社会责任，让我一次次感动和敬重。尊重生命，铭记苦难，会使一个国家在挫折中奋起，团结拼搏，互助友爱，会让一个民族在磨难中前行。

在北京奥运会开幕前，我写下这些文字，直到现在，我们的心情，依然不能从灾难的重创之中平复，我们依然在不断为逝者祈祷，为生者祝福，然而，我们的祈祷是为了逝者安息，我们的祝福是为了生者坚强。相信，只要我们拥有坚韧，满含友爱，就能重建更加美好的物质与心灵的家园。

时间之翼

——三次援藏有感

2007 年 8 月 1 日，随着在拉萨召开的欢迎第五批援藏干部和欢送第四批援藏干部大会的召开，新的一次援藏工作又开始了。在此之前，第四批的援友们都在匆忙进行返程准备，虽然那时我的去留未明，但却一点没有要走的感觉，偶尔仰望拉萨的白云蓝天，仿佛时间已经凝固在那里。

由于忙于西藏文联第四届代表大会的筹备，没有参加援藏干部的交接，也没能参加自治区举办的招待会，只是匆匆看见名单，有一个郑继平，还有一个吉米平阶。后来文联的索朗石达书记打趣，说中国作家协会第四批派了一个郑继平，第五批派了一个吉米平阶，在招待会上要一个人吃两份饭。大概是援藏干部处的同志不知道这是我的两个名字，这也是我们康巴藏族常有的情况，经常闹笑话。

西藏文代会之后又紧接着去内地开会，也是匆匆去来，直到再回拉萨，新的援藏小组同志们打来电话，才猛然想起，上一批援藏已经结束了，现在是第五批援藏了。想想真是感慨，三年的时间，有如白驹过隙，还没来得及熟悉上一批同志们的容貌，就迎来了新的一批。这样的感受，与第一次援藏的时候完全不同。

那是 1986 年参加中央讲师团支教，我刚刚从大学校门出来不久，对社会生活充满向往，听说中央讲师团要组建西藏支队，我和同单位现在任《中篇小说选刊》主编的高叶梅辗转找到国家教委，软磨硬泡，得到了入藏机会。高叶梅高中毕业后曾到那曲工作过几年，对西藏有感情，而我则是出于藏族作家了解西藏生活的愿望。大概是我们的精诚所至，本来已经组建好的西藏支队，又增加了我们两个。西藏支队一共 16 个人，领队袁隐，后来任国务院秘书四局局长，副领队董京生，后任中消协秘书长，队员都是从当时参加全国中央讲师团的成员中挑选的，可以说是好中选优了。16 个人经过体检、培训，于 1986 年 8 月到达拉萨，住在第一招待所，就是现在的迎宾馆，到了晚上，许多同志高山反应，只有高叶梅熟悉西藏，便由她领着几个人去找氧气，后来清点人头，发现少了一位，回头去找，在楼梯口找到了，正躺在那里，我们赶紧去扶，那位摆摆手说："不要扶我，躺着舒服，海拔低了一米多。"这后来成了我们讲师团的经典笑谈。

16 个人分成 3 个组，分别在拉萨中学、拉萨二中和五中，根据自己的专业特点带班上课，拉中人多，为大本营。那时候拉萨还不像现在这样现代化，住的是铁皮房子，边上的缝隙大得晚上可以看见星星，有雨的时候，屋顶就丁零当啷响成一片，像奏交响乐。比较麻烦的是洗澡。拉中有一个时好时坏的太阳能公共浴室，天气好的周日，逢双，男教师可以洗澡，不过动作得快，说不定啥时候热水就没了。在外头的战友们就在这天回来，洗了澡之后聚餐，也没什么吃的，无非是罐头唱主角，弄得以后好些年看见罐头就倒胃口。倒是鱼多，几毛钱一斤，内地人不相信，我专门写了一篇《拉萨的鱼》解释这件事情。冬天夜长，没有电视网络之类，又经常停电，大家就一起围着一支蜡烛天南地北地瞎扯，扯出了西藏讲师团浓浓的情谊，也扯出了对西藏的不解之缘。

讲师团的战友们，现在都还好吗？好久不见了！

1987 年国庆节，我在《人民日报》发表了一篇怀念西藏的文章，也是离开西藏后那浓重的西藏情结所凝。之后一组题为《西藏，重叠的梦境》的诗歌，成为我在文学行当里的奠基之作，再以后的创作也都与西藏有关，也因工作关系，我在杂志社负责西南片区的文学创作与联系，几乎每年都找机会来一次西藏，西藏，便成了我真正的第二故乡。

2004 年的援藏工作，是我盼望和争取的结果。中国作协在此之前没有援藏任务，我算是头一个。我和中国文联的王守明同志一起来到西藏文联，因为是第一次受援，西藏文联各方面工作都需要整理思路，在来拉萨的最初几个月里，就是到各地区、文联各部门了解情况，在此基础上，形成了一个援藏工作思路，结合先进性教育，建立起了所负责的几家刊物的规章制度和业务工作流程。2005 年，西藏作协与中国作协一道召集了"祝福西藏——中国作协和团体会员支援西藏作协座谈会暨庆祝西藏自治区成立 40 周年全国作家笔会"，在资金支持、人才培养、图书出版、文学评奖、重点作品扶持、少数民族文学培养等方面，西藏作协与中国作协和其他兄弟作协建立了合作机制，搭建了交流平台。全国有 14 个省市的作协是正厅级单位，绝大部分有独立建制，跟它们比较，西藏作协是小兄弟，但西藏文学在全国乃至世界的影响却较大，我初到西藏时，由于人手不够，加上主持作协工作的加央西热同志身体不好，西藏作协已经几年没有开展过活动，我到西藏的当年，加央西热同志就因病去世，我主持了他的治疗和善后事宜，召开了他的作品讨论会和追思会，同时开始规范作协的日常工作，建立日常工作机制和会员管理制度。自 2005 年召开“祝福西藏全国作家笔会”后，每年在一个地区召开一次全区性作家笔会，创建了“岗日西藏文化讲坛”，为西藏的文学爱好者提供一个学习交流的平台。时光荏苒，三年的援藏时间转眼即逝，记得跟上一届援友们聊天，有的觉得时间难熬，我却感到时间不够用，这里面没有矫情的意思，是真不够用，这也是我感觉里与第一次援藏最大的不同。

记得 2004 年刚来西藏不久，大概三个多月时，我参加“第四批对口支援干部领队座谈会”，写了一个书面发言，其中谈到，“工作三个多月，体会到，西藏工作有相当的特殊性——处于反分裂斗争的第一线，政治敏锐性要强；自然条件艰苦，吃苦精神要强；各方面发展滞后，开拓精神要强，但无论怎么样，西藏还是在全国发展的全局里，所以，还要讲同一性，要加强与当地各族干部群众的交流和团结，加强与进藏多年的老西藏的交流和团结，这是一个很重要的问题。作为援藏干部，虽然时代不同了，工作生活条件和思想观念都有了新的内容，但在西藏工作，还是要讲吃苦精神，讲实干精神，既然在艰苦的地方工作生活，就应该做出点事情，‘要苦干，不要苦熬’。”

“时代不同了”这个说法，其实就是我自己针对 1986 年的第一次进藏而言的，那个时候，大家住在集体宿舍里，晚上上厕所得走上 200 米，冬天买一棵白菜，花了 14 元，要知道那时的工资也不过六七十元。业余生活就是看书聊天，总是觉得时间很长。而这一次援藏，“华堂玉食”，条件是当年没法比的，周围的环境也发生了巨大变化，但三年的时间一晃而过，却没能留下如过去那样刻骨铭心的印象，尤其是一起援藏的同志们，还没能把一个小组的成员分清谁谁，转眼又各自东西了。所以这一次我给我们组长说，工作再忙，也要经常安排大家聚聚，同在西藏工作，就是一种缘分。

对时间的感受不同，也许还因为自己的身份不同工作不同了，那时教两个班的语文，每天三四节课，下课就完事大吉，几个年轻人，吆三喝四，踢球打牌不亦乐乎，而现在做着好几个部门的事情，常常是，白天忙了一天，到晚上仔细想想，却不知忙了些什么，我跟同事开玩笑说，我在北京不坐班，跑西藏上班来了。说归说，还得做，像我所在的单位，属于清水衙门，拿不出更多的钱来为西藏做事，我还不得勤奋一点，再说了，如果是混时间，那倒不如回内地混的好，至少氧气多。

忙着西藏作协的工作，忙着几家刊物的事情，忙着《民族文学》“三套集成”藏文卷的出版工作，时间之翼就这样悄无声息又不可阻挡地划动着，不时让人觉得紧张。三年的时间过去了，下一个三年又紧接着来临，有时候想，还有多少事，还有多少想法，要乘着时间的翅膀离去？孔子说：

“逝者如斯夫，不舍昼夜。”西方人也把时间比作一条河，从遥远的过去，流向无穷的未来，不能停息，也不会倒退。而现在，不过是时间长河中小小的一个点。事务性的事情要做，但又不能陷在事务里面，这是我也是许多援友要注意的，在时间的面前，更应多一份从容和平和。

康定三章

泡 水

泡水，就是洗澡，泡温泉。

康定多温泉，这跟地处横断山脉核心地段，地质结构多变化有关。城南有榆林宫温泉，东南方向的贡嘎山温泉现在声名日隆，但最有名的还是二道桥温泉。二道桥温泉位于康定城北四五公里的地方，远近适中，在过去城里几乎没有洗浴行业的日子，去二道桥泡水，是康定人民生活中的一件大事。

去二道桥的公路

记得我小时候，每每说到去二道桥泡水，总是很兴奋。头一天，家里人会为这似乎很隆重的事情进行认真筹备，买凉粉和锅盔，准备野炊的柴火和炊具。凉粉是田家的黄凉粉，豌豆粉做的，拌以豆豉、蒜汁、油辣椒等兑成的调料，锅盔当然是中桥马家的。经济状况好的时候，再买一些卤牛肉或卤猪头肉。第二天，为了能够赶早洗上头几道的水，也为了不至等待过久，一家人总是顶着星星上路，出城后沿着那条发源于如今著名的风景区木格措的雅拉河，过头道桥到三道桥的乡间公路，大约一个钟头，就到了二道桥。照例是家里的大人或者大孩子背着背篼，里面装着各类吃食炊具，到了二道桥后，管财权的先去买牌子，那时有“各族人民大团结保卫世界和平”13个池子，每个池子有一个小竹牌，上头刻上池名和表示顺序的阿拉伯数字，运气好的话，可以买

到“各族人大”等公认比较好的还靠前的牌子，就紧紧地在手里攥了，带着一家子在茶馆里喝茶。茶一般是所谓“三花”，就是那时的三级花茶。也许是早起走渴了的缘故，那个“三花”，如仙汁琼浆一样让我至今难忘，并且落下个好喝花茶的毛病，弄得经常在别人面前自觉没有品位。

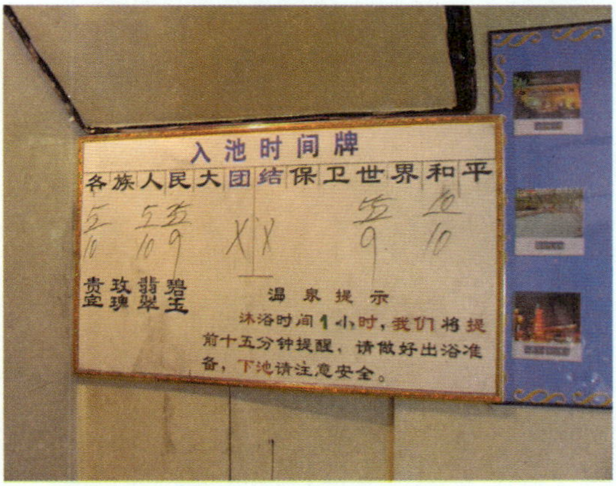

排号

喝着茶等着叫号，那几个服务员，多是县商业局大姐级的人物，一个池子应该洗一个小时，但洗到四十分钟时，她们便在外面捶门，说：“起来了起来了。”里面的赶紧应答：“起来了起来了。”如此三四回，才见里面热气腾腾地出来，于是大姐级的就拉长声音叫：“‘各’字三号——。”就有人捏着个牌子高叫：“来了来了。”于是一家三五口人，或男丁或女眷，在大家的注目下鱼贯而入。

其实，洗澡只是泡水活动的一个环节，而且是并不重要的一个环节，比起郑重其事的筹备、让人兴奋的等待和随后兴致勃勃的野炊，在五六平米见方的水池子里慌慌张张的搓洗，实在没有什么兴致可言。那个时候个人家里是绝对没有洗浴设备的，整个县城也没有一家浴池，所以家长们都恨不得把一个个泥猴崽子的皮搓下一层来，一家人猴在各自身后互相搓背，打肥

小憩之处

皂，直到个个白里透红、大汗淋漓，被捶门声叫起，才如释重负。

确实是如释重负，那在温泉里泡搓掉随污水而去的泥垢，少说也有两斤吧。茶馆里的茶碗是留着的，等一家男丁女眷分别到齐了，茶也泡白了，在茶馆外的洗脸池里把毛巾搓干净了，一家人步履轻松地过二道桥，从雅拉河对面的山脚小路往回走，一路农家的芍药怒放，大如碗盏，蜜蜂们嗡嗡地在高原的阳光下忙碌着，每个人身上都散发着淡淡的硫磺和阳光的味道，宛如仙子。仙子们目光灼灼的四处打量，发现一处花茂草密的地方，便歇下来，拿出头一天精心准备的各类吃食，点火煮茶，在河水的哗哗声和蜜蜂的嗡嗡声中，享受那时侯难得的人间温情。要知道，那是上世纪 60 年代末 70 年代初的日子，风雨如晦，这样的温情，如此深刻地铭刻在我的心头，以至后来在北京求学的日子里，我会为能听到哗哗的流水声音，每个周末，坐三个小时的公交车，到西山去找那一处有水响的地方。

泡水，就如此生动地留在了我的印象里，它绝不是现在的桑拿、洗浴中心可以比拟的。当然，那每天在城市里匆匆进行的淋浴，对我来说，已多少含有一些生活的苦涩滋味了。后来回康定，刻意早早起来，赶去二道桥。温泉还是那个温泉，池子还是那个池子，甚至更好，但那种郑重其事的感觉，那种大张旗鼓的氛围，尤其是作为生活中很重要的一部分的那种兴奋，再也找不到了。现代生活的水平日益提高，不要说公共浴池，桑拿房、洗浴中心也比比皆是。家家户户还有热水器，有淋浴。洗澡，已变成一件再普通不过的事。虽然如此，沿着尚且青绿的河边公路走上一个小时，在清澈的水池里静静地泡上一个小时，再沿着来路慢慢返回（已不敢过二道桥走雅拉河对岸的山脚小路了，在那条小路的最精致处，过去有一个小小的万来平米的湖泊，称为海子的地方，如今有一家水泥厂矗立，每天热火朝天地创造产值，安静早已不在）。这其间，听哗哗的水声，听偶尔传来的山雀的鸣叫，呼吸着尚未污染的空气，还是有许多现代生活中不敢奢望的安宁、平和、清洁，还是有一种东西触动内心深处留给故乡的软软的那个地方。

后来，读一些资料，知道康定的泡水，在生活平和的年代大致也如我描绘的那样。康定，因地处藏东蜀西的藏汉文化交汇之处，生活里融汇着来自各种文化的元素。泡完水，在茶馆里摇头晃脑品味川剧的老先生，或者沿着山脚小路且歌且行老阿妈们，都像一幅民风谐和的风俗画，让人觉得好。再后来，读《论语·先进》一章，子路、曾皙、冉有、公西华侍坐，孔夫子问诸位的志向，问到曾皙，曾皙这会儿正在给大家弹琴助兴，听到老师问话，想了一下，然后才回答。《论语》里是这么描绘的：（子曰）“点，尔何如？”鼓瑟希，铿尔，舍瑟而作。对曰：“异乎三子者之撰。”子曰：“何伤乎？亦各言其志也。”曰：“暮春者，春服既成，冠者五六人，童子六七人，浴乎沂，风乎舞雩，咏而归。”夫子喟然叹曰：“吾与点也。”点，是曾皙的字。读到这里，我怦然心动，感觉那分明就是写的康定的泡水，觉得这个曾皙可爱，比他的几位师兄，品味要优雅得多，又觉得几千年前的孔圣人，说“吾与点也”，仿佛与藏地的老百姓心心相通，也很可爱。我的脑子里，此时出现的是一幅“二道桥浴归图”。再再后来，细读《论语》，知道自己对《先进》的理解似是而非，与原意大相径庭，其实曾皙讲的是一种春季求雨的祭祀仪式，追求的是一种天人合一的治国理想。不过，对那样的文字，我还是愿意理解为：暮春者，春服既成，亲者五六人，朋友六七人，浴乎二道桥，炊饮乎郊野，咏而归。

新核桃

康定盛产核桃，其中以临近大渡河的几个乡镇最为有名，核桃个大皮厚，油气很重。每年九、十月间，核桃收获的季节，马路边上到处是卖新核桃的。卖新核桃，是这里农人们主要的现金来源之一。

新核桃

所谓新核桃，就是刚下树，有的还包着青皮的新鲜核桃，这样的核桃，砸开后要把核桃仁上面的一层胞衣撕掉后再吃，不然口味发苦。撕掉胞衣后的核桃仁，既有核桃本身的油滑淳香，又带着一股清新的气息，实在是美妙无比。自从离开家乡之后，不管是在北方的校园里，还是在东南西北任何有核桃的地方，到了核桃下树的季节，我总会想法弄些来，砸开了撕去胞衣吃，但总也找不到在家乡的那种口味。后来有专家给我说，我家乡的核桃之所以口味独特，是因为地理上所具备的纬度和海拔高度使然。诚哉斯言。

吃新核桃，是老家新鲜核桃下树后家家户户必有的一个节目。有亲友从乡下带来的，也有市场或街边农人那儿买来的。那些卖新核桃的农人，个个的手被新核桃的青皮染得黢黑，还要砸几个核桃露着桃仁放在边上，那白白的桃仁在一堆黑色中显得莹润剔透，仿佛一个个做工精致的温玉制件，让人忍不住要掏钱买了回去。买回去等一家人都回来的时候，用专门的夹子夹上一盘，一家人围在桌旁，一边小心翼翼地撕桃仁上皱曲里的胞衣，一边说一些道三不着两的家常话，家家的暖意，这时候浓得可以让整个小城飘起来。

新核桃还有许多延伸的吃法，最让我难忘的有两种，一种是和苹果一起吃，咬一口苹果，吃一瓣撕好后通体玉白的桃仁，那滋味，油香油香的，酸甜酸甜的，其味无穷，不可言传。还有一种是和着在草木灰里烤熟了，和新收获的老玉米一起吃，这种吃法，是我不久前回老家巴塘，在我八十多岁的二娘娘家里吃的。

巴塘是康巴地区的宝地，坐落在金沙江边上，气候温和，物产丰富，海拔和纬度也适合长核桃。过去康巴有谚：上有天堂，下有巴塘。我上小学之前，因身体不好，父母送我到巴塘老家去调养，据说也行上房揭瓦之类的事情。从那时算起到不久前回巴塘，时间竟过了近 40 年了。到巴塘的当晚，我的表哥二娘娘的小儿子来接我去二娘娘家里，大表哥大表姐二表姐等一大家子，都在二娘娘家里等我，多数人的容颜我已记不清了，只能依着名字挨个对号。之后一大家子围着长方形藏式桌子坐满，我的两只手捧满了撕好皮的核桃仁和剥下来的玉米粒，不断还有姐姐嫂嫂们剥好的核桃仁玉米粒塞过来，我大口吃着，一种浓烈的香味充满口腔、充满我的全身。我现在无法描绘那种味道，它沁透了我的全部感觉，但却无法说明。我只

能在年迈的二娘娘关切的目光中大口地吃，直说好吃。此刻我的心头，却满是对他们的愧疚，离开巴塘近40年的日子里，我这个舞文弄墨的人，竟没有给他们写过一个字、一句话。

我没有把这些感觉告诉我同样年迈的父母，只是在他们身边的时候，我更珍惜围坐桌旁剥新核桃的片刻。是啊，现代生活有许多让我们忙得不可开交的理由，有许多我们必须应酬的事端，每个人都像这列巨大的、轰鸣向前的时代列车的一部分，身不由己却又心甘情愿地转个不停。什么时候，我们可以设想一张小桌，一盘新核桃，与亲人们围坐在一起，静静地撕核桃仁上那层薄薄的胞衣……

二 郎 山

二郎山跟康定城一样，因一首歌而闻名。那首歌是这样开头的："二呀么二郎山，高呀么高万丈……"

高万丈，这是文学的修饰和夸张，不过那时的二郎山，在我的心里，确乎如此。

那时候的二郎山，被司机们称为"鬼招手"，围绕着险峻狭窄的山道，有许多令人难忘的真实的、臆造的惊险故事。经常是，天不亮就出发，但还是运气不好碰上塌方呀事故呀，被堵在一个不知名的地方，

待上好几天。至于扛着行李翻山到那一边上车，在某个危险路段下车步行，更是家常便饭。那时候在这条线上跑的司机，被称为“老川藏”。据说抗美援越时招汽车兵，“老川藏”是不用体检考试的。

新修的二郎山隧道口

就在这么条公路上，我从读书到参加工作，每年往返，觉得自己已经熟悉了二郎山上的每一处险弯，每一个石头，甚至每一棵树，熟悉了山里的风霜雨雪，不经意间，它们还会潜入梦中。

慢慢地，二郎山的公路也开始了变化，最初是实行单边放行，减少车辆在大山里会车时的拥堵，大大提高了通行效率，后来，随着道路的拓宽改善，又开始了双向通行，再后来，二郎山通了隧道，“天堑变通途”，我也有了四个多小时从成都到康定的经历，回想当初从成都到边上的新津都有可能走一天，到康定走一个星期也不算新鲜的情形，恍若隔世。

不知不觉间，二郎山不再被人经常提起，仿佛它的存在已被人们忽略了，至少我是这样。每一次来回，还没容你找到往日的感觉，车已经飞快的离开了山里，或泸定而康定，或新沟、天全、雅安而成都，过了雅安，就上了成雅高速，连过去那些熟知的地方，也只能在匆匆划过的指示牌上瞥见它们的名字。

由西向东出二郎山峡谷，山脚就是那个叫天全的小城。这个地方因当年红四方面军的活动而成为历史名城，也曾是茶马古道上的重镇。我对这座小城的熟悉，来自于若干年前我母亲股骨头骨折。高龄老人股骨头骨折，很难治疗，在北京打听说最好是换股骨头，母亲坚决不同意，后来听人介绍，说天全有一位祖传的接骨大夫，有绝活，并且人很好。哥哥赶紧把母亲送到天全，等我赶到时，母亲已上了药，开始治疗了。咨询过的许多大医院的大夫都说，你母亲这么大年龄，这种接法，百分之百不行，股骨头肯定坏死。然而，半年过去，母亲不仅下了床，而且离了拐杖。现在，年已八旬的母亲行走自如，生活自理，真是一个奇迹。在天全守护母亲的那些天，看到听到许多这个民间医生的事情，最深的印象就是待人热情，无论你来自何方，何等人物，他都一视同仁。其二是精力旺盛，每天从早到晚，不见他歇着。后来听说联合国的一个机构——大约就是现在陈冯富珍女士所在的那个世界卫生组织——资助了他一笔钱，一方面改善现有的医疗条件，另一方面把他的接骨绝活总结发扬。母亲痊愈后，我就没有再去过这家简陋的医院。不久前在天全逗留，特意去寻访。医院果然新建了，有了正规医院的气派，在门诊和住院部转转，却依然能见到以前的那种风格，家庭困难的患者家属依然在便宜之处生火造饭，医生与患者依然和睦无间。只是陈医生据说很忙，未曾得见，见他的弟弟在门诊里坐镇，依稀当年他的模样。看着这些远远近近慕名而来的农村患者，有的拖儿带女，有的带着行李和炊具，都得到了很好的照顾，我心里有些感动，想着大城市那些豪华气派的大医院，哪里有这些乡亲做饭搭铺的地方？我在心里暗暗祈祷，这样的平民医院，千万别哪一天因为某种政策或者欲望，又提升成了某类某级，板一副面孔行事，没有了这些乡亲的一席之地。

现代化的进程，是不是总伴随着太多的无奈，我不知道。正如二郎山，因为公路的改善，已不能再充当川藏公路上的主角。恐怕现在没有一座大山，会因为对路途的阻碍而成为某一文艺作品的主角，因为在现代化的施工设备面前，哪里有啃不动的山头？因此，我毫不怀疑，我对二郎山的那些记忆，终究会在现代生活的琐碎繁忙中，化为乌有。

这样在二郎山经过，又有许多次。偶尔在隧道口不远处，看见上山的那条老路的遗骸，心有所动，但也只是动动而已。直到有一天，因为二郎山隧道西边出口不远处在维修，我乘坐的汽车停在二郎山林场的旁边，乘客都下车活动筋骨，我也下来了。这时我看见前方的二郎山顶，成片的雾岚顺着山势缓缓流动，像一面巨大的幔帐，遮盖住山上的一切，仿佛已不屑于与眼前的人和事有什么联系，让我觉得惆怅。正在这时，一种由远而近、不可名状而又熟悉的声音从不可捉摸处缓慢地、不可阻挡地弥漫过来，山坡上的雾岚随之散动，随之翩跹。那种声音让我浑身一惊，如触电般呆住了。那是一种什么声音哪，让我一下脱离此刻时空，似乎跌进了遥远的过去——二郎山堵车的任何一处、每一个夜晚，一下子扑面而来，完全占据了我的身心。这正是我魂牵梦系、言道不明声音，是我自从离开家乡，千寻万觅，再也没有找到的声音！我一下从失神的状态清醒过来，搜着那声音的末梢，循着那声音起处……我找到了，原来，那声音来自旁边的松树林，是山风掠过那些马尾松，在针叶间穿行时所发出的声音。我如醍醐灌顶，瞬时感觉通体透明。一件事物、一个印象、一种记忆，并不是可以随时间环境的变化而烟消云散的，在一个特殊的时刻，它会以一种你无法设想的方式，突然出现在你的身旁，你的心里。这需要机缘，也依赖巧合，但必须有根基。我感谢二郎山，在这忙碌平庸的日子里，以这样一种方式让我找到了自己。

怀念一种味道

——献给我的母校康定中学

初中毕业照

我离开康中是1979年，现在想起来，那已经像是十分遥远的年代了，曾经在一个母校酒会上，一位低年级的大学校友问起我的毕业时间，我如实告诉她，她抽抽鼻子说：怪不得有一股白垩纪的味道。我说是啊，那时候我们还在树上上课，树下跑的都是恐龙哩。这是个笑话。但当时跟现在比起来，确实有许多不一样的地方，那时的我们，除了做功课，几乎一无所知。

1979年，是恢复高考的第三年，文科那时被称为“瘟科”，好学生是不屑的。“学好数理化，走遍天下都不怕”。我的物理奇差，只好去“瘟”了。与我同瘟的还有欧阳，他是化学差，考过2分，是百分制的2分，教化学的黄家瑞老师在课堂上说：嚯嚯，2分，张铁生都不如，张铁生还考6分呢。现在的小朋友可知道张铁生何许人也？我们俩曾经策划要把黄老师家的老母鸡杀了解恨，分别出击过几次，都没能得手。那时教师宿舍是河边的一排平房，前面有我们学大寨开垦的海绵田，想必老师们现在都住上新房了。

虽然是“瘟科”，我跟欧阳还是都考上了大学，他考上了川大，我当时心性很高，不知该报什么学校好，填报栏里写了一大堆，结果被没有在填报栏里的中央民院录取了，心里还觉得失落，后来想好歹也是北京，对从来没有坐过火车的我是一种诱惑，才释然一些。

那时高中毕业班里有个 7 班，是所谓的“尖子班”，其成员由初中 6 个班的优秀分子组成，班主任老师莫俊光，整天挥舞根树枝把 7 班的教室弄成空气稀薄的临战前线，而许多家长都想方设法把自己的孩子送进这所演兵场。我在初中升高中的数学摸底考试中，算分数相加时把分子分母分别加在了一起，英语考试只记得一个单词叫 is，当时我的数学老师陈碧齐充满同情地对我说：高中两年你怎么办呵！我才不操心呢，当时我唯一担心的是如果考不上高中，上山下乡怎么扛比自己还高的锄头。在初中的学农活动中，我没少为此伤脑筋，专门做了一把类似挖贝母的小锄头，遭到过校方的严厉批评。上高中啦，我还怕什么！

高中毕业照

后来我怎么就混到了 7 班，实在是连自己都搞不清的事情，我的父母也不是什么权高位重之辈，后来我想，大概是因为我的语文成绩比较好的缘故吧。记得是刚粉碎“四人帮”的时候，我诌了首打油诗，无非是当时的时髦语言的拼凑，莫俊光老师看过之后觉得不错，但又怀疑其出处，便说稿子丢了，要我马上重写一遍，我凭着记忆誊写了一遍，莫老师确认了版权，发布于教学楼的墙报上，这大概是我得以进入 7 班的重要原因。

7 班的日子没有什么值得记忆的地方，功课、功课，除了功课还是功课，从一睁眼到做梦，只有一个主题。我不知道自己怎么就痛改前非、幡然醒悟，连我父母都觉得我完全变了一个人，用他们的话来说是“不用再操心了”。实际上在我初中目不忍睹的操行记录中，他们早就写满了“不可救药”之类的结论。这也难怪他们，在初中有老师评价我是“思想反动”，被开除了红卫兵组织，也有老师说：郑继平能考上大学，我用手板心给他煎鱼吃。

我当然不能去找这位老师用手板心煎鱼给我吃，事实上，我现在在遥远的拉萨写这篇小文时，充满心间的是对老师们的感激之情。如果没有他们，我会是个什么样子呢？说实话，我没有认真想过这个问题。高中毕业后，紧紧张张读大学，之后工作，娶妻生子，为生活奔波，忙忙碌碌就到了现在，竟从来没有想过：如果没有中学的老师们，我的生活会是怎样的。那些所有教过我的老师们，不知道你们现在一切可好，我向你们致敬了！

7 班的日子是全天的功课，有点像《童年》那首歌里唱的“黑板上老师地粉笔，还在拼命唧唧喳喳写个不停，等待着下课，等待着放学……”唯一记忆犹新的，是那次全校歌咏比赛，我们与高年级的同学一起唱《长征组歌》，还有英文的《我爱北京天安门》。教英语的杨无忌老师甩着他那头著名的长发，把 7 班的书呆子们调动得个个神采飞扬，歌声绕脑多年，在后来北京工作的日子里，三四朋友，在陌生的都市相聚小酌，动情之处，常常唱的就是《长征组歌》，也常常唱得邻居们拍窗打门提意见。康中的生活，当然不仅仅是这些，但 7 班的日子，真的没有什么值得回忆的事情，倒是浑浑噩噩的初中生活有许多鲜活的事情萦绕于胸。

现在，别说初中了，我那个还在上小学的女儿，也因为课业和各种特长班，整天都是一副苦大仇深的劳累样子。从我女儿身上，我深感我们童年的幸福，就是到了初中，也没正经看过多少教科书。那时经常有学校组织的各类活动，就是毛泽东主席关于教育体制要改革的那一著名论断中提出的，“即不但要学文，还要学工、学农、学军，还要批判资产阶级”——现在可还有这样的词汇？——那时资产阶级已没得批了，初一就学工，地点是现在军分区北边的农机厂，时间是一个月，工人师傅们倒不见外，什么车床冲床铣床，给你示范一下，就让你上去招呼，我是和两个同学，是水跃勇和王蜀浩吧。我们一起承包一个车床，加工什么已经忘记了，好像还要不断用游标卡尺量，精密度蛮高的样子，工人师傅们不见踪影，我们各自上机操作一会，便没了兴致。那时我们也就比那车床高出一点点，没了兴致就开始捣乱，我把车床卡加工件的卡子松开了，这时不知是谁打开了车床开关，那三个铁托子飞旋起来，噗噗噗在地上砸了三个坑，当时没觉得什么，后来想起来，如果它们都砸在谁身上……想到这里，后脊梁就发麻。

学农是初二，人长大了一点，可以离家远行了，目的地是康定南郊驷马桥的驷马桥公社，现在说起来，那实在不算什么远行，但当时的确如此。每个人背好背包，这个背包很有讲究，要的是四楞四角像解放军那种，我们当然没那个本事，家里有哥哥姐姐的，那时会很有面子，背着背包歌声嘹亮的一路走去，招引很多目光。到驷马桥公社，入住一处废弃的教堂，好像是天主教的，现在如果幸存，可以算作文物了。住房是男女生各一间，楼下是公社堆杂物的库房。地上铺通铺，第一夜自然很兴奋，睡不着，大呼小叫，班主任王顺治老师弹压多次才奏效。农活干了些什么，苦不苦，全然忘记了，倒是对当时的伙食印象极深。因为社员同志们也不宽裕，不可能去他们那里打秋风，伙食是我们集体开，推举了几个公认的在家是老大、会干活的同学，记得是徐贵富、陈康、高丽荣、王勇几位。这几位后来都很有成就，看来从小看大这句话不是随便说的，只是徐贵富后来在一个监狱副监狱长的任上得了癌症，现在已经过世了，据说他对死亡看得很透，走得很安详，愿他的灵魂安息。这几位给大家操办生活，每天起早贪黑，天还没亮，就在教堂院子里东南角的简易伙房里搞得丁玲哐啷，很影响睡眠。大约是校方给他们的菜金有限，每天都给我们吃“辣锅菜”，就是把锅烧热了，倒进点辣椒、盐炒熟，然后把青菜萝卜之类往里一倾，再用水一烘，完事。也不知是谁发明的，吃得大家看见公社的小猪就两眼放绿光。学农是一个月，到后来就有家里来人的、托人来的，带来些零碎吃食，常常是三五个要好的，鬼鬼祟祟溜到背后的山坡上，不用说，是来分食各自家里的东西，条件差一点的同学，那时就得看人缘了。记得我、冯军，还有几个所谓“铁瓷”，就在山坡上的胡豆地边上分吃过东西，重点是冯军贡献的蜂蜜，大伙吃得很满意。吃完了蜂蜜，冯军开始肚子痛，且愈痛愈烈，我们就找原因，最后发现冯军除了吃蜂蜜，此前还吃了大葱，生活经验丰富的王蜀浩说这两样一起吃食要中毒的。冯军听罢更痛了，且脸色大变，我们也慌乱起来。这里离县城二三十公里，不可能走路去医院，只好报告组织，王老师与公社协商，派出公社的手扶拖拉机把冯军送到了医院，此事让冯军很长时间抬不起头，因为他被抬上拖拉机的时候已经哭得嘶哑，嚷着让我给他父母带话云云，有点临终遗言的意思。

学农是完全的集体生活，有许多新鲜的事情，比如某天晚上，有同学听出楼下的杂物仓库里有滴滴答答的声音，那时候我们看的有限的几部电影，就有描写这样的场景的——特务发报。大家屏气听，真的有，纷纷起来，不敢下楼，就把女同学也都捣鼓起来，下到院子里。不知谁已经把老师叫来了，滴滴答答的声音成倍的放大，大家都神情严肃，一副重任在肩的样子，手里拿着各式家伙。老师——是带女生的女老师，姓什么已经忘了，不知王老师到哪里去了——派了几个同学叫来了大队的支书，天知道她是怎么想的，难道也相信真的有特务？支书又叫来几个贫下中农，在仓库里一通的搜查，当然是没有。后来我对荣格的集体无意识理论，比较能够理解，对严新、李洪志之类的骗子，比较有鉴别能力，我想跟这一次经历大有关系，还从中体会到了类似战前的那种凝重的气氛。学农一个月的集体生活，对一个正在成长的初二少年，真的很有裨益，记得我回到家，扛着行李上楼进屋，正在家里的姐姐说她以为来了一个大人。

初三学军。不知这是不是校方有意的安排，初中三年，我们就差学经商了。学军就在校园里，部队用卡车拉来一车战士，每个班分配一名，分配给我们班的是一个班长，个头不大，人很精神，特别是两只眼睛，据女同学说，像两把刺刀。最初是站队列，一站一天，腰酸背痛，就连我们学大寨到两岔路去背泥炭造海绵田也没有这么累过。然后是走各种花样繁多的队列，齐步走正步走，反正把新兵要做的那一套，全都操练一遍，最后是每人发一支枪，练习瞄准，什么三点成一线、憋气击发，要领全都掌握，不知是不是山里孩子的天赋，我们班的男女同学，几乎都是神枪手。我后来在大学里成为军训标兵，全仗着初三打下的老底子。某日，学军结束，开大会搞仪式，一群背枪的娃娃到处乱窜，如果放到现在，还不得把民主社会的人士吓死。大家在操场上等着开会，这时就有枪声传来，一阵混乱，安静以后才知道，还是那位冯军，不知从哪里搞来一颗子弹，装在发给他的卡宾枪里，要打对面山上的牦牛。幸亏卡宾枪的射程有限，不然该赔老乡的牦牛了。不过这一枪把冯军打到了内地。大概是因为太难管教，冯军的父母把他遣送到了内地上学，后来空军在内地学校招考，冯军考上了飞行员，成了空军队伍里不多的藏族飞行员，后来还成了飞表演的王牌飞行员，现在在四川航空公司任职。所以说，他这个飞行员算是一枪打出来的。这大概是我们学军最大的收获。

康中的初高中五年，就是这样过来的。那时候物资极为匮乏，同学们大都面带菜色，但精神生活却还丰富多彩，中午，在食堂买上四两“金裹银”。何谓“金裹银”，就是用玉米面裹着大米蒸出来的饭，再买一份炒莲花白之类，到学校南边折多河边上，边吃饭边交流各自听来的故事，或者看谁能讲一个恶心的段子，让大家吃不下饭的为胜。记得有这么一段，代勇讲的，说某某，一般就是此时在场的一位，有一天坐在尿壶上拉屎，没带手纸，只好用手替代，污秽粘在手上，想甩掉，不成想把手磕在了尿壶沿上，痛得一下把手塞到了嘴里，哦哟哟，牙齿上还沾了一小块辣椒皮……此时如果谁的牙齿上正好沾有块辣椒皮，就会产生现场效应。如此的顽劣，也锻炼着耐力。雪山、太阳、小河、民间故事，这些要素，虽然不上档次，却完全构成了丰富浪漫的少年时光。

那时的肉食不多，有时候肚子里过于饥荒，几个人就会想办法找些肉吃，打狗风险大，主要是偷鸡，先在某处侦查好了，有人放哨，有人实施，冬天穿军大衣，下手要快，抓住后把鸡头掖在腰带里，大衣一裹，无声无息。

现在的康中

有的鸡太机敏，就实施钓术，方法是，用小号鱼钩和鱼线，在鱼钩上挂一粒玉米，鱼线上套一支钢笔笔帽，隐藏在暗处，那机敏的鸡，却斗不过饥饿的人，吞下钓饵以后，这边把鱼线一抬，那笔帽顺着鱼线就套到了鸡嘴上，那时候你如果看见这样的情景，一个小孩背着手散步，后面跟着只踉踉跄跄的鸡，千万别以为是那只鸡跟着主人回家。逮鸡后的吃法很多，主要是烤着吃，因为调料有限，很多时候也不好吃，搞得我现在对鸡肉也不太感兴趣。

还有许多捣乱的方法，因为不用背功课，时间充裕，加之大人们天天“斗私批修”，自顾不暇，没时间调理我们，这厢就花样百出、无恶不作，说出来怕污染现在的小朋友，不说也罢。不过那些花样，跟现在货真价实的罪恶比起来，也终究是小孩的智慧、朴素的玩劣，不入现代大侠的法眼。

康中离县城 5 里地，那时候上学没有公共汽车之类，我们全靠两条腿走路，当然也不能老走路，就想办法扒车。那会儿军车多，往藏区运送物资，载重大，车速也慢，只要有一点小坡，就可以飞身而上。不过这样的车，扒着不带劲，太慢，有时解放军还要停下车来骂人。所以就要在坡稍陡一点的地方，等各类带劲的车来，呼啸而上，一路风驰电掣到学校，也算是一种本领。我们班的吴勇就是这方面的高手，不知他现在在干什么，不会当体育教练吧。记得有一次，我扒了个巨慢的军车，快到学校的长坡上，解放军同志发现了，停了车追着骂，搞得很没面子，等车再启动，就跑去悄悄的拧紧了他的油箱开关，本是一个小小的恶作剧，没承想等到中午放学，看见那几个解放军还趴在车头上修车，又不敢去支招，不知他们后来是什么时候搞明白的，到现在心里还有点内疚。

少年时光就这样流逝掉了，以现在的观点而论，简直是浪费，基本没读书，于我们自己而言倒觉得挺痛快，至少像一个少年时光。

记得康中那时院子里有很多高大的杨树，夏秋之际，阳光在树叶上照出斑斑点点的光晕，有一种金属的质感，让人很怀念。在外地，每每不知

供职的文联院子

不觉的时候，就想起那样的康中，想起那样的阳光，还有一种奇特的味道。后来我发现，常常是先感觉到那种味道，然后一下想起阳光下的校园，那几栋二层的教学小楼，它们想必早已无影无踪了。我一直不知道那种味道是什么味道，它来自何处。直到有一天，在我现在供职的西藏文联的院子里，我又感觉到了那种味道，顺着这味道找去，看见院子里的工人师傅，正在焚烧扫到一起的杨树的落叶。我一下明白了，我心心念念的康中的味道，原来就是这来自秋天的树叶的味道。

一本书主义

大概是在 1988 年，在北京生活了将近 10 年之后，突然对这座庞大的城市陌生起来。其实，我从来没有熟悉过这座城市，至少在我意识到这座城市之陌生的时候。我现在还不时跟人说起，那时候在大学校园里读书，4 年之中，围墙之外没有一个电话号码。我在小说里说过一件事，不是编的，即前文提到的女生得知我的毕业年份时，抽抽鼻子说，怪不得有股白垩纪的味道。我说我们那时在树上上课，树底下还跑着各类恐龙哩。

那时觉得应该写点什么。于是就写了《绿波带》，一篇现在看来也有点怪怪的中篇小说，给了几个朋友看，都说看不懂，就束之高阁了。后来有一天，王文平先生要去看，当时他是我的领导，有检查作业的意思，看完后说不错，就在《民族文学》上发表了。大概是印成铅字容易让人接受，此书发表之后受到了另一些朋友的认可，给予鼓励，又顺着那个思路写下去，有了几十万字的东西。王文平先生介绍我去找那耘，那时是 1997 年，文平先生已到作家出版社任职，而离写作《绿波带》的时间又过了将近 10 年。那耘是我的学长，在那几十万字中费了心血编辑，这才有了小说集《北京藏人》，我的大学老师白崇人先生为这本小书写了序言。

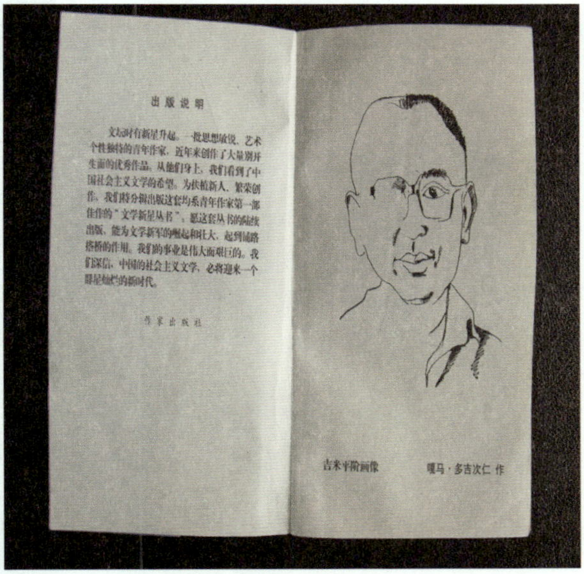

出版说明

文坛时有新星升起。一批思想敏锐、艺术个性独特的青年作家，近年来创作了大量别开生面的优秀作品。从他们身上，我们看到了中国社会主义文学的希望。为扶植新人、繁荣创作，我们将分辑出版这套均系青年作家第一部佳作的"文学新星丛书"。愿这套丛书的陆续出版，能为文学新军的崛起和壮大，起到铺路搭桥的作用。我们的事业是伟大而艰巨的。我们深信，中国的社会主义文学，必将迎来一个群星灿烂的新时代。

作家出版社

吉米平阶画像　嘎马·多吉次仁 作

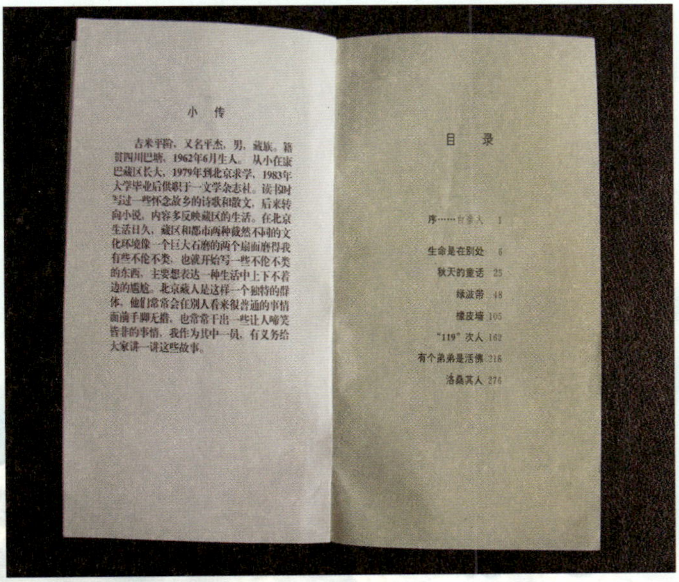

小传

吉米平阶，又名平杰，男，藏族。籍贯四川巴塘，1962年6月生人。从小在康巴藏区长大，1979年到北京求学，1983年大学毕业后供职于一文学杂志社。读书时写过一些怀念故乡的诗歌和散文，后来转向小说，内容多反映藏区的生活。在北京生活日久，藏区和都市两种截然不同的文化环境像一个巨大石磨的两个扇面磨得我有些不伦不类，也就开始写一些不伦不类的东西，主要想表达一种生活中上下不着边的尴尬。北京藏人是这样一个独特的群体，他们常常会在别人看来很普通的事情面前手脚无措，也常常干出一些让人啼笑皆非的事情，我作为其中一员，有义务给大家讲一讲这些故事。

目　录

《北京藏人》出版后，又陆续写了一些，但感觉没有超过自己的东西，或者说没有更新鲜的文字和内容，想想也是，从《绿波带》开始，已然过了十多年，身边的人和事已经发生了巨大的

变化，而自己还囿于一己的世界，自然没有新意。就停笔了。这一停，又是将近十年。

时间真如白驹过隙啊。

现在翻检《北京藏人》出版时的旧事，突然发现，这本不足16万字的小书，原来凝结了这么多师长的心血，有那么多朋友的关心，而我撂下之后，却没有再对它加以重视，心中不觉惭愧。

后来，我虽然也没有停止过写作，但再没有最初的那样一种激情，小说，也基本不碰了，以至于慢慢地成了文学的“局外人”。再后来，听说作家出版社的“文学新星丛书”从《北京藏人》之后就停了，我还借此给人打趣道，我在文学界的定位就是：“文学新星丛书”的最后一个作者。有时候想，我是不是就是过去批判过的那种“一本书主义”？但我的这本小书，和人家说的那个一本书，恐怕不能同日而语。在文学这个行当里，我说不上勤奋，甚至有点懒散。天资平平。但对文学的虔诚，却从来没有改变过，也就因为这一点于心稍安，可以告知关心过我的师长朋友们，以作为我对他们表达感激之情的一种方式。

现在，我受派遣在西藏工作，西藏的阳光经常给我一种错觉，以为时间又回到了过去的某个时刻，我可以再从容地把撂下的事情捡起来。尤其是在冬天，有时安静得让人觉得时间静止，觉得应该做点什么。从内地回来，飞机穿越成都平原终日的阴霾，跃上满目皆白的晶莹世界，让人一下子感觉冰清玉洁，神清气爽。出了机场，走过刚建成不久的雅鲁藏布江大桥、嘎拉山隧道和拉萨河大桥，沿着拉贡公路逆拉萨河而上，冬日的拉萨河谷，蓝色的水面、洁净的河滩、浅水中的柳丛，那成群结队知名的不知名的水禽、候鸟，悠闲地满布河滩水面，它们时而追逐嬉戏，时而潜入水中，全然不管身边飞驰而过的车流，再远一点，优雅的黑颈鹤三五成群，或引吭高歌，或翩然舞蹈，宁静广袤的大自然和拉贡公路上的车水马龙，如此和谐的交融在一起，使人马上就忘却了山外的浮尘与喧嚣：世界本来可以这样！

如果有一些闲暇，比如周末，可以在午后暖洋洋的阳光下，找一家藏式茶馆，要一杯甜茶，抛开时间的压力，看周围的雪峰，看阳光怎样在平静之间流动……有时候，在办公室加班晚了，远处已经传来了晚七点新闻联播的音乐，猛一出办公室，外面却还是一片金色的夕阳。想起在内地的冬季，也是加班到这个时间，天已早早黑了，车站挤满了盼着回家的人，公交车久等不来……这个时候，心中不由生出一种由衷的感激之情，感谢大自然对西藏的这份特殊的眷顾。我想，我也许真的会把过去撂下的东西捡起来，重新开始。

后　记

《寻找朗萨雯波》是一部文化散文集，主要收集本人近几年创作和发表的散文作品，这些作品分别发表在《人民日报》《西藏日报》《中国西藏》《民族文学》《芳草》《西藏文学》等报刊上，以本人力所能及的笔触向读者描绘西藏大美的自然风光、丰富的民族文化和经济社会长足的发展，可以算是一个了解和认识西藏的浅显指南。

《寻找朗萨雯波》分为三辑，分别以“行走山水间”“文化之旅”“心路”冠名。第一辑主要收集了作者在西藏各地游历的感受，抒发对大美西藏的赞美，第二辑是近几年发表的有关西藏文化的散文篇什，介绍西藏民族民间文化和经济社会发展，第三辑《心路》，是作者在西藏工作生活的体会，也是作者在西藏心路历程的书写。

本书是西藏文艺创作扶持的项目，在此向有关各方以及本书的编辑表示真诚的感谢！

吉米平阶

2014 年 4 月 8 日